SUNJEEV SAHOTA

DAS PORZELLAN ZIMMER

Roman

Aus dem Englischen von Ulrike Wasel
und Klaus Timmermann

hanserblau

Die Originalausgabe erschien 2021 unter dem Titel
China Room bei Harvill Secker in London.

Ungekürzte Taschenbuchausgabe
1. Auflage 2024

ISBN 978-3-446-28170-7
Veröffentlicht bei hanserblau
in der Carl Hanser Verlag GmbH & Co. KG, München
Das Hörbuch erschien 2023 bei RBmedia, gelesen von Elena Puszta

Umschlag: FAVORITBUERO, München
Motiv: © Hiroyuki Izutsu. All Rights Reserved 2022 /
Bridgeman Images & G. Dagli Orti / © NPL – DeA Picture Library /
Bridgeman Images; Shutterstock.com / © pradeep thawait
Autorenfoto: © GL Portrait / Alamy Stock Photo
Satz im Verlag
Druck und Bindung: GGP Media GmbH, Pößneck
Printed in Germany

FSC www.fsc.org
MIX
Papier | Fördert
gute Waldnutzung
FSC® C014496

1

Mehar ist keine so fügsame Fünfzehnjährige, dass sie nicht herauszufinden versucht, welcher der drei Brüder ihr Ehemann ist. Bereits am Morgen nach der Hochzeit und obwohl ihre Hände vor Nervosität zittern, gibt sie zu den Zwiebelringen, die sie als Beilage essen, unterschiedliche Mengen Zitrone, Knoblauch und Gewürze und versucht dann, den besonderen Geruch an dem Mann zu erkennen, der nachts zu ihr kommt, unsichtbar in der Dunkelheit. Das Ergebnis erweist sich als uneindeutig, denn der bei Weitem stärkste Geruch ist ihre eigene Angst, sodass sie einen neuen Versuch unternimmt, nachdem sie zufällig mitbekommen hat, wie einer der drei über die Schwielen an seinen Händen klagt. Sie konzentriert sich besonders stark, als die Hand ihres Mannes das nächste Mal ihren nackten Arm streichelt, doch auch da ist sie unsicher. *Vielleicht* fühlen sich alle Männerhände so rau an, so unbeholfen begierig und trocken.

Es ist das Jahr 1929, der Sommer bricht aus, und keiner der Brüder richtet im Beisein der anderen je das Wort an sie. Überhaupt sprechen sie kaum mit ihr, und von ihr wird selbstverständlich erwartet, dass sie stets folgsam, verschleiert und still ist, genau wie die anderen neuen Bräute. Wenn sie die Brüder von ihrem Fenster aus heimlich beobachtet, sieht sie nur die Ähnlichkeit zwischen ihnen: Sie sind altersmäßig nah beieinander, haben die gleiche schmächtige Statur, mit schmalen Schultern und dunklen Augen; ernste Gesichter, die keine Miene verziehen, sich an dieselben Regeln halten.

Alle drei haben den gleichen Bartwuchs und kurz geschnittenes, dichtes Haar, und sie tragen den ganzen Tag über locker gewickelte Turbane aus dem gleichen safrangelben Stoff. Die meiste Zeit arbeiten die Brüder auf den Feldern, spielen oder trinken, während sie webt und kocht und schaufelt und melkt, bis zu den Abenden, an denen Mai, die Mutter der drei, ein Teeglas an die unwirschen Lippen hebt und sie anweist:

»Heute Nacht nicht das Porzellanzimmer.«

Es ist das dritte Mal, dass sich Mehar, nachdem sie die Zinntöpfe an der Wasserpumpe im Hof gespült hat, nicht zu den Frauen gesellen darf, sondern in den fensterlosen Raum auf der Rückseite der Farm gehen muss. Auf dem Bett zieht sie die Knie an, da sie es für unsinnig hält, sich sofort hinzulegen. Fünf Tage verheiratet. Fünf Nächte, seit sie das erste Mal wartend im Stockdunkeln gelegen hat, am ganzen Körper zitternd, gehofft hat, dass er nicht zu ihr kommen möge, und gebetet, dass sie bluten würde. Am Tag vor der Hochzeit hatte Mehars Mutter ihrer Tochter eine winzige Klinge in die Hand gedrückt. *Schneid dir in den Daumen, um sicherzugehen.* Mehar hat das nicht getan, hat es nicht gemusst. Hinterher hatte Mai draußen auf die Laken gewartet. Mehars Mann hat die ganze Zeit nichts zu ihr gesagt und beim nächsten Mal nur wenig mehr. Wird er heute mehr sagen, fragt sie sich.

Das Talglicht auf dem Steinsims ist fast bis auf die Schale heruntergebrannt, und in dem alles auslöschenden blinden Dunkel stellt sie sich vor, sie wäre unter Wasser, in einer versunkenen Welt aus Fabelwesen und Ungeheuern. Von der anderen Seite des Hofs hört sie das ferne, protestierende Knarren eines Charpais und dann das Geräusch von schlurfenden Ledersandalen. Ihr Magen schlägt vor banger Erwartung einen Purzelbaum, und sie legt sich hin, als die Tür aufgeht und er neben ihr Platz nimmt. Sie wagt einen Seitenblick auf das, was sein nackter Rücken sein muss, obwohl es unmöglich ist, auch nur zwischen seinem Haar und dem Baumwollturban zu unterscheiden, den er jetzt abnimmt, wie sie hören kann. Als sie spürt, wie er den Knoten seines Langots an der Taille löst, richtet sie den Blick auf den schwarzen Teich der Zimmerdecke und wartet.

»Zieh dich aus«, sagt er, nicht unsanft, aber mit der herablassenden Freundlichkeit eines Ehemanns, der weiß, dass ihm gehorcht wird. Sie versucht, seine Stimme im Kopf einzuschließen, sich das tiefe Kratzen einzuprägen, die unerwartete Heiserkeit. War er es, der früher am Tag nach mehr Dal gerufen hat, das sie ihnen schleunigst brachte? Sie zieht den Saum ihrer langen Tunika bis hoch um die Hüften und bindet den Kordelzug los. Sie spürt einen Luftstrom an den Waden, als er mit einer einzigen raschen Bewegung ihren Salwar abstreift, und dann presst er sich auf sie, als wollte er sie gänzlich verschlingen, bis sie nicht einmal mehr die Dunkelheit rechts und links von ihm sehen kann und schon fürchtet, wirklich in seiner Brust zu sein. Er ist weder grob noch zärtlich. Ein wenig hektisch vielleicht, weil alle drei Brüder ein Kind wollen, ein Kind, das ein Junge sein muss. Mehars Hände bleiben neben ihrem Körper, reglos, Handflächen nach oben. Er riecht stark nach Gras und Schweiß und nach Bockshornklee und Taro, dem Abendessen, aber sie nimmt auch Seife wahr und ist froh, dass er daran gedacht hat, sich zu waschen, bevor er heute Abend zu ihr gekommen ist. Er umklammert ihren Oberarm mit einer Hand – Schwielen? Kann sie Schwielen spüren? –, dann ein letzter Stoß, ein gepresstes Ausatmen, und er steigt von ihr herunter, erst mit einem, dann mit dem anderen Bein. Sein Rücken ist ihr wieder zugewandt, sie spürt, dass er seinen Penis zurück in den Beutel seines Langots schiebt.

»Gewöhnst du dich an das Leben hier?«

»Alle sind sehr freundlich.«

Er stößt ein spöttisches Schnauben aus, und ihre Augen huschen in Richtung des Geräuschs – nichts, sie kann nichts sehen. »Es war noch nie ein freundliches Haus«, sagt er und schiebt seine Füße wieder in die Sandalen.

2

Das Behältnis ist rund, hat einen Kupferboden, einen geschwungenen Griff und einen Ausguss wie eine Kobra, die sich aufbäumt, um zuzubeißen. Es ist für den Tee, so viel ist ihnen gesagt worden, aber wie das mit dem Tee funktionieren soll, ist ihnen nicht klar.

»Der Boden ist nicht mal plan«, sagt Harbans verwirrt, während sie das Ding auf Armeslänge hält, als könnte es sie verfluchen. »Und es hat keine Beschläge. Was sollen wir mit dem Quatsch?«

»Da kommen die Blätter rein«, sagt Gurleen. Sie nimmt Harbans das Behältnis aus der Hand und klingt, als müsste das ja wohl jedem klar sein, der über ein bisschen Bildung verfügt.

»Dann hast du so ein Ding schon mal benutzt?«, fragt Mehar, und Gurleens kecke Miene soll offenbar andeuten, dass dem so gewesen sein könnte, irgendwann mal.

»Du brauchst die Gaze«, sagt Harbans. Sie öffnet eine der Schubladen und blinzelt durch den halbdunklen Raum. »Meine Güte. Nur das Allerbeste für die drei Prinzen, ja?«

»Nicht so laut«, sagt Gurleen.

»Gaze über jede Tasse?«, fragt Mehar unsicher.

Wie Schwestern kommen sie gemeinsam zu dem Schluss, dass der Tee in gewohnter Weise zubereitet werden muss, im Messingtopf und auf dem Feuer, um dann in den Kupferkessel abgeseiht und schließlich in die Tassen gegossen zu werden, und all das machen sie gekonnt, bewegen sich reibungslos umeinander herum, obwohl der Raum so klein ist, dass Mehar, wenn sie die Arme ausbreitet, mit den Fingerspitzen die Wände berühren kann. Sie leben im Porzellanzimmer, das sich etwas abseits des Hauses befindet und nach den alten Blau-Weiß-Tellern benannt ist, die als Sechser-Set hochkant auf einem hohen Steinregal lehnen, seit Mai sie vor Jahren als Teil ihrer Mitgift ins Haus brachte. Unterhalb des Regals verläuft in Hüfthöhe eine Steinplatte, auf der die Frauen Essen zubereiten, und darunter befindet sich ein einfacher Lehmofen. Das Ende des Raums ist gerade so breit, dass es genug Platz für zwei Charpais bietet, die im rechten Winkel zueinander stehen, und auf diesen zwei Betten müssen die drei Frauen schlafen.

»Was für eine Zeitverschwendung«, sagt Harbans, die den Tee in den Kessel abseiht. »Immer noch mehr für mich zum Spülen.«

»So trinken die Engländer ihren Tee«, sagt Gurleen. »Das hat Mai mir erzählt.« Sie lächelt den Kessel an, bewundert, wie das hell glänzende Metall ihr Spiegelbild zu einem rötlichen Schatten verwischt. Sie dreht das Gesicht ins Profil. »Es sieht richtig hübsch aus.«

»Mai redet mit dir über solche Dinge?«, fragt Mehar und wechselt einen verwunderten Blick mit Harbans.

»Sie ist sehr nett zu mir. Ich glaube, ich erinnere sie an sie selbst, als sie jünger war.«

»Ach, tatsächlich?«, sagt Mehar.

»Wir sind beide groß. Schlank …« Eine hochgezogene Augenbraue in Richtung Harbans. »Ich glaube, ich bin mit dem Ältesten verheiratet.«

»Natürlich«, sagt Mehar.

Auf Gurleen trifft das alles zweifellos zu, wie Mehar zugeben muss. Groß, schlank – und schön. Doch ihre Schönheit hat etwas Herbes, ihre schmalen Lippen, ihre schrägen Wangenknochen, die für Mehars Geschmack zu markant sind. Als die drei neuen Bräute sich kennenlernten und das erste Mal miteinander sprachen, hatten Mehar und Harbans hinterher ihre Kleidung zurechtgerückt, als hätte Gurleen sie soeben nach Anzeichen für Rivalität abgesucht.

Harbans hakt ein. »Na dann, Mini-Mai, bring ihnen das hier, bevor noch die große Mai kommt und nachfragt.«

Die Freude in Gurleens Gesicht schwindet. »Wieso ich!«

»Du hast gesagt, du weißt, wie es geht«, ruft Mehar ihr in Erinnerung, nimmt den Kessel und drückt ihn Gurleen in die Hände, die sich sträubt, bis –

»Mehar!«, ruft Mai. »Sollen wir hier verdursten?«

Sie erstarren, und dann formt Mehar ihre Lippen zu einem stummen Schrei und greift nach ihrem Schleier.

Der Schleier taucht alles in diffuses Rot, in einen milchigen Glanz, vor dem sich Körper wie dunkle Schatten bewegen. Er ist so weit nach unten gezogen, dass er Mehars Gesicht vollständig verhüllt, und sie muss den Blick senken, um überhaupt etwas zu sehen. Und was kann sie sehen? Ihre Handgelenke, schwer mit roten und weißen Armreifen behängt, den Tee in ihren Händen und ihre bemalten Füße mit den silbernen Glöckchen um die Knöchel, die ihren Gang über den gefegten Boden des Hofes verkünden. Ihre Hände zittern vor Angst, dass sie sich und damit die Familie schrecklich blamieren wird. Dann droht eine kräftige Ohrfeige. Der Tisch kommt in ihr Blickfeld, und sie bleibt stehen, zögert, lauscht, obwohl sie beim lauten Hämmern ihres Herzens kaum etwas hören kann. Ihr ist so heiß. Sie ist hungrig. Wie lang ist das

Mittagessen her? Mit der Zunge leckt sie sich den Schweiß von der Oberlippe. Die Unterhaltung verstummt, sobald sie da ist, wie in einer Art seltsamer Ehrerbietung.

»Schenk bitte ein.«

Seine Stimme, da ist sie sicher. Dieselbe lässige Schroffheit, derselbe klare Bass. Sie glaubt, dass die Stimme von rechts kam. Ohne den Kopf zu bewegen, versucht sie, durch den oberen Teil ihres Schleiers zu schielen, wo die Chenille dünner ist. Es ist unmöglich.

»Wartest du darauf, dass die Engel für dich singen, oder was?«, blafft Mai.

Durch den Schlangenausguss, darauf haben sie sich geeinigt. Mehar tritt einen Schritt näher und hört wieder ihre Fußglöckchen klingen. Mit einer Hand zieht sie den Schleier ein wenig vom Gesicht weg, wodurch sich ihr Blickfeld schlagartig vergrößert. Der quadratische braune Tisch und vier kleine Glastassen, schlichte Tassen, in einer Reihe aufgestellt. Mai, genauer gesagt, Mais Füße, die aus dem milchgrünen Salwar ragen, klopfen ungeduldig auf den Boden. Neben ihr die drei Söhne, sichtbar nur von der Taille abwärts. Einer hat einen Fuß unter den Oberschenkel geschoben. Ein anderer sitzt mit gekreuzten Beinen da. Und der Dritte: die Knie gespreizt, Finger trommeln auf dem Eichenrahmen des Charpais. Sie ist sicher, das müssen seine Finger sein, so rau, wie sie aussehen. Schwielige Hände. Schwielig! Sie beugt sich vor und gießt den Tee ein, fängt mit Mai an und arbeitet sich nach rechts, spürt Erleichterung, als sie es ohne Schwierigkeiten hinbekommt. Seine Tasse bewahrt sie sich für zuletzt auf, und als der Tee fließt, wagt sie es, den Schleier ein wenig mehr zu lüften, und ihr Gesicht wird heiß, als sie seine schönen Handgelenke sieht, die Art, wie die weiße Tunika auf der attraktiven Wölbung seines Bauchs liegt, seinen offenen Kragen …

»Du kannst gehen«, sagt Mai, die scharfäugige Mai, und sogleich lässt Mehar ihren Schleier zurück auf die Lippen, die Schultern fallen, so schnell, dass sich der Stoff an ihren langen Wimpern verfängt, und sie dreht sich um und geht.

3

In den Nächten, wenn Mai keiner von ihnen auf die Schulter getippt hat, als Anweisung, in das hintere Zimmer zu gehen und dort zu warten, teilt Mehar sich ein Bett mit Harbans im Porzellanzimmer. Gurleen nimmt das Einzelbett, aber sie hat ihr Kissen so platziert, dass sie Kopf an Kopf mit ihnen liegt. Heute Abend ist sie unruhig, windet sich wie ein Gepard, der von einer Fliege belästigt wird.

»Schlaf«, sagt Mehar. »Sie wird uns vor Tagesanbruch wecken.«

»Sie wird *mich* vor Tagesanbruch wecken«, sagt Harbans und gähnt gewaltig.

»Gott hat dich zum Melken geschaffen, Harbans: Arme zum Eimerschleppen, Rücken wie ein Büffel«, sagt Mehar mit einer düsteren Stimme, die ganz nach Mai klingt.

Harbans lacht und dreht sich schwerfällig um, wobei sie mit dem Kopf gegen Gurleen stößt, die sich aufsetzt, die Knie anzieht und im Dunkeln hin und her schaukelt. Das Bett quietscht.

»Schlaf«, sagt Mehar wieder. »Hör mit der Grübelei auf.«

»Ich kann nicht«, sagt Gurleen. Dann: »Ich weiß nicht, warum ich hier bin.«

»Fang lieber nicht an, darüber nachzudenken«, warnt Harbans in Richtung der Wand.

»Mein Baba hat mir eine reiche Familie in der Stadt versprochen. Er hat gesagt, ich würde eine Memsahib sein.«

»Stattdessen bist du hier«, sagt Mehar, »in ein Bett gequetscht mit zwei traumlosen Mädchen, die das Gefühl haben, sie wären in der Welt aufgestiegen. Willst du das damit sagen?«

»So hab ich das nicht gemeint.«

»So hört es sich aber an. Wir müssen uns jetzt gegenseitig helfen.«

»Du melkst meine, und ich melke deine«, fügt Harbans hinzu.

»Genau«, sagt Mehar. »Du denkst doch hoffentlich nicht noch immer über den Teekessel nach, oder?«

Vor Verlegenheit steigen Gurleen schon wieder Tränen in die Augen.

Sie hatten nach mehr Tee gerufen, und sie hatte Mehar an der Tür den Weg versperrt und gesagt, dass sie das übernehmen würde. Auch sie könnte ihren Mann beeindrucken, wer immer von den dreien er sein mochte. Sie zog ihren Schleier tief nach unten, stolzierte hinüber und schenkte den Tee so elegant ein, dass er einen anmutigen Bogen beschrieb und jede Tasse präzise, genau gleich füllte. Dann sagte einer der Brüder:

»Für mich nicht. Gieß ihn wieder zurück.« Eine Hand drang in ihren Gesichtskreis, schob die Tasse in die Mitte des Tisches.

Sie stand mit dem Kessel in der Hand da. Wieder zurückgießen? Aber wie? Das hatten sie und ihre neuen Schwestern nicht besprochen. Sie spürte, wie ihre Kehle austrocknete. Vor ihrem geistigen Auge sah sie, wie alle sie anstarrten, diese Frau, die einem Mann der Familie nicht gehorchte, ihren Ehemann in Verlegenheit brachte, also nahm sie das Glas und versuchte, den Tee durch den Ausguss zurückzugießen. Sie verschüttete fast alles und war den Tränen nahe, als Mai sagte – in Gurleens Ohren keifte –, sie solle das Glas einfach zurück in die Küche bringen, wo Mehar und Harbans sich ins Fäustchen lachten.

»Wir hätten nicht lachen sollen«, räumt Mehar jetzt ein. »Es tut mir leid.«

»Wieso hab ich nicht einfach den Deckel abgenommen?«

»Du warst verängstigt.«

»Sie werden denken, dass ich dumm bin.«

»Lass sie denken, was sie wollen.«

»Ich will nicht, dass sie mich für debil halten.«

»Wie geschwollen sie daherredet!«, sagt Harbans.

Gurleen seufzt und hebt das Gesicht zur Zimmerdecke. Schließt die Augen. »Ich glaube, ich brauche frische Luft.«

»Leg dich einfach wieder hin«, sagt Mehar, die langsam genug hat von Gurleens Selbstmitleid. »Hier. Halt meine Hand.«

Dann von Harbans: »Das ist mein Fuß.«

Gelächter. Es macht Mehar mutig. Sie rutscht hin und her, rollt sich herum, dass die grobe Stoffbespannung knarrt. »Und? Redet deiner mit dir? Richtig?«

»Ein bisschen«, sagt Gurleen vorsichtig. »Er flucht viel. Nicht über mich. Nur so vor sich hin. Deiner auch?«

»Hast du schon rausgefunden, welcher deiner ist?«

»Natürlich nicht.«

»Weißt du, ich könnte doch einfach Mai fragen«, sagt Mehar, wenn auch nur, um Gurleen zu provozieren, die nach Luft schnappt und sie fragt, ob sie verrückt geworden ist.

»Meiner hat mich ein großes starkes Mädchen genannt«, sagt Harbans. »Währenddessen. Er hat mir auf den Hintern gehauen und mich ein großes starkes Mädchen genannt.«

Alle drei kichern, obwohl Harbans echte Tränen kommen, die sie mit den Fingerknöcheln wegwischt. Mehar berührt sie an der Schulter.

»Meiner sagt nicht viel«, gesteht Mehar und muss daran denken, dass er dieses Haus ein unfreundliches genannt hat. Sie stellt sich vor, wie es hier früher gewesen sein mag, als Mai noch allein mit ihren drei Söhnen war, und es schaudert ihr, als sie merkt, dass in ihrer Vorstellung kein Lachen zu hören ist. Sie blickt zu dem geschlossenen Fenster, dem einzigen in diesem Raum aus nacktem Stein. Es hat keine Scheibe, und seine schwarz lackierten Lamellen müssen einzeln mit der Hand gedreht werden. Hat Mai auch dort gestanden und nach draußen geschaut, als sie jung und frisch verheiratet war?

»Ihr zwei müsst noch viel lernen«, sagt Gurleen, ergreift die Gelegenheit, erneut etwas ihrer Überlegenheit zu behaupten. Sie macht es sich wieder auf dem Charpai bequem, den Kopf auf dem Kissen. »Wo ist mein Chunni? Ich kann eine Mücke hören.«

»Hier, Schwestern«, sagt Mehar, und jede von ihnen nimmt einen Zipfel des dünnen Schals, und sie schlagen ihn aus, sodass er aufweht und sich dann sachte über ihre Gesichter senkt.

4

Es ist ihr zweiter Sonntag als Ehefrauen und eine Stunde vor Sonnenuntergang. Mehar, Gurleen und Harbans ziehen sich alte Baumwollsachen über und schleppen den riesigen schwappenden Bottich in den Hof und auf die Unterlegplane. Um diese Tageszeit ist die Luft wohlig warm statt drückend und der Hof frei von den Brüdern. Sie vermuten, dass ihre Männer an diesen Abenden auf den Basar gehen, obwohl auch das zu den Dingen gehört, die ihnen nicht gesagt worden sind. Vielleicht spielen sie Karten, meint Mehar, als wüsste sie, was das ist. Alle drei ziehen ihre Salwars hoch und binden sich Jutelappen um die Beine, sodass sie von den Knien abwärts nackt sind. »Die Blätter sind hochgekommen«, sagt Gurleen, die nach einer Möglichkeit sucht, sich vor der Arbeit zu drücken, eine der wenigen, die sie noch öder findet, als Spinat zu putzen. Aber Harbans will nichts davon wissen und stellt klar, dass noch viel Farbstoff in ihnen steckt. Sie fassen sich an den Händen, bilden ein Dreieck und steigen nacheinander in den Bottich, wo die Indigopflanzen um ihre Fußsohlen gleiten. Das Wasser steigt ihnen bis zu den Waden, als wollte es eine Frage beantworten, und ihre Füße beginnen mit der Arbeit, auf-ab-auf-ab, ein wogendes, spritzendes Unwetter, pressen die Farbe heraus. Sie sprechen nicht, sie haben schon genug damit zu tun, das Gleichgewicht zu halten, und langsam wird das Wasser dunkel, ebenso wie ihre Kleidung und ihre Haut. Indigo färbt Beine und Hüften und Gesichter, aber sie bleiben im Einklang, auf-ab-auf-ab, Minute für Minute, und erst als die Sonne verschwunden und der Mond das einzige Licht ist, lassen sie ihre Hände los und krümmen sich, nach Luft ringend.

»Noch eine Woche«, sagt Harbans, als sie den Bottich zurück auf seinen Platz vor der Wand tragen.

»Ach, hör doch auf! Das muss nun wirklich das letzte Mal gewesen sein!«, jammert Gurleen.

Mehar sagt nichts, nimmt die bröckelige Seife an der Pumpe und fängt an, die blauen Streifen an ihren Füßen zu bearbeiten. Die Entscheidung liegt ohnehin bei Mai. Sie bestimmt, wann es an der Zeit ist, ihre blutigen Hochzeitslaken zu färben und zum Trocknen aufzuhängen.

5

»Mehar! Mach das Feuer an!«

»Ja, Mai!« Mehar seufzt, stellt den Eimer mit Milch hin und geht mit kreisenden Gedanken ins Haus.

Sie schaufelt die alte Asche heraus, als Mai hereinkommt und gegen das Mehlfass tritt, um zu sehen, wie viel die Mädchen für sich selbst verbrauchen.

»Ihr drei verschlingt mehr als die Männer«, sagt Mai. »Nehmt beim nächsten Mal halb so viel.«

»Wie du wünschst. Aber wir essen nur –«

»Ist eine von euch schon besamt?«, fragt Mai in einem grotesken Themenwechsel.

»Nein, Mai.« Sei stark, ermahnt sie sich. Ihre Hände arbeiten langsamer. »Ich habe mich gefragt, ob Schwester Gurleen als Erste ein Kind bekommen sollte. Sie ist die Älteste.«

»Die dumme Kuh weiß nicht mal, wie rum ein Teekessel funktioniert.«

Mehar holt Luft durch die Nase, atmet durch den Mund aus. »Ist sie auch mit dem Ältesten verheiratet?«

Als sie aufblickt, betrachtet Mai sie schweigend, mit einem grässlich belustigten Ausdruck im Gesicht.

»Wir müssen es nicht wissen«, sagt Mehar hastig und wünscht, sie hätte nicht gefragt.

»Bist du sicher, dass ich jedes Mal denselben Sohn zu dir schicke?« Mais Miene weicht lautem Lachen: »Wie du guckst!« Sie streicht Mehar übers Haar, eine Berührung, die Mehar nicht ausstehen kann, die sich alles andere als mütterlich anfühlt. »Ich mache nur Spaß. Aber du hast recht. Ihr müsst es nicht wissen.« Ihr Gesicht verändert sich, das Lächeln erstirbt. »Sei froh, dass du keinen Schwiegervater hast, der dich jede Nacht am ganzen Körper betatscht und befingert.« Sie tätschelt Mehars Kopf zum Abschied. »Asche. Mach weiter«, und Mehar tut es, emsig, um möglichst schnell fertig zu werden und sich dann eine Stunde oder länger zu waschen. Wenn sie sich so fühlt, nachdem sie die Frage gestellt hat, wird sie nie wieder fragen. Sie wird einfach die Arbeit erledigen. Und das tut sie, das tun alle drei:

Rohrzuckerblöcke zerkleinern. Baumwolle pflücken. Guaven pflücken. Dung aufsammeln. Asche schaufeln. Mai die Hühneraugen entfernen. Melken. Kochen. Das Kochen vorbereiten. Salwars färben. Dhotis bügeln. Den Hof fegen. Den Hof wässern. Den Hof entwässern. Die Teller polieren. Zum Markt gehen. Zum Tempel gehen. Um Söhne beten und um ein langes Leben ihrer Ehemänner. Das Moos in der Steinbadewanne wegschrubben. Knöpfe annähen. Tee kochen. Kühen beim Kalben helfen. Büffelmist entfernen. Zum Kacken in den hohen Weizen gehen (zu zweit). Vor Tagesanbruch baden. Als Letzte von allen essen. Bei Sonnenuntergang in ihrem Zimmer sein. Lamellen zugedreht, Fenster geschlossen, Mond ausgesperrt, Schleier abgenommen. Noch mehr Dunkelheit.

6

»Du hast dich jetzt an das Leben hier gewöhnt.«
Er streicht mit dem Daumen über Mehars Fußknöchel, hin und her, hin und her. Es kitzelt, und sie möchte den Fuß wegziehen, weiß aber, dass sie das nicht darf. Sie kann nichts von ihm sehen. Als er durch den Raum kam und ein Knie aufs Bett hob, bewegte er sich durch Schwärze. Als er auf ihr war, wandte sie, wie jede anständige Frau, den Kopf ab. Noch immer streichelt er ihren Fußknöchel. Als ob er etwas sagen will. Oder vielleicht ist sie es, die etwas sagen sollte? Nein. Nein. *Du wirst wissen, wann du den Mund öffnen sollst.*

»Wir waren bei den Priestern.«

Aha. Kinder.

»Perlen. Ich muss Perlen kaufen. Wenn du sie unters Bett legst, wirst du schwanger werden. Leuchten. Ein Junge.«

»Ja«, sagt sie nach kurzem Zögern.

Sie meint, ihn nicken oder seufzen zu hören, und bevor er geht, schließt er die Hand um ihren ganzen Knöchel und drückt ihn.

Wieder allein atmet Mehar erleichtert durch, richtet sich im selben Atemzug auf und bindet ihr Haar neu im Nacken. Kinder, denkt sie und sitzt ganz still im Dunkeln, um einzuschätzen, was sie wirklich von der Aussicht hält. Einerseits, je früher Söhne kommen, desto früher ist ihre Anwesenheit im Haus gesichert. Nicht jeder ist so nachsichtig wie ihr Vater, bereit, darüber hinwegzusehen, dass seine Frau keine Jungen zur Welt bringen kann, und sich weigert, sie gegen eine andere auszutauschen, die es kann. Aber andererseits wird es mit ihren wenigen friedlichen Augenblicken vorbei sein, sobald ihr Kind da ist. Jetzt können sie und Harbans sich wenigstens noch über den Hof schleichen, wenn Mai unterwegs ist, und im Schatten ein Nickerchen machen. Wäre das überhaupt noch möglich mit ihrem Sohn an der Brust? Mehar hebt eine Hand an ihren Hals, beschützend, als würde ihr erst jetzt bewusst, was für ein Luxus es ist, mit sich allein zu sein. Eine weitere Minute verstreicht, zwei, bis sie weiß, dass sie gehen muss, und sie legt sich ihren Chunni über den Kopf, bereit, den Schleier herunterzuziehen, sollte es nötig sein. Sie öffnet die Tür, und der kühle Marmor berührt ihre Füße – *ihre* Füße –, als sie hinaustritt. Sie fühlt sich plötzlich lebendig, so sehr, dass sie in die Nacht hineinschweben könnte, und es ist eine ungeheure Anstrengung, auf dem Boden zu bleiben, hier in diesem hufeisenförmigen Hof mit den drei Türen gegenüber. Ist er durch eine von ihnen ins Haus gegangen und, wenn ja, durch welche? Mehar steigt die beiden Stufen hinab, die sie von der überdachten Veranda in den äußeren Hof bringen, wo sie wegen der herumfliegenden Fledermäuse vorsichtshalber den Kopf einzieht und aufpasst, nicht in das tiefe Bodenloch rechts von ihr zu treten, während sie zwischen der Wäscheleine und den vor der Wand gestapelten Charpais entlanggeht. An dem nicht mit Marmor ausgelegten Eingang zum Porzellanzimmer legt sie die Fingerspitzen an die eine Stelle, wo sich die Tür geräuschlos aufdrücken lässt. Sie macht das alles, ohne nachzudenken oder zu straucheln, denn in rein praktischer Hinsicht (sie legt sich neben Harbans) hat ihr Mann recht: Sie hat sich bereits an dieses Leben gewöhnt, an ihre kleine Welt hier, und sie denkt traurig daran, dass Monty ihr genau das prophezeit hat.

7

Ungefähr zehn Jahre zuvor – denn wer weiß das schon so genau? – spielte Mehar an den meisten Nachmittagen Pittu auf den heißen gepflasterten Gassen um ihr Elternhaus herum. Dabei musste man sieben Steine übereinanderstapeln, bevor alle im eigenen Team von dem harten Lederball der Gegner getroffen wurden. Die fünfjährige Mehar liebte das Spiel und war sehr schnell darin. Sie wurde nach den Jungs immer als Erste ausgewählt, und heute war sie auch als Letzte aus dem Spiel geworfen worden, aber erst nachdem sie drei von der anderen Seite abgeworfen hatte, mehr als alle anderen Mitspieler – das waren die Gedanken, die ihr durch den Kopf gingen, als sie nach Hause gerannt kam, doch beim Anblick von zwei Gästen, die sie nicht kannte, blieb sie wie angewurzelt stehen. Es waren weder Tante noch Onkel und auch niemand, den sie aus dem Dorf kannte. Mehar, die damals noch nicht Mehar genannt wurde, bewegte sich langsam, argwöhnisch durch den streifigen Schatten des offenen Durchgangs. Die Erwachsenen hatten sie noch nicht bemerkt. Die Gäste wirkten freundlich, das musste sie zugeben, wie sie da in der beschatteten Hälfte des kleinen viereckigen Hofes saßen. Mehar konnte leere Teegläser auf dem Tisch sehen und einen überladenen Teller mit Mangos, in Scheiben geschnitten und mit irgendeinem grünen Gewürz bestreut. Eine runde Teeschale aus Metall war mit einem blassgelben Tuch abgedeckt.

»Ah, da ist sie ja!«, sagte ihr Baba mit einem Lächeln so

breit wie ein Fluss, weil es ihm immer schwerfiel, zu lange in Gesellschaft von Erwachsenen zu sein. Er hieß Arvind, und obwohl er das Gemüt eines Kindes hatte, gab er sich heute offenbar größte Mühe, einen seriösen Eindruck zu machen. Er trug eine englische Hose statt seines üblichen Dhotis, und sein Turban war viel ordentlicher als sonst, all das machte Mehar nervös. »Komm her«, sagte er, und Mehar tat wie geheißen, setzte sich neben ihren Baba auf das Charpai und drückte den Kopf an seine Achsel. Sie schaute zu dem heißen blauen Himmel hinauf und fragte sich kurz, was wohl auf der anderen Seite der Sonne sein mochte, aber die war zu weiß und tat ihr weh. Ihr Blick ging wieder nach unten, auf ihren bescheidenen Hof und diese vier seltsam lächelnden Erwachsenen.

»Hübsche Gesichtszüge«, sagte die fremde Frau; ihr Lächeln schien halbherziger als das ihres Mannes, und ihre Augen wirkten durchtriebener.

»Senföl wirkt Wunder, wenn wir welches bekommen können, aber wer kann das schon heutzutage?«, sagte Mehars Mutter entschuldigend.

Simran neigte schon unter normalen Umständen dazu, sich häufig zu entschuldigen, und diese Gewohnheit hatte sich weiter verstärkt, weil sie nicht erneut schwanger geworden war. Sie hielt die Hände im Schoß, und ihre lackierten Daumennägel – wieso waren sie lackiert? – spielten miteinander. Das Eintreffen ihrer Tochter hatte sie anscheinend noch nervöser gemacht. Außerdem fiel Mehar auf, dass ihre Ma die andere Frau, die Mehar aus irgendeinem Grund ganz ungeniert taxierte, überhaupt nicht anschaute.

»Ich finde, sie hat ein nettes Gesicht«, sagte Simran vorsichtig, »und so Gott will, wird sie in ihre Stirn hineinwachsen. Seien Sie versichert, dass ich sie fast jeden Morgen nach unten drücke«, endete sie lächelnd, hörte auf zu lächeln, lächelte wieder.

»Nicht doch, ihre Stirn ist in Ordnung«, sagte Arvind. Er wandte sich an den männlichen Gast. »Wenn sie sich das Gesicht nicht mit Sahne waschen, klemmen sie sich Wäscheklammern auf die Nase, und ansonsten kneten sie sich wie verrückt die Stirn. Seien Sie froh, dass Sie nur Söhne haben. Sie müssen ein Vermögen an Milch sparen.«

Der Mann lachte, ein volles, kräftiges, übertriebenes Lachen, das Mehars Mutter zusammenfahren ließ. »Was wir an Milch sparen, verlieren wir an Mehl. Die Rotis können gar nicht schnell genug aus dem Ofen kommen, hab ich recht?«

Seine Frau, die natürlich Mai war, antwortete nicht. Sie machte mit den Knien eine Vierteldrehung in Richtung Simran, ein stillschweigender Hinweis darauf, dass genug geplaudert worden war und sie endlich zur Sache kommen sollten. »Sie ist geeignet«, sagte sie mit der ausgeprägten Unhöflichkeit, die sich eine Frau reich an Söhnen ohne Weiteres leisten konnte. »Jedenfalls wurde eine Vereinbarung getroffen. Machen wir weiter?«

Mehars Mutter nickte widerstrebend, dann schossen ihr Tränen in die Augen, und Mehar sah, dass ihr Baba eine Hand zu einer mitfühlenden, beschwichtigenden Geste erhob. Würde ihre Ma fortgehen? Würde ihr Baba nichts dagegen tun?

Die Frau knüpfte mit langen Fingern und noch längeren Handtellern geschickt ihre Stofftasche auf und nahm einen schwer aussehenden scharlachroten Chunni heraus, verziert mit rautenförmigen Pailletten und goldenen Fransen. Mehar streckte eine Hand aus und berührte die Fransen, die sich schauderhaft kitzelig anfühlten. Der Mann lachte, zu laut. Seine Augen waren sehr rot.

»Er gefällt ihr … Der ist für dich, weißt du.«

Mehar wollte widersprechen, sagen, dass er sich irrte, dass sie den Chunni abscheulich fand und ihn überhaupt nicht haben wollte, aber sie hatte das Gefühl, dass sie in etwas allzu Großes verstrickt worden war und es besser für sie wäre, zur Seite zu treten und die Situation vorbeigehen zu lassen. Sie drückte sich an ihren Baba, der sie unter den Armen packte und mitten in die Gruppe stellte. Mehar wollte wieder an ihren alten Platz, doch das »Nein!« ihres Babas hielt sie zurück. Die Frau breitete den scharlachroten Chunni hinter Mehar aus, legte ihn ihr dann über Kopf und Schultern. Sie hielt ihrem Mann die geöffnete Hand hin, und er legte einen neuen, hellbraunen Zweieinhalb-Rupien-Schein hinein, den sie Mehar an die Stirn drückte, bevor sie ihn Simran gab. Im Gegenzug holte Simran aus ihrem Hochzeitsschrank in der Kammer ein Glasgefäß mit Salz und reichte es ihr.

»Das war doch nicht nötig«, sagte die Frau und steckte es trotzdem ein. »Salz ist so teuer geworden.«

»Welchen Ihrer Söhne haben Sie für sie bestimmt?«, fragte Arvind.

Die Frau kam der Antwort ihres Mannes zuvor. »Wozu die Eile? Einzelheiten können später vereinbart werden. Fürs Erste …« Und sie zog den großen, in Brokat gefassten Chunni über Mehars Augen, ihren Mund bis hinunter zum Bauch, und Mehar begriff mit einer jähen wilden Panik in der Brust, dass sie gekommen waren, um sie einzupacken und mitzunehmen. »Ihr neuer Name ist Mehar Kaur. Und möge sie Gnade mitbringen.«

Am Abend, nachdem die schrecklichen Gäste gegangen waren und noch dazu ohne sie gegangen waren, nahm Mehar das Hemd ihres Vaters in Angriff. Vor einigen Wochen hatte Simran begonnen, Mehars Repertoire an Haushaltstätigkeiten zu erweitern, um ihre Tochter mit jenen Fertigkeiten auszustatten, die für ihr neues Leben besonders nützlich sein würden. Körbe flechten, Linsen verlesen, Mäuse fangen oder, wie jetzt, bügeln. Mehar spuckte in den Ofen, und die Kohlen zischten dramatisch. Vorsichtig schob sie einen langstieligen Löffel hinein und holte drei Stücke aus dem Feuer, ließ sie in ein Messinggefäß mit flachem Boden fallen, packte den Topf dann an seinem dicken Rand und lief in das Zimmer, wo sie das Hemd auf einer Musselindecke ausgebreitet hatte. Während sie den heißen Boden des Gefäßes über die grobe Baumwolle schob und die Falten glättete, die Zunge zwischen den Zähnen, wanderten ihre Gedanken bei der eintönigen Arbeit zurück zu den Gästen, zu der strengen Frau mit dem hageren Gesicht und dem straff zurückgekämmten Haar. Keine netten Leute. Und sie dürfen nicht wiederkommen, sagte sie sich, berührte aber zugleich probeweise ihre Stirn. Was war denn an ihrer Stirn auszusetzen?

Sie wurde aus ihren Gedanken gerissen, als Montys Silhouette hinter der roten Scheibe des Fensters auftauchte. Er war Mehars Cousin und lebte seit etlichen Monaten bei ihnen; seine Mutter (Simrans Schwester, die zwei Söhne geboren hatte) hatte ihn geschickt, damit er bei der Feldarbeit half, bis der Tag gekommen wäre, an dem Simran einen eigenen Sohn zur Welt brächte. Der achtjährige Monty haderte nach wie vor mit der Situation, und Mehar beachtete ihn nicht, als er ins Zimmer kam, unter das Charpai spähte und hinter den Räuchergefäßen herumsuchte, die auf den Regalen verteilt standen. Sein Haar war kurz geschnitten, seine Ärmel an den Schultern abgetrennt, und seine Bewegungen waren flink und abrupt, als ob das Leben hier ihn zusammenzucken ließe.

»Hast du meinen Spucknapf gesehen?«, fragte er.

Mehar schnalzte laut mit der Zunge – nein.

»Mist.« Er trat vor sie. »Bügelst du als Nächstes meins?«

»Wo ist es denn?«

Er stockte. »Deine Vorderzähne überschneiden sich. Weißt du das?«

Erst ihre Stirn und jetzt auch noch die Vorderzähne. Mit großer Duldsamkeit lächelte Mehar und setzte ihre Arbeit fort, aber Monty, angefeuert von seinem Groll gegen diese Familie, gab keine Ruhe.

»Die Leute, die vorhin hier waren. Ist dir klar, dass du ihren Sohn heiratest?«

»Stimmt ja gar nicht«, sagte Mehar ruhig, an Montys Gehässigkeiten gewohnt. »Sie sind jedenfalls weg.«

Er hob einen Fuß auf das Charpai, brachte absichtlich ihre Bügelarbeit durcheinander und strich sich mit einer Hand übers Schienbein. Mehar zog die Musselindecke wieder straff.

»Du wirst bald bei denen leben. Die haben sogar deinen Namen geändert.«

»Das ist Unsinn«, sagte Mehar, obwohl es sie störte, dass Monty da anscheinend etwas wiederholte, was ihr Baba einige Stunden zuvor erwähnt hatte, nachdem die Gäste gegangen waren. In dem Moment hatte sie nicht richtig zugehört, vor lauter Freude darüber, dass die Gäste allein abgezogen waren.

»Vielleicht hat ihr Sohn deinen neuen Namen ausgesucht.«

»Welcher Sohn?«

»Der, den du heiraten und bei dem du leben wirst.«

Und jetzt bekam Mehar wieder Angst, die gleiche Panik, die sie empfunden hatte, als sie ihr den scharlachroten Chunni über das Gesicht gezogen hatten.

»Ich glaube, dein Großvater und deren Großvater waren Freunde. Sie hatten das mit Handschlag vereinbart oder so.«

Monty hörte sich wirklich so an, als wüsste er eine ganze Menge. »Halt die Klappe«, sagte Mehar, der plötzlich heiß wurde und fast die Tränen kamen, weil ihr alles zu viel war. »Sonst verbrenn ich dich.«

»Eher verbrennst du noch das Hemd«, warnte Monty, und Mehar stellte das Gefäß auf die Stahlplatte. »Oh Gott«, sagte er dann, »ich hoffe, deine Mutter schenkt dir bald einen Bruder, sonst muss ich dich am Ende noch in den Tempel tragen. Wieso brauchen die so lange?«

Sie wollte von niemandem irgendwohin getragen werden, niemals. Sie starrte hinunter auf das Hemd, kämpfte mit den Tränen, und dann blickte sie mit dem gleichen Stoizismus, über den sich ihre Mutter so oft rühmend ausgelassen hatte, in Montys Gesicht. »Wann muss ich gehen? Kann ich vorher noch Diwali feiern?«

»In etwa zehn Jahren«, sagte Monty mit Bestimmtheit, und Mehars Augen weiteten sich vor Freude, und ein kurzes Lachen drang aus ihrem Mund, weil zehn Jahre schlicht unvorstellbar waren: doppelt so lange, wie sie bereits auf der Welt war, ja, das wusste sie, und doch in jeder Hinsicht unendlich. Jedes Jahr schien so viele mehr zu enthalten, die Jahreszeiten kleine Ewigkeiten, sodass Monty auch genauso gut »niemals« hätte sagen können, und alle Gedanken ans Heiraten glitten davon, wurden in die Abflüsse draußen vor dem

Haus gespült und tauchten erst wieder auf, als Mehar elf war und Monty die Treppe herauf aufs Dach gerannt kam, so schnell, dass seine Sandalen auf den Beton klatschten.

»Deine Schwiegermutter ist da!«, keuchte er.

Mehar hatte mit einem der kleineren Kinder aus der Nachbarschaft »Backe, backe Kuchen« gespielt und ihre Gesichter in den Farben der Göttin Kali schwarz und rot bemalt, denn in wenigen Tagen begann das Fest Dashahara. »Wer? Hier? Jetzt?«, stammelte sie, und er packte ihren Arm und zog sie zur Treppe. »Aber mein Gesicht!«

»Sie will dich sofort sehen. Ma schickt mich.« Monty war inzwischen so lange bei der Familie, dass er irgendwann angefangen hatte, Mehars Mutter Ma zu nennen, und Simrans Schwester, die Frau, die ihn geboren hatte und die er vielleicht einmal im Jahr sah, sprach er mit Massi an, was »wie eine Mutter« bedeutete. Am Fuß der Treppe wurden sie langsamer, und Monty, der immer noch Mehars Handgelenk festhielt, führte sie zu dem Fenster hinten im Hof und spähte ins Haus. Staub tanzte in Sonnenstrahlen. Auf einem braunen, abgewetzten Sofa saß Mai. Ihre Haltung war kerzengerade, und sie knabberte höflich etwas Gebäck, während Ma ihr heftig Luft zufächelte.

»Ist jemand gestorben?«, fragte Monty. »Sie ist in Weiß.«

Mehar zog ein Gesicht, das besagte: Woher soll ich das wissen?

»Geh und wasch dir den Quatsch ab«, zischte Monty, und Mehar machte einen vorsichtigen Schritt zurück und schlich Richtung Wasserpumpe, als eine Stimme aus dem Haus ertönte.

»Mehar, komm sofort herein.«

Mehar blickte Monty mit erschrockenen Augen an und

zeigte auf ihr schwarz bemaltes Gesicht, auf die rote Teufelszunge am Kinn.

»Sie möchte nicht mit leeren Händen zu dir kommen, liebstes Tantchen«, sagte Monty. »Bitte erlaube ihr, Zitronenwasser als Gabe mitzubringen.«

»Wasser habe ich schon. Was ich nicht habe, ist Zeit zu warten. Sofort her mit ihr.«

Mehar schüttelte den Kopf und winkte ab und trat einen weiteren Schritt zurück.

»Bitte erspare ihr die Verlegenheit, dir ohne ein Mitbringsel unter die Augen treten zu müssen«, erwiderte Monty, eine Faust an den Mund gedrückt.

»Mehar Kaur« – das war Ma –, »deine Mutter ist deinetwegen gekommen. Herein mit dir, sofort.«

Mehars Schultern sanken resigniert herab, und sie legte sich rasch eine Entschuldigung zurecht, bevor sie schließlich aufs Haus zuging. Als sie an Monty vorbeikam, wickelte er hastig seinen schmuddeligen weißen Turban ab, schüttelte den Stoff mit einem einzigen klatschenden Schlag aus und legte ihn Mehar über Kopf und Gesicht.

»Der ist durchsichtig«, flüsterte Mehar.

»So durchsichtig nun auch wieder nicht, keine Sorge. Guck die ganze Zeit auf den Boden«, murmelte er, während er die Holztür öffnete und nach ihr ins Haus trat.

Mehar berührte Mais Zehen, nahm dann ihr gegenüber Platz, neben Simran.

»Es sind keine fremden Männer hier«, sagte Mai.

»Sie trauert«, sagte Monty.

»Um wen?«, fragte Mai.

»Um wer immer auch verstorben ist«, sagte er und deutete auf ihre eigene weiße Kleidung.

»Du weißt nicht, um wen du trauerst?«

Mais Ton machte deutlich, dass sie nur von Mehar eine Antwort hören wollte, also sprach diese hinter dem provisorischen Schleier ein stummes Gebet und setzte alles auf eine Karte: »Ich hatte die Vision, dass es meinem Vater nicht gut geht, und als ich sah, dass du die lange Reise heute allein auf dich genommen hast, fühlte ich mich von Gott aufgefordert, eine Zeit der Trauer zu beginnen.«

Jähe Stille breitete sich aus. Dass eine Schwiegertochter an den Tod ihres Schwiegervaters auch nur dachte, geschweige denn ihn laut aussprach, war eine unverzeihliche Frechheit. Das beharrliche Schweigen füllte den Raum, bis es von einem Summen durchbrochen wurde; alle Augen wandten sich dem Fenster zu und sahen das Nachbarskind die Treppe herunterkommen, den Hof überqueren und in den Durchgang verschwinden.

»Er ist vor knapp einem Monat gestorben«, sagte Mai. »Sein Herz hat versagt.«

Simran legte den Fächer hin und wollte schon die gebotene Menge Tränen aufbringen, doch Mai unterband das mit einer erhobenen Hand.

»Was geschehen ist, ist geschehen. Er hat uns gut gedient.« Sie sprach mit einem Seufzen weiter. »Ich habe dir angemessene Trauerkleidung mitgebracht.« Sie holte ein braunes Päckchen aus ihrer Stofftasche und gab es Simran, damit sie es an Mehar weiterreichte.

»Ich werde sie ein ganzes Jahr lang tragen«, sagte Mehar ernst. »Ich werde das Leben meines Vaters ehren.«

»Eine Woche reicht. Der Winter steht bevor.« Mai erhob sich. »Würdest du mich zur Tür begleiten, Mehar.« Es war keine Frage.

Sie gingen zusammen den Durchgang hinunter, Mehar einen halben Schritt hinter Mai, weil der Gang zu schmal war. Das Licht drang nie ganz bis in diesen Teil des Hauses, der den Hof mit der Dorfstraße verband, sodass ihm ein Hauch von Verschwiegenheit und Vertraulichkeit anhaftete.

»Was hast du noch für Visionen gehabt?«

»Das war meine erste.«

Mai gab einen zustimmenden Laut von sich. »Hast du schon deine erste Blutung gehabt?«

»Ja«, erwiderte Mehar und spürte, wie sie rot wurde.

»Vielleicht lag es daran.«

Sie hatten das Ende des Durchgangs erreicht. Mehar wartete darauf, dass Mai auf die Straße trat und sich umdrehte, damit Mehar ihr zum Abschied die Füße berühren konnte. Sie wollte, dass sie verschwand, damit sie zurück ins Haus laufen und mit Monty über alles lachen konnte. Doch Mai trat auf Mehar zu und stieß sie gegen die kalten Steine der Mauer. Sie befühlte grob Mehars Brüste, drückte sie fest durch das Hemd, mit allen Fingern und beiden Handballen. Obwohl es wehtat und ihr der Mund aufklappte, sagte Mehar kein Wort, ließ die Arme schlaff herabhängen.

»Nimm ein aufgetrenntes Stück Stoff und wickle es dir ein paarmal herum. Eng wie deine Möse. Sie müssen klein bleiben. Wir sind keine unzüchtige Familie.«

Mehar nickte.

»Du bist ein hübsches kleines Ding.« Mai lächelte. »Und wenn ich dich das nächste Mal bitte, zu mir zu kommen, kommst du unverzüglich, ist das klar?«

Mehar nickte wieder, und vielleicht wurde das Lächeln auf Mais Lippen nur deshalb breiter, weil Mehar kräftig schlucken musste.

»Sehr gut.« Sie drückte Mehar durch den Stoff einen Kuss auf die Stirn, wünschte ihr viel Freude an Dashahara und schritt die sonnige Straße hinunter, ehe Mehar sie um einen Abschiedssegen bitten konnte.

Mehar ging von der Begegnung verstört und aufgewühlt zurück durch den Gang, doch als sie in das Licht des Hofes trat, fühlte sie sich wie wachgerüttelt, wie zurückgerissen in die bekannte Welt. Sie lief in ihr Zimmer, wo Monty schon auf sie wartete und so heftig lachte, dass ihm Tränen übers Gesicht liefen.

»Dein Bruder ist völlig verrückt geworden«, sagte ihre Mutter, nur um dann selbst einen quietschenden Schrei auszustoßen, als eine grinsende Mehar ihren Schleier wegriss.

In den folgenden Monaten schilderten sie den Nachmittag immer wieder, stets mit Ausschmückungen von Monty. »Die Hexe wollte sogar schon den Schleier lüften, aber ich bin blitzschnell mit einem Teller Gebäck dazwischengegangen«, erzählte er Mehars Vater. »Onkel, du hättest ihr Gesicht sehen sollen, als ich sie immer wieder dran gehindert habe, einen Blick auf unsere Mehar zu werfen!« Doch als aus Monaten Jahre wurden, kam die Geschichte immer weniger zur Sprache, bis auf ein letztes Mal einige Wochen vor der Hochzeit. Mai sollte ihnen einen letzten Besuch abstatten und hatte ihnen über einen reisenden Sadhu mitteilen lassen, dass sie diesmal mit einem ihrer Söhne kommen würde.

»Kali Mata würde ihn verscheuchen. Hast du noch den Mut dazu?«, fragte Monty, während Mehar etwas mehr Ghee in den Ruß rührte. Sie nahm einen kleinen Kiesel oben vom Spiegel und umrandete ihre Augen mit Kajal. Sie waren allein in dem neuen Zimmer, das Mehars Vater auf das Dach gebaut hatte, und als Monty sich zu ihr auf das breite grüne Kissen des Hockers setzte, sah er, der mit seinen siebzehn Jahren selbst auf Brautsuche war, ganz und gar wie der abschätzige große Bruder aus.

»Ich verrat dir mal was. Ich werde meiner Frau niemals sagen, sie soll sich schminken. Ich werd's ihr verbieten.«

Mehar lächelte trotz ihrer Nervosität und tätschelte seine Hand, die die ganze Zeit auf ihrer Schulter gelegen hatte. Sie liebte ihn, ganz unkompliziert. Als Mehar, ein paar Monate nachdem Mai sie so grob behandelt hatte, einmal abends mit ihm allein war, hatte sie ihn gefragt, was denn ihre Möse sei, und Monty hatte sie in die Arme genommen und gesagt, darüber solle sie sich keine Gedanken machen, was sie nur noch mehr verwirrt hatte, zumal sie an ihrer eigenen Brust die kleinen Schluchzer spüren konnte, die aus seiner kamen.

»Ich glaube, sie sind da«, sagte Mehar, stand auf, leckte sich den Finger an und strich damit über ihre Augenbrauen. Nervös oder nicht, es war sinnlos zu warten. Niemand konnte seinem Schicksal davonlaufen.

»Hummeln im Hintern?«, fragte Monty. Er drückte sie zurück auf den Hocker, während er aufstand, als würde ein Flaschenzug sie beide bewegen. »Wir rufen dich, wenn wir so weit sind.«

Eine Stunde verging, und Mehar wartete noch immer oben im Dachzimmer. Sie konnte von unten die gedämpften Stimmen hören und das Klappern von Geschirr, als Tee und Süßspeisen herumgereicht wurde. Sie wagte es nicht, sich nach draußen zu schleichen und über die Mauer zu spähen, weil sie wusste, dass das Quietschen der Tür sie verraten würde, vor allem jetzt im Winter, wo es unmöglich war, an Schmierfett zu kommen. Stattdessen holte sie den Jamawar-Schal unter dem

Charpai hervor und befreite ihn aus der Papierverpackung. Er war wunderschön, handgewebt, in gebrannten Umbra- und Brauntönen, mit Sorgfalt und Feingefühl bestickt und verziert, sodass stets irgendein neues Muster zum Vorschein kam, wenn Mehar ihn betrachtete. Die kunstvolle rote Bordüre (»Französische Stickerei«, hatte der Verkäufer rätselhafterweise gesagt) fühlte sich an ihrer Wange wie eine Liebkosung an. Mehar liebte es, das Gewebe in den Händen zu halten, und das Gefühl, etwas so Hinreißendes zu besitzen. Sie war sicher, dass der Schal auch ihrer Schwiegermutter gefallen würde, dass er Mehars Ansehen in der neuen Familie erhöhen würde, denn er war der bezauberndste Bestandteil ihrer Aussteuer und würde nach der Trauung zusammen mit neuen Möbeln, zwei Stieren und fünf Säcken Getreide auf ihrem Hochzeitszug gezeigt werden. Sie küsste den Schal, packte ihn wieder ein und verstaute ihn erneut unter dem Charpai und stand dann, nicht ganz zufällig, vor dem langen Kleiderschrankspiegel und nahm sich erneut in Augenschein. Ihre türkise Tunika mit den goldenen Borten und dem farblich passenden Salwar war ein Glückwunschgeschenk ihrer Großmutter mütterlicherseits, die vor sechs Monaten die dreitägige Reise zum Haus ihrer Tochter auf sich genommen hatte. An den Füßen trug Mehar goldene Satinschuhe, deren Säume an beiden Fußgewölben kratzten. Ihr Haar, gewaschen, geölt, gekämmt, hing zu einem Zopf geflochten über ihren Rücken. Sie versuchte, sich aus dem Augenwinkel zu betrachten, um gleichsam einen unverhofften Blick auf sich selbst zu werfen, als könnte ihr das eine unvoreingenommenere Einschätzung ermöglichen: der blasse Mund, der weizenbraune Teint, die großen – einige meinten, zu großen – Augen. Würde ich mich für schön halten?

»Komm schon.«

Sie drehte sich um, unerschrocken, obwohl sie Monty nicht hatte hereinkommen hören, nickte einmal und griff nach ihrem Chunni, den sie wie einen Schleier trug.

Während Monty sie die Treppe hinunterführte, flüsterte er ihr Albernheiten zu: »So dick, ich bin nicht sicher, ob er ein Mensch oder ein Elefant ist«, und: »Haben sie dir von seinen fehlenden Zähnen erzählt?«

Sie war unsicher, ob er sie trösten oder sich selbst von seinem eigenen Kummer ablenken wollte. Sie spielte jedenfalls mit und stieß ihm ihren Ellbogen in die Rippen, zischte: »Hör auf, sonst stolpere ich noch.«

Im Hof wappnete Mehar sich innerlich, presste die Lippen zusammen und rief sich in Erinnerung, dass sie nichts zu befürchten hatte. Sie hegte eine schleichende Angst vor seiner Mutter, zugegeben, aber Mai hatte sie für gut befunden. Sie würden – konnten – jetzt keinen Rückzieher mehr machen, selbst wenn er sie so hässlich fand wie ein Wildschwein. Sie berührte ihre Stirn, als wollte sie sie zurück in Form drücken, ein Tick, an dessen Ursprung sie sich nicht erinnern konnte. Dann wurde die Tür geöffnet, und sie ging hinein, die Augen niedergeschlagen. Sie konnte nur den Fußboden sehen und darauf die seltsamen verblichenen Kreidestriche, die ihr nie zuvor aufgefallen waren. Montys Hand auf ihrem Rücken führte sie zu einem Sitzplatz, und als sie sich überaus vorsichtig niederließ, erkannte sie die Füße ihrer Mutter zu ihrer Rechten und zu ihrer Linken die Sandalen ihres Vaters, seine eckigen Zehennägel. Der Tisch vor ihr war gedeckt. Leere Tassen, Teller noch gehäuft voll mit Gebäck, halb leere Schälchen mit Faluda.

Sie sprachen über Politik und das schon eine ganze Weile,

denn diese Heirat fand zu einer Zeit des schrecklichen und anhaltenden Preisverfalls für Getreide statt. Die englischen Mühlen kauften nicht mehr, die Vizekönige hatten gleichzeitig die Pacht erhöht, und einheimische Bauern waren gezwungen, alles Gold, das sie noch hatten, zu verkaufen (noch dazu an die gewieften Briten), damit sie ihren Grund und Boden behalten konnten. Alles Dinge, die überall im Land zu antibritischen Protestmärschen und Freiheitsbewegungen führten.

»Es kommt noch zu Aufständen, wenn die nicht aufpassen.«

Mehar lauschte angestrengt über das Dröhnen ihres hämmernden Herzens hinweg. Das musste er sein. Er klang stark und energisch, groß und gut aussehend. Die Wonnen des Wunschdenkens!

Er fuhr fort: »Wohin man auch geht, überall sind Agitatoren.«

»Agitieren kann jeder. Man braucht schon echten Mut, um den Kampf mit ihnen aufzunehmen«, sagte Monty.

»Ich bin sicher, dein Mut reicht für uns alle«, erwiderte Mais Sohn, was den anderen im Raum ein Lachen entlockte.

So ging es weiter, als wäre Mehar gar nicht dazugekommen, bis Simran fragte (wie es ihre Aufgabe war), ob sie noch einen Topf Tee machen sollte, und Mai ablehnte (wie es ihre Aufgabe war) und sagte, die Zeit dränge und sie müssten bald gehen, um den Muselmanen auszuweichen, denn heute sei ja deren gottverlassener Freitag. Das war anscheinend das Zeichen, auf das Simran gewartet hatte, und Mehar spürte, wie der Arm ihrer Mutter um ihren Rücken griff, und sah ihre rot gefärbten Fingerspitzen den Saum des Schleiers fassen. Sie enthüllte Mehar, als würde sie einen Vorhang heben, und während der ganzen Tortur hielt Mehar den Atem an, zitterte vor Nervosität, lauschte auf entsetztes Aufkeuchen, betete, dass sie nichts dergleichen hören würde. Schließlich faltete Simran den Schleier auf Mehars Kopf zusammen, und alle saßen schweigend da, während Mehar noch immer bebend den Blick weiterhin auf den Boden gerichtet hielt. Sie wusste, dass sie nicht die Kühnheit besaß, ihm ins Gesicht zu sehen. Von Monty würde Mehar später erfahren, dass Mai und ihr Sohn in diesem Moment einen bestätigenden Blick wechselten, bevor die Frau sagte: »Ich habe mit unserem Priester gesprochen, und die Sterne stehen nächsten Monat günstig, vorzugsweise am siebzehnten Tag.«

»Wir freuen uns, Sie und Ihren Sohn an jedem Tag, der Ihnen am besten genehm ist, willkommen zu heißen«, sagte Arvind mit deutlich hörbarer Erleichterung.

»Ich werde es per Telegramm bestätigen«, sagte Mai. »Meine anderen Söhne heiraten ebenfalls.« Sie sprach mit verhaltener Überheblichkeit. »Wir sind direkt von den Elternhäusern der anderen Mädchen hergekommen, daher unsere Verspätung. Drei Hochzeiten, eine Feier. Ich gebe Bescheid, sobald wir das endgültige Datum festgelegt haben.«

»Wie Sie wünschen«, sagte Arvind, obwohl seine Stimme eine leichte Verwirrung verriet.

»Aber Sie sind derjenige, den meine Schwester heiraten wird?«, fragte Monty, was ihm fast eine Ohrfeige eingebracht hätte, sobald die Gäste sich verabschiedet hatten, und Simran wetterte, dass er kein Recht habe, so unverschämt aufzutreten.

Die alte Hexe (sagte Monty später) hatte schon antworten wollen, doch der Sohn war ihr zuvorgekommen: »Die Entscheidung wird in Absprache mit meinen jüngeren Brüdern getroffen. Aber du musst dir keine Sorgen machen. Ich verspreche dir, dass deine Schwester einen von uns heiraten wird«, sagte er abschließend, was bei Mehars Eltern erneut nervöses Lachen auslöste.

Solche Arrangements waren nicht neu – ganz im Gegenteil –, aber Monty war aufgebracht und sagte später bei seinem Ausbruch Simran gegenüber, sie seien schließlich im zwanzigsten Jahrhundert, zum Himmel noch mal. Mehar habe das Recht zu wissen, wen sie heiraten würde.

»Sie hat das Recht, in eine gute Familie verheiratet zu werden, und das sind gute Leute aus Kala Sanghian. Welcher Sohn genau ihr Ehemann wird, spielt keine Rolle. Ein richtiger Bruder würde das verstehen«, fügte Simran in einem für sie untypischen, verletzenden Tonfall hinzu, was für eine noch tiefere Wunde sorgte.

Als der neue Monat begann und der Siebzehnte näher rückte, verdrängten die Vorbereitungen für den großen Tag – haben wir genug Decken, falls den Gästen kalt ist? Sind die Dalits bestochen worden, damit sie sich vom Tempel fernhalten? – jeden Gedanken daran, mit wem genau Mehar den heiligen Bund eingehen würde. Auch Mehar versuchte, sich keine Sorgen zu machen. Ihre Mutter hatte recht: Was würde es schon ändern? Schließlich hätte sie den Jungen ja weder ablehnen noch sagen können: *Nein, danke, ich nehm lieber den anderen,* als würde sie sich auf dem Markt Blumenkohl aussuchen.

Am Hochzeitstag selbst wusste niemand in der Familie genau, bei wem sie gelandet war. Mehar war von Kopf bis Fuß unter ihrem schweren roten Kleid und goldenen Schleiern verhüllt, ihre Hände und sogar ihre Füße umwickelt mit Chenille, die umgefaltet und mit Goldfäden an Fuß- und Handgelenken festgebunden worden war. Sie konnte weder gehen, reden noch hören, und das wurde auch nicht von ihr erwartet, daher trug Monty sie auf den Armen, von der Kutsche die Stufen hinauf durch den halb vollen Tempel, und setzte sie neben den Mann, der vorn in der Haupthalle des Tempels wartete. Der Bräutigam trug seinen Sehra, einen Vorhang aus weißen Ringelblumen, durchflochten mit karminroten Blüten, der an seinem Turban befestigt war und ihm übers Gesicht hing. Monty versuchte zu erkennen, ob er derselbe Mann war, der zu ihnen nach Hause gekommen war, und vielleicht gelang es ihm auch. Wer weiß? Selbst falls es ihm geglückt war, er hatte keine Möglichkeit, es Mehar mitzuteilen. Nachdem er sie zum Bräutigam getragen hatte, bot sich ihm keine Gelegenheit mehr, mit ihr zu sprechen: Gleich nach der Zeremonie folgte sie ihrem Mann in die Kutsche, der Fahrer setzte die Pferde in Bewegung, und Monty, fest entschlossen, nicht zu weinen, sah seine Schwester nie wieder.

***

Im Juli 2019 wurde mein Vater operiert und bekam ein neues linkes Knie. Nach vier Tagen im Krankenhaus wurde er mit einem Blutverdünner, einer Packung Schmerzmittel, einer Broschüre, die zehn verschiedene Reha-Übungen empfahl, und einem Paar Krücken entlassen. Er und Mum würden in allen möglichen Bereichen tägliche Hilfe benötigen, deshalb fuhr meine Frau mit unseren drei Kindern für den Sommer zu meinen Schwiegereltern, während ich in das Haus und den Laden meiner Kindheit zurückkehrte und wieder in mein altes Zimmer zog, auf dessen Tür noch immer S- stand. Einige meiner Pflichten katapultierten mich zurück in die Zeit, als ich noch ein Teenager war: Mum, die mich nach unten rief, um eine Lieferung auszuladen oder mit dem Van zum Großmarkt zu fahren oder die Zeitungen auszutragen, weil der Zeitungsjunge noch vom Vorabend verkatert war. Was Dad anging, so war alles neu. Ich hielt seine Hand, während er Runden um den Esstisch drehte. Ich stützte sein Gewicht die Treppe rauf und runter. Ich zog ihm die Kompressionsstrümpfe aus und cremte ihm das stark geschwollene, holzsteife Bein ein. Ich half ihm beim Anziehen. Ich musste auch Leute herumführen, weil die Knie-OP Dad nach dreißig Jahren schließlich gezwungen hatte, das Haus, wenn auch widerwillig, zum Verkauf anzubieten. Und so scheuchte ich nun Kaufinteressenten an Dad vorbei, der auf dem Sofa lag und, statt ihre freundlichen Begrüßungen zu erwidern, hinter ihrem Rücken eine Krücke auf sie richtete wie ein Scharfschütze. Er würde das Haus schmerzlich vermissen, und diese sonnigen Nachmittage, wenn Leute kamen, um durch die Zimmer zu spazieren, waren von einer Art süßer Melancholie erfüllt.

In der zweiten Woche hatten wir drei allmählich einen Rhythmus gefunden, eine Routine. Die Sechs-Uhr-morgens-Geräusche des Milch-und-Brot-Mannes wurden mir wieder vertraut, Geräusche, die bewirkten, dass ich mir eine Scheibe Toast in den Mund stopfte und nach draußen hastete, um unsere Bestellung zu kontrollieren. Zwanzig Jahre später zählte ich wieder die Einnahmen zusammen, unter Berücksichtigung von Lotto, Rubbellosen und Paypoint-Auszahlungen, achtete darauf, dass immer genug Bargeld in der Kasse war. Ich stellte meine Essenspläne um, als Mum mich daran erinnerte (wie hatte ich das vergessen können?), dass Dad Raita nur zum Abendessen mochte und nicht schon früher am Tag. Mir blieb kaum freie Zeit, aber wenn ich nicht kochte oder Leute durchs Haus führte, für Dad sein Codein holte und ihm das Tinzaparin verabreichte, wenn ich ihm nicht bei seinen Übungen oder Mum im Laden half, versuchte ich zu lesen. Ich hatte mir einen Stapel Bücher mitgenommen: *Die kleinen Tugenden, Unter dem Vulkan,* eine Biografie über Leonora Carrington, Les Murrays Gedichtband *Waiting for the Past.* Obwohl mir das erst später klar wurde, waren die Bücher alle von oder über Menschen, die bereits das Zeitliche gesegnet hatten. Nicht, dass ich auch nur eines von ihnen las: Ich war zu abgelenkt, mein Geist zu angespannt. Ich konnte meine Aufmerksamkeit nicht darauf verwenden, die Welten anderer zu verstehen, während ich zum ersten Mal nach zwei Jahrzehnten – und auch zum letzten Mal – in dem Haus lebte, das einst mein eigenes Leben ins Wanken gebracht hatte. Stattdessen saß ich spätabends am Esstisch mit überdimensionalen Bildern von Sikh-Gurus an der Wand hinter mir und Familienfotos an der Wand vor mir.

Es gab ein Foto, das ich mir immer wieder ansah, ein kleines Bild in einem dunklen Holzrahmen. Es zeigte meine Urgroßmutter, eine alte weißhaarige Frau, die den weiten Weg nach England gereist war, nur um mich auf dem Arm zu halten, ihren neugeborenen Urenkel. Sie schaut lächelnd nach unten, nicht an den Blick einer Kamera gewöhnt, und ihr Chunni ist halb vom Kopf gerutscht. Ich schreie. Das Foto hing still dort, während ich am Tisch saß, meinen Laptop aufklappte und anfing zu schreiben. Das Nichtlesen der vielen mitgebrachten Bücher, so begriff ich in dem Moment, hatte den Boden dafür bereitet, dass ich nun besser erkennen konnte, was vor meinen Augen lag, nämlich die Vergangenheit. Genauer gesagt, viele verschiedene Vergangenheiten, einschließlich derjenigen, in der ich einen Entzug machte auf einer Farm in Indien im Sommer nach meinem achtzehnten Geburtstag.

»Du hättest vom Bahnhof aus anrufen sollen«, sagte mein Onkel, der sich mit meinem Koffer abmühte, ihn schließlich einmal freundlich tätschelte und dann mitten auf der Treppe stehen ließ. Wir waren in seinem großen Haus in dem Dorf Kala Sanghian. »Ich hätte dich abgeholt.«

»Du hättest aus England anrufen sollen«, sagte meine Tante. »Uns so zu überfallen. Das ist respektlos. Vollkommen respektlos.«

»Ach, wir wussten ja, dass du kommst.«

»Aber nicht, an welchem Tag, das hat uns kein Mensch gesagt.«

»Stimmt«, räumte mein Onkel ein, verzog peinlich berührt das Gesicht und lächelte verlegen. »Aber jetzt ist er ja da.«

Tante Kuku musterte mich skeptisch. Ihr breites massiges Gesicht war im Kinnbereich schlaff, als stände sie leicht unter Drogen, aber ihre Augen blickten hellwach. Garantiert verglich sie den gesunden, pausbäckigen Jungen von vor vier Jahren mit dem jungen Mann vor ihr: zu mager, zu ausgemergelt, zu verhärmt. Ich spürte, wie ich mich unter ihrem Blick wandt, nach links und rechts schaute, um ihn irgendwie abzuschütteln, doch dann fiel mir das Mitbringsel aus dem Duty-free-Shop in meinem Rucksack ein, und ich überreichte meinem Onkel die Flasche Glenfiddich. Er hielt sie einen Moment bewundernd in der Hand und stellte sie dann auf den Tisch zwischen uns.

»Du trinkst?«, fragte Kuku.

»Manchmal«, sagte ich.

»Ist ja jetzt ein Mann«, sagte Jai anerkennend. Er war klein, hatte einen dicken Teddybär-Bauch und ein bartloses, jugendliches Gesicht ohne eine einzige Falte. Sein kurzer glänzender Haarschopf hatte anders als der seiner Frau nicht eine graue Strähne. Ein durch und durch freundlicher Mann, der ihr aber nicht gewachsen war, wie alle sagten. Es wurde gemunkelt, dass sie ihn im ersten Monat ihrer Ehe geohrfeigt hatte, weil er ihr gegenüber laut geworden war. Seitdem war er still, erzählten die Klatschmäuler amüsiert.

»Ein letzter Urlaub vor der Universität, ja? Bist du deshalb hier?«

»Danke, dass ich bei euch wohnen kann.«

»Sei nicht albern«, sagte Jai. »Aber die Hitze wird noch schlimmer werden, weißt du.«

Ich spürte plötzlich einen heftigen Krampf im Magen und

zog die Lippen in den Mund, klemmte sie fest zwischen die Zähne. Der Schmerz verging, so rasch, wie er zugeschlagen hatte, aber er hinterließ eine Spur, eine Warnung, als hätte mich jemand von der Seite angelächelt, eine unverhohlene Drohung. Ich versuchte, mich wieder auf die Stimme meines Onkels zu konzentrieren, aber er sah mich erwartungsvoll, dann verwirrt an, und eine einzelne Falte zerfurchte seine Stirn.

»Also denkst du dran?«

»Bitte?«

»Was ist los mit dir?«, sagte Kuku.

»Das Rädchen am Durchlauferhitzer im Uhrzeigersinn zu drehen, wenn du kalt duschen willst?«, sagte Jai.

»Wie wär's jetzt mit einem Glas?«, schlug ich vor und deutete auf die Flasche.

»Junge, es ist noch nicht mal neun«, erwiderte er, aber ich war mit der Flasche schon auf dem Weg zum Kühlschrank. Als ich die Tür öffnete, wurde das Summen des Kühlschranks lauter, ein Bohren in meinem Ohr. Ich nahm den Krug Wasser heraus und griff mir zwei Gläser von einem mit Zierdeckchen drapierten hohen Regal. Mein Onkel und meine Tante starrten mich beide an (er fassungslos, sie seelenruhig), als ich mit den Drinks zurückkam und ihm seinen reichte. Ich hob mein Glas zu einem vagen Toast und leerte es etwa zur Hälfte.

Ich hatte stetig drei Viertel der Flasche getrunken, als Jai wortlos den Whisky vom Tisch nahm und damit nach unten verschwand. Ich hörte, wie sich ein Schlüssel in einem Schloss drehte. Als er zurückkam, zog er seine Jacke über und sah mich traurig, enttäuscht an.

»Ich muss zur Arbeit«, sagte er. Er ging zur Küche und sprach durch den Maschendraht der Tür. »Der arme Junge muss halb verhungert sein. Kannst du ihm bitte etwas zu essen machen?« Dann ging er, um sich an seinen Schreibtisch in der Bank nebenan zu setzen.

Fast den ganzen Nachmittag über konzentrierte ich mich, so gut ich konnte, darauf, unter Kukus beredt schweigender Aufsicht mit ihrem dreijährigen Sohn zu spielen, meinem Cousin Sona, bis die Schatten länger wurden und ich sagte, ich würde nach unten gehen. Das Haus meines Onkels Jai war ein schmales, dreistöckiges Gebäude; die eiserne Flügeltür war mit einem wuchtigen, dreißig Zentimeter langen Riegel gesichert. Mein Zimmer lag in der unteren Etage, zusammen mit dem Badezimmer, dem Abstellraum und einem weiteren Gästezimmer. Der Rest der Familie schlief entweder in dem großen Wohnzimmer auf der mittleren Etage oder, wenn es wie jetzt besonders heiß war, auf Charpais auf dem Dach. Ich rollte den Koffer in mein Zimmer, schloss die Tür, zog den Vorhang davor und sank aufs Bett, legte mich flach auf den Rücken. Der Deckenventilator surrte auf niedrigster Stufe und quietschte bei jeder Umdrehung. Das Fenster links von mir, doppelt so hoch wie breit, ging auf eine Seitenstraße des Basars. Ein Mann frittierte Jalebi in einem großen schwarzen Topf mit heißem Öl. Ein anderer Mann beschimpfte ihn von einem Balkon darüber. Ich griff nach dem Vorhang und zog ihn zu, sodass mein verhangenes Zimmer plötzlich in sirupartiges rötlich braunes Licht getaucht war, zu dunkel und zäh, als dass die Luft vom Ventilator es durchdringen konnte. Ich spürte, wie mein Rücken Feuchtigkeit absonderte. Ich sah in meinem Rucksack nach, hauptsächlich, um mich zu beruhigen, und ja, die vier Flaschen Bagpiper, die ich auf der zwölfstündigen Busfahrt von Delhi gekauft hatte, waren noch da. Ich legte mich wieder hin. Ich glaubte nicht, dass ich an dem Abend noch mehr Alkohol brauchen würde. Ich hatte mir einen ausreichenden Pegel angetrunken, hoffte ich, aber es war ein gutes Gefühl, dass der indische Whisky da war. Ich hatte seit vierundzwanzig Stunden keinen Schuss Heroin gehabt. Ich hatte riesige Angst vor dem, was vor mir lag.

Später tigerte ich unter Zuckungen im Zimmer auf und ab, kämpfte bereits gegen meine Panik an, als Jai mit Brathähnchen in einer fettigen blauen Tüte und zwei schwitzenden Dosen Cola hereinkam und alles am Fußende meines Bettes auf ein Tischtuch legte, welches er aus seiner Gesäßtasche zog. Wir redeten nicht viel. Alle paar Minuten hielten wir beim Essen inne und saßen absolut still da, als könnte uns das etwas Erholung von der Hitze verschaffen. Die vier Wandlampen waren alle aus dickem Glas und wie Muscheln geformt, und zusammen warfen sie ein abscheuliches Licht, das fast schwefelig wirkte. Ich stocherte in dem Hähnchen herum, pulte ihm die Haut ab. Es schmeckte bitter. So wie alles.

»Und wie geht's meiner großen Schwester und meinem Schwager?«, fragte Jai bemüht heiter. »Schon irgendwelche Ruhestandspläne?«

Ich schüttelte den Kopf. Es tat weh, viel zu reden.

»Die fallen noch tot hinter ihrer Ladentheke um, die beiden.«

Ich nickte langsam. Einige Augenblicke vergingen, bevor Jai weitersprach, jetzt ernster.

»Beachte deine Tante gar nicht. Du weißt ja, wie sie ist. Aber es tut mir leid, dass sie dir nichts zu essen gemacht hat.«

»Ich kann woandershin, wenn das besser ist.«

»Wir kommen die meiste Zeit ganz gut miteinander aus. Ist bestimmt nicht einfach für sie. Mit jemandem verheiratet zu sein, den sie nicht ausstehen kann.«

Ich blickte zu ihm hoch, wie er seine Cola trank, mich über die Dose hinweg ansah. Er stellte sie wieder hin, zuckte die Achseln.

»Sie wollte einen anderen heiraten. Was soll man machen?«

»Woher weißt du, dass sie einen anderen heiraten wollte?«

»Er war ein Nachbar aus ihrem Dorf. Hätte also genauso gut ihr Bruder sein können.« Er fuhr sich mit einer Hand durchs Gesicht. »Ach, sie hat es mir erzählt. Einen Tag nach der Hochzeit hat sie es mir erzählt.«

Ich blickte wieder nach unten, hatte Mitleid mit ihm, nagte dann weiter an meinem Hähnchen.

»Ist ihr Dorf weit weg?«, fragte ich. Ich wusste nichts über meine Tante. Bei früheren Besuchen war ich zu jung gewesen, um sie zu beachten, hatte sie lediglich als eine mürrische Gestalt hinter dem steifen Netz der Küchentür wahrgenommen.

»Weit? Es ist gleich das nächste Dorf! Du kennst doch unsere alte Farm? Eine halbe Stunde weiter, und du bist da.«

Ich hatte die Farm ganz vergessen. Ich glaube, ich war einmal dort gewesen, als Kind. Ich habe eine Erinnerung daran, wie meine Mum mich auf der Hüfte über einen leeren Hof trägt und dabei vor sich hin lächelt.

»Wer lebt jetzt auf der Farm?«

»Moskitos«, sagte er und schnippte mit dem Daumennagel gegen meine Dose. »Trink.«

Ich nickte. »Später.«

»Du musst müde sein.«

Ich nickte wieder. Er wollte anscheinend, dass ich weitersprach, aber ich tat es nicht, und wieder verging einige Zeit.

»Ist alles in Ordnung, mein Junge?«

»Könnte nicht besser sein.«

Er wirkte verärgert, sogar gekränkt, als hätte ich ein Versprechen nicht gehalten, und ich begriff, dass er nur deshalb so ehrlich zu mir gewesen war, weil er gehofft hatte, die Vertraulichkeit würde erwidert. Ich stellte mir vor, dass er den ganzen Nachmittag hinter seinem Schreibtisch überlegt hatte, wie er mich am besten zum Reden bringen könnte.

»Du hast heute Morgen ganz schön viel getrunken.«

»Kann ich bitte eine Decke haben? Mir ist –«

»Und du siehst nicht gut aus«, unterbrach er mich. »Eine Decke? In dieser Gluthitze?«

Wir aßen schweigend zu Ende, bis ich sagte, dass ich satt sei, und Jai ließ sich, vielleicht aus Furcht vor der feindseligen Atmosphäre oben im Haus, reichlich Zeit damit, die Knochen und leeren Dosen wieder in die feuchte blaue Tüte zu packen. Er betrachtete das Tischtuch einen Moment lang, stopfte es dann ebenfalls in die Tüte, gab mir einen Kuss auf den Kopf und sagte, er würde eine Decke nach unten werfen.

Gegen Mitternacht schloss ich leise die Tür und schlich mich hinaus auf den Flur, es war ein hoher Korridor ohne Dach. Ich weiß noch, dass ich nach oben schaute und die von vier hohen Wänden umrahmten Sterne bestaunte. Ich hörte das Hupen von Motorrollern, und über das Tor hinweg drangen die beißenden Gerüche von Leder und Diesel und Kot. Im Badezimmer zog ich meine Boxershorts aus, drehte den Hahn mit zitternder Hand auf und stellte meinen verschwitzten Körper unter das dampfende Wasser, mit hochgezogenen Schultern und klappernden Zähnen. Ich hatte vergessen, ein Handtuch mitzunehmen, trocknete aber rasch an der Luft, und am Waschbecken vor dem Badezimmer vermied ich es, in den Spiegel zu sehen, als ich die Zahnbürsten aus dem Plastikbecher kippte und den Becher mit in mein Zimmer nahm. Ich goss mir einen halben Becher Whisky ein, trank ihn in einem Zug aus und saß dann gekrümmt am Fußende des Bettes unter dem langsamen Ventilator. Das Quietschen störte mich inzwischen maßlos, und ich stand auf und schlug wie wild auf den Regler, bis das Ding endlich stehen blieb. Schluckend, ängstlich lehnte ich mich mit dem Rücken gegen die Wand. Ich hatte gedacht, es würde länger dauern, bis die Entzugserscheinungen einsetzten, aber ich kratzte mich bereits an den Ellbogen, am Rücken, an den Füßen. Meine Haut kribbelte, fühlte sich an, als würde sie meinem Körper nicht passen. Mein Magen verkrampfte sich, verkrampfte sich erneut, ein Würgen so hart und trocken wie der Rücken einer Eidechse, und beim dritten Würgen schnellte meine Hand an den Mund und fing graue Stücke Brathähnchen auf. Ich trank noch einen Whisky, diesmal einen größeren, und dann, noch immer frierend, noch immer bibbernd, kroch ich unter die Decke.

Am dritten Tag kamen Jai und Kuku in mein Zimmer, zusammen mit einem Mann, den ich noch nie gesehen hatte. Es war früher Nachmittag: Hinter mir konnte ich Kinder auf dem Heimweg von der Schule hören. Ich saß auf der Fensterbank, die Hände unter die Oberschenkel geschoben und die Füße auf das schweißfleckige Bett gestützt.

»Das ist Dr. Duggal«, sagte Jai und trat mit gewohnter Ehrerbietung zur Seite. »Wir dachten, er könnte sich dich mal anschauen. Nur ganz kurz.«

Es schien mir das Mindeste, was ich für meinen Onkel tun konnte, der sich tapfer damit abfand, dass ich in seinem Haus wohnte. Der recht betagte Doktor, der sein weißes Haar mit einem akkuraten Seitenscheitel trug, machte den Eindruck, als wäre er gegen seinen Willen hergeschleift worden. Vielleicht hatte er gerade Feierabend machen wollen. Er stellte seine schwarze Arzttasche aufs Bett und holte ein Stethoskop hervor.

»Heben Sie die Arme«, sagte er. »Öffnen Sie den Mund – bewegen Sie die Finger – atmen Sie ein – aus.«

Es kamen noch weitere Anweisungen, und ich befolgte jede einzelne, doch meine Gelenke fühlten sich so ungeschmiert an, als würden meine Knochen aufeinanderreiben. Als er mit einer kleinen Taschenlampe in meinen Mund leuchtete, dachte ich, mir würden die Zähne ausfallen und auf meiner Zunge landen. All diese Empfindungen behielt ich für mich.

»Dengue«, sagte Dr. Duggal.

»Dengue?«, sagte Jai.

»Dengue.«

»Doktor?«, sagte Jai.

»Er hat Mühe, die Arme zu heben, die Temperatur, das Schwitzen et cetera. Das sieht nach Dengue-Fieber aus. Da kann man nichts machen, außer viel Wasser und Ruhe.«

»Wenn Sie sich da sicher sind«, sagte Jai, obwohl er nicht überzeugt klang.

»Tja.« Dr. Duggal wirkte gereizt, war es entweder nicht gewohnt, dass seine Diagnose angezweifelt wurde, oder war es vielleicht inzwischen satt. »Sind noch andere Symptome aufgetreten?«

Ich schüttelte den Kopf.

»Wenn es schlimmer wird, bringen Sie ihn ins Krankenhaus.«

Jai wandte sich von mir ab, als wollte er allein mit dem Arzt sprechen. »Er hat sich ein paarmal in die Hose gemacht.«

»Sprechen Sie lauter. Ich hab mein Hörgerät vergessen.«

»Er hat sich vollgeschissen«, erwiderte Kuku laut und deutlich.

Dr. Duggal blickte zu seiner Tasche auf meinem Bett, stellte sie dann auf den Boden.

»Sollte er überhaupt in diesem Haus sein?« Kuku warf mir einen giftigen Blick zu. »Mein armer Sohn. Die ganze Zeit hätte er sich mit dieser Krankheit anstecken können. Sollte er« – gemeint war ich – »nicht besser woandershin?«

»Ich sehe keinen Hautausschlag, Doktor«, sagte eine andere Stimme.

Ich hatte das Gefühl, dass noch jemand im Raum war. Die Frau stand weiter hinten, verborgen im Schatten, und trat jetzt ein wenig nach vorn. Mit beiden Händen trug sie eine eigene Arzttasche vor ihrem bodenlangen Faltenrock. Über der weißen Bluse trug sie einen kurzen Arztkittel, hellblau statt weiß. Sie schien zu schweben, auf mich zuzugleiten. Ich konnte ihr Alter nicht einschätzen.

»Wie ist sein Schlaf?«

»Er schläft gar nicht«, sagte Jai eifrig, als könnte diese jüngere Ärztin auf der richtigen Spur sein. »Ich kann hören, wie er im Zimmer hin und her läuft, den Ventilator ein- und ausschaltet, weil ihm mal zu warm, mal zu kalt ist. Er muss dauernd zur Toilette.«

»Ein Hautausschlag kommt nicht so häufig vor, wie Ihre Lehrbücher Sie glauben machen wollen«, sagte Dr. Duggal.

»Und so geht es ihm schon seit dem Tag seiner Ankunft?«, fragte die jüngere Ärztin.

»Über Delhi«, sagte Dr. Duggal, als wäre damit alles geklärt. »Schreckliche Dengue-Epidemie dort. Er hat einfach Pech gehabt. Großes Pech.«

Ich sah, dass sie meine Kleidung beäugte. »Es ist ungewöhnlich, in dieser Hitze einen Pullover zu tragen«, bemerkte sie.

»Er zittert immerzu«, sagte Jai. »Ist das normal bei Dengue?«

»In psychischer Hinsicht … irgendwelche schlechten Gedanken?« Diesmal war ihre Frage an mich gerichtet.

»Wer hat denn hier als Vorgesetzter das Sagen?«, sagte Dr. Duggal mit einem sarkastischen Blick in die Runde, doch die Ärztin sah mich weiter forschend an, bis sie schließlich klein beigab und ihm wieder das Feld überließ.

Das erste Mal verließ ich das Haus, um zu telefonieren. Der Schmerz konzentrierte sich mittlerweile vor allem in meinen Schienbeinen, und ich konnte ihn aushalten, indem ich auf den Fersen ging und nur ganz vorsichtig auf die Fußballen abrollte. Ich duschte, zog mir einen Fleece-Pullover über, weil ich immer noch das innere Frösteln spürte, und rief meinem Onkel zu, dessen Gesicht nun über dem stufigen Geländer auftauchte.

»Ich geh mal eben zum Telefonamt.«

»Oh.« Er wirkte überrascht, dann verhalten erfreut. »Fühlst du dich besser?«

»Ich bleib nicht lange weg.«

»Lass dir Zeit. Ein bisschen frische Luft wird dir guttun. Willst du zu Hause anrufen? Brauchst du etwas Geld? Ist dir nicht heiß?«

»Ich bleib nicht lange weg«, wiederholte ich, trat durch die türförmige Öffnung im Eisentor und ging, die Fäuste in den Taschen, Richtung Basar. Es war seltsam, vom schmerzhaft grellen Sonnenschein in die dunkleren Gassen des Marktes zu kommen, wo die Sonne sich irgendwie unerwünscht fühlte und alles von Verlust gezeichnet zu sein schien. Eine große Niedergeschlagenheit überkam mich, als würde ich von Sand gebremst, und ich blieb stehen, setzte mich auf ein paar Steinstufen und schloss die Augen. Ich dachte daran, wie gern ich bei früheren Besuchen über den Basar geschlendert war, das Gefühl genossen hatte, zur Abwechslung mal wie alle anderen auszusehen, aber jetzt wollte ich von alldem hier nur befreit sein.

»Welches Land?«, fragte die Frau im Telefonamt, die ihre Langeweile schlecht verbergen konnte.

»England, bitte«, und nachdem sie ein paar Tasten an ihrer Schalttafel gedrückt hatte, neigte sie ironisch den Kopf – »Mister England« – und sagte, ich solle die letzte Kabine in der Reihe nehmen.

Mein Dad meldete sich, und irgendwie war ich auf sein sanftes, tiefes Hallo nicht gefasst gewesen, darauf, wie es mir die Kehle zuschnürte.

»Wie geht es dir, mein Junge?«

Ich nickte, nickte immer wieder.

»Ich weiß«, sagte er, als könnte er mich sehen.

»Es ist heiß, Dad.« *Ich liebe dich, Dad.*

»Ich weiß, mein Junge.«

Einige Wochen zuvor hatte er mich eines Nachts abholen müssen, nachdem ich mein ganzes Geld für Stoff ausgegeben hatte und mir nur noch ein paar Münzen für einen Anruf aus einer Telefonzelle geblieben waren. Es regnete, das weiß ich noch, Wasser strömte über die Windschutzscheibe, und als wir an einer verschwommenen roten Ampel hielten, fragte er mich, was für Pläne ich für den Sommer hätte.

Ich saß weit nach hinten gelehnt in meinem Sitz und hatte Angst, mir nicht genug Stoff für den nächsten Tag verschafft zu haben. »Ich brauche ein paar Sachen für die Uni. Eine Lampe und so weiter. Ich kann alles morgen besorgen«, sagte ich kleinlaut. »Wenn du mir etwas Geld gibst.«

Er drehte den Kopf zum Fenster, von mir weg. »Deine Mum und ich haben uns überlegt, du könntest deinen Onkel besuchen. In Indien. Etwas Abstand von allem hier gewinnen.«

»Ich weiß nicht.« Ich wollte nicht darüber reden. »Eher nicht.«

Ich sah ihn nicken. »Wir können dich nicht zwingen. Jeder sagt mir, dass der Entschluss von dir kommen muss.« Ich hörte, wie er ausatmete, als würde er alle Luft in ihm ausstoßen. »Es ist, als dürften wir dir nicht helfen.«

Ich sagte nichts. Es fiel mir schwer, den Gedanken zu verarbeiten, dass mein Dad sich an Ärzte, Fachleute gewendet hatte wegen der Drogensucht seines Sohnes.

Als wir nach Hause kamen, blieb er vor der Tür stehen, berührte meinen Arm und sagte, er würde sich morgen etwas freie Zeit nehmen und mit mir zusammen alles einkaufen, was ich für den Beginn meines Studiums brauchte.

Ich nickte.

»Bitte«, sagte er, als wüsste er nicht weiter.

»Sag nicht bitte«, erwiderte ich ganz leise, ungemein froh über den Regen.

Als ich zum Haus meines Onkels zurückkam, konnte ich Jai auf der Terrasse hören, aber nur seinen Schatten sehen, der auf die Betonmauer fiel. Er telefonierte und schien eine Hand an den Hinterkopf oder vielleicht in den Nacken gelegt zu haben. Ich ging in mein Zimmer und holte meinen Rucksack hervor, in dem die leeren Bagpiper-Flaschen klimperten. Es war höchstens noch genug darin, um einen Plastikbecher halb zu füllen. Ich hörte Jai die Treppe herunterkommen.

»Wie geht's der Familie?«, fragte er, während ich den Rucksack zuzog und unters Bett kickte. Er wirkte aufgekratzt, ungeduldig.

»Gut. Alles gut. Vielleicht hol ich mir gleich was zu essen.«

»Im Kühlschrank ist irgendwas mit Möhren. Bedien dich. Du siehst echt besser aus.«

»Es tut mir leid, dass ich dich beunruhigt habe, Onkel. Danke, dass du dich um mich kümmerst.«

Er tat meine Dankbarkeit mit einer Handbewegung ab und sagte, er habe mir doch nur ein Dach gegeben, unter dem ich das Fieber bekämpfen konnte. »Aber ich muss jetzt schnell nach nebenan und dann zu einem Kunden in Kapurthala. Endlich eine richtige Aufgabe!« Er schüttelte das Handgelenk, um einen Blick auf seine Uhr zu werfen. »Deine Tante ist einkaufen gegangen ...«

Ich sagte nichts. Obwohl ich wusste, dass ich es tun sollte, wollte ich nicht auf meinen Cousin Sona aufpassen. Ich wollte zum Spirituosenladen.

»Sie kommt jeden Moment wieder, bestimmt. Setzt du dich solange zu ihm?«

Ich lächelte. »Natürlich.«

»Kommt ihr klar?« Er hörte sich plötzlich unsicher an, was mich ärgerte.

»Wir kriegen das schon hin«, und nachdem ich ihn zum Tor gebracht hatte, stieg ich die Treppe hinauf, Ferse, Fußballen, Ferse, Fußballen, bei jedem Schritt zusammenzuckend, und fand meinen Cousin ausgestreckt auf dem riesigen Bett im Wohnzimmer, wo er in eine Folge von *Scooby-Doo,* auf Hindi synchronisiert, vertieft war. Der Ventilator ließ den Saum seiner Camouflage-Shorts flattern.

Ich setzte mich auf das Fußende des Bettes, das so hoch war, dass ich die Füße baumeln lassen konnte, und fing an, die Fersen zusammenzuschlagen, nervös, ungeduldig. Sie kommt jeden Moment wieder. Jeden Moment. Jeden Moment. Bestimmt. Sie kam nicht.

»Mach nicht so einen Krach«, sagte Sona, die Augen starr auf den Bildschirm gerichtet, und ich entschuldigte mich und hob die Knie ans Kinn, zog die Füße dicht an den Körper. Doch prompt meldeten sich die Gelenkschmerzen der Vorwoche wieder, und ich stand unvermittelt auf.

»Wir machen einen Spaziergang.«

Wie versprochen, nahm ich ihn huckepack, doch schon nach ein paar Minuten wurde er so schwer wie ein Pferd, und ich musste ihn überreden zu laufen. Er war nicht dick, ganz und gar nicht, aber ich hatte einfach keine Kraft. Der Basar war ein trubeliges Labyrinth, und ich spürte, wie Sona seine Hand in meine schob, während ich mich durch das Gewimmel drängte. Er sagte nichts. Er war ein eher in sich gekehrtes Kind, vielleicht notgedrungen, angesichts der unglücklichen Atmosphäre bei ihm zu Hause. Sobald wir den Basar durchquert hatten, traf uns die brutale Hitze, und die Sonne brannte auf die weiße Kuppel des Sikh-Tempels nieder. Ich empfand sie wie Scherben aus schmerzhaftem Licht. Vom Asphalt der Straße stiegen Dampfschwaden auf.

»Hier lang«, sagte ich und zog ihn den sandigen Randstreifen entlang.

»Sind wir bald da?«

»Ja, ja«, erwiderte ich, obwohl wir noch mehrere Minuten Fußmarsch vor uns hatten. Spirituosenläden waren nur an der Dorfgrenze erlaubt, weit weg von den normalen, anständigen Leuten.

Als wir ankamen, setzte ich Sona auf eine Betonstufe im spärlichen Schatten einer Mauer und versprach ihm ein Eis auf dem Rückweg. Ich trat an das vergitterte Fenster, wo der mit einem Netzhemd bekleidete Inhaber, was ich nie vergessen werde, auf einem Auge blind war. Der Augapfel war völlig weiß, perlmuttartig, bis auf zwei Linien in einem sehr zarten Rot, wie ein Fadenkreuz. Ich bat ihn um eine Kostprobe von seinem Billigsten, und er reichte mir ein kleines Glas durch das Fenster. Das Zeug roch nach Essig und schmeckte schlimmer, aber es beruhigte mich und verlangsamte meinen rasenden, zuckenden Verstand.

»Englandia?«, sagte er, als ich drei Flaschen von dem Zeug bestellte.

Ich nickte.

»Woher du kommst? Ich haben Familie in Madeyhead.« Maidenhead. Ich fand es seltsam, dass er ins Englische wechselte, wo ich doch zuvor fließend Punjabi mit ihm gesprochen hatte. Erst später wurde mir klar, dass ich während meines ganzen Entzugs stammelnd gesprochen hatte, die Laute eines Mannes, dessen Körper heftig revoltierte.

»Aus dem Norden.«

»Manchester?«

»Aberdeen«, log ich, um das Gespräch zu beenden und von hier wegzukommen.

»Oh. Ich kenne Aberdeen! Ich arbeite in Torry kurze Zeit. Wo wohnst du?«

Ich murmelte irgendwas von nah beim Fußballplatz, und ehe er mich fragen konnte, welchen ich meinte, nahm ich meine Tüte mit klimpernden Flaschen und ging zur Seite des Ladens, wo Sona eingenickt war.

»Komm schon, Kumpel«, sagte ich.

Seine Arme waren über den kleinen Knien verschränkt, und sein Kopf ruhte in der weichen Armbeuge. Ich stellte die Tüte hin und hob sein Gesicht an, sagte seinen Namen. Er war blass geworden, wirkte schlaff, taumelig, seine Gesichtszüge weggetreten und verwirrt. Ich schrie nach Wasser, nach Hilfe, während mein Herz entsetzlich raste.

Den ganzen Abend, ich hatte mich in mein Zimmer verkrochen, konnte ich hören, wie meine Tante schrie und mein Onkel verzweifelt versuchte, sie zu beruhigen oder sie wenigstens dazu zu bringen, leiser zu sein. Der halbe Basar könne ja mithören.

»Na und? Vielleicht ist da draußen ja einer, der das Zeug zu einem richtigen Mann hat. Ich hab immer gewusst, dass ich mit einem Trottel verheiratet worden bin, aber ich dachte, nicht mal du wärst so dumm, deinen Sohn in Gefahr zu bringen.«

»Kuku, sei doch bitte vernünftig. Was in aller Welt soll meine Schwester denken, wenn ich ihn wegschicke?«

»Alle mal herkommen! Bedauert mich, die Frau eines Eunuchen! Ich bin mit einem Bein ins Grab gerutscht, als ich mit ihm verheiratet wurde!«

»Kuku, mir reicht's langsam. Sei bitte still!«

»Wag es ja nicht, mich anzufassen! Rühr mich nicht an, niemals!«

»Ich bin dein Mann. Ich verlange, dass du mir die nötige Achtung zeigst.«

Ich zuckte zusammen, als ich ein Klatschen hörte und ein kollektives Luftschnappen von Schaulustigen, die sich am Eingang des Basars versammelt hatten. Sie musste ihn geschlagen haben, das wusste ich.

Als er schließlich die Treppe herunterkam, stand mein Koffer bereits fertig gepackt am Fußende des Bettes, mit meinem Rucksack obendrauf.

»Du musst nirgendwohin.«

Seine Augen sahen rotgescheuert aus, als hätte er geweint, und bei Gott, ich wünschte, ich hätte irgendetwas anderes tun können. Ich hängte meinen Rucksack um. »Es tut mir so leid, dass ich nicht gut auf Sona aufgepasst hab. Ich weiß nicht, was ich sonst noch sagen soll.«

»Duggal meint, es geht ihm bald wieder gut. Es ist ein leichter Sonnenstich, mehr nicht. Aber geh nicht, mein Junge. Bitte. Bis morgen früh hat sie sich wieder beruhigt. Ich kenne sie.«

»Ich rufe morgen zu Hause an und sag Bescheid, wo ich bin. Ich werde alles erklären. Keine Sorge.«

»Aber wo willst du denn hin? Das ist doch albern!«

»Ich dachte, die Farm? Wenn du einverstanden bist, kann ich vielleicht dahin?« Ich hatte dauernd an die Farm denken müssen, seit er mich an sie erinnert hatte.

Er legte die Stirn in Falten, als bräuchte er einen Moment, um draufzukommen, welche Farm ich meinte. »Natürlich kannst du nicht. Dort gibt es nichts. So ganz allein! Was willst du denn da essen?«

Ich ging an ihm vorbei, hielt die Tür mit einem Fuß auf, während ich meinen Koffer hindurchschob, und rollte ihn dann den offenen Gang hinunter. Am Tor blieb ich stehen, um ihn zu umarmen.

»Rufen wir deine Eltern an«, sagte er, als er sich aus meinen Armen löste.

»Ich will zur Farm.«

»Aber warum!«

»Die Stille. Sie wird mir helfen, gesund zu werden.« Ich sehnte mich nach Einsamkeit. »Es ist nur für ein paar Wochen. Ich bin achtzehn, wie du weißt.«

»Alt genug, um nicht mehr so dickköpfig zu sein. Du bist deiner Mutter so ähnlich.«

Ich hatte es hinaus auf den Basar geschafft und überlegte, wen ich nach dem Weg fragen könnte, als er meinen Namen rief. Ich wartete, schirmte die Augen mit der Hand ab und sah ihn auf mich zukommen, das Gesicht mit jedem Schritt resignierter.

»Sobald du diese Fieberschübe auskuriert hast, kommst du sofort zurück, ja?«

»Mal sehen.«

Er schüttelte den Kopf. »Ich besorg uns ein Auto.«

Er lieh sich den verbeulten weißen Maruti eines Bankkollegen, setzte sich auf den Beifahrersitz und navigierte mich auf die Nebenstraße, vorbei an den Hindu-Schreinen und dem Sumpf und hinaus auf einen schmalen und extrem holprigen Weg, der durch Weizenfelder führte. Der Wagen hatte keinerlei Federung, und ich hatte Angst um meine Flaschen im Rucksack. Die Familienfarm, so erzählte er mir über das Rattern der Klimaanlage hinweg, lag etwa drei Kilometer vom Haus entfernt und stand seit vielen Jahren leer, seit sie das Haus im eigentlichen Dorf gebaut hatten.

»Halt an«, sagte er, und ich bremste, obwohl wir uns noch immer auf dem Feldweg befanden und weit und breit keine Farm – oder überhaupt irgendein Haus – zu sehen war. »Wir gehen zu Fuß«, erklärte er, was eigentlich keine Erklärung war.

Ein kleines Stück weiter vorn kamen wir auf so tiefen roten Sand, dass meine Sneakers bei jedem Schritt ein paar Zentimeter einsanken. Ich sah undeutlich ein Gebäude, das zunächst von großen Platanen verdeckt wurde, sich aber dann langsam, nahezu schüchtern, in Sicht schlich. Es sah still aus, verwahrlost, bloß unverputzter gelber Backstein. Die Rollen meines Koffers malten Schlangenlinien in den Sand hinter uns, was mich irgendwie beunruhigte, als würde ich verfolgt, sogar beobachtet, aber als ich wieder nach vorn zum Haus schaute, hatte ich das leise Gefühl, dass irgendetwas hier seit Jahren geduldig wartete. Beim Näherkommen bemerkte ich blassrosa Flecken, die am gelben Mauerwerk hafteten, und eine blaue Tonne, die vielleicht mal als Wassertank gedient hatte, sah aus, als würde sie in der Luft schweben. Wir kamen zu einem schiefen Eisentor, das durch eine Metallkette und ein Messingvorhängeschloss gesichert war, das so groß war wie meine Hand.

»Aber da könnte jeder drüberklettern, nicht?«, sagte ich und ging zu der Mauer, die nicht höher war als mein Kopf.

Ich stieg auf meinen Koffer und zog mich mit vor Anstrengung zitternden Armen hoch. Auf der anderen Seite konnte ich dank einer leeren und mit weichem grünem Moos bedeckten großen Steinwanne bequem in zwei Schritten heruntersteigen. Dann stand ich in einem Hof mit harter, festgetretener Erde in der Farbe von Erdnüssen und einem hufeisenförmigen Farmhaus mit einem Flachdach und Pfeilern, an denen die Farbe abblätterte. Anscheinend lagen entlang der

Veranda ein paar Zimmer. Ich konnte dunkle Türrahmen ausmachen und daneben weitere Räume. Die linke Tür führte offenbar in einen Stall, durch den man auf die Rückseite des Hauses kam. Das kleine Gebäude zu meiner Rechten, das vom Haupthaus getrennt war, hatte ein Fenster mit einem Eisengitter. Jai landete neben mir, verfehlte nur knapp die Wasserpumpe.

»Morgen schicke ich dir einen Schlosser her.« Er schaute sich um, und der Anblick, der sich ihm bot, schien ihn zu deprimieren. »Willst du es dir nicht doch noch anders überlegen? Es ist nicht zu spät.«

»Sehen wir mal, wie's läuft.«

Er trat einen Schritt vor und wurde lebhaft, breitete die Arme aus. »Ich hab in diesem Hof Cricket gespielt, weißt du. Als ich klein war. Andauernd!« Nach und nach erstarb sein Grinsen. Ich konnte mir denken, dass ihm weh ums Herz wurde, dass er um den verträumten Jungen trauerte, der nichts von dem freudlosen kleinen Mann wusste, der er werden würde, denn plötzlich schien er nur noch wegzuwollen.

»Ich muss den Wagen zurückbringen. Oder soll ich dich noch herumführen?«

»Ich komm schon klar. Danke.«

»Ich schicke dir jeden Tag einen Jungen mit einer Dabba. Wenn du mich erreichen willst, sag ihm einfach Bescheid. Brauchst du sonst noch irgendwas?«

In einer Ecke des Hofs, in einem deutlichen Abstand zum Haus, stand ein schiefes Holzhäuschen. »Ist das die Toilette?«

»Hmm? Oh, ja. Aber«, fuhr er nach einem Moment fort, vielleicht weil ihm wieder einfiel, dass ich in den vergangenen Tagen ständig zum Klo gerannt war, »wir hätten Toilettenpapier mitbringen sollen. Ich schick dir morgen mit dem Jungen welches. Aber das ist eine altmodische Toilette. Spülung per Eimer.«

Ich betätigte die Wasserpumpe, die noch funktionierte, wenn auch nur stoßweise. »Kein Problem.«

»Falls die austrocknet, könntest du vielleicht versuchen, den Brunnen in Gang zu kriegen.« Er klang unsicher; er war ein Mann ohne praktische Fähigkeiten, und ich wollte ihn nicht in Verlegenheit bringen, indem ich fragte, wie ich das denn anstellen sollte, deshalb nickte ich bloß und sagte, ich würde ganz bestimmt klarkommen. Er schien meine Rücksichtnahme zu spüren, denn er sagte leicht bissig: »So ein geschickter ausländischer Junge wie du kriegt das ganz bestimmt hin, oder??«

Er kletterte zurück über die Mauer, warf meinen Koffer linkisch zu mir rüber und stieg, ohne sich großartig zu verabschieden, in den Wagen. Ich hörte, wie er den Motor zweimal abwürgte, ehe er schließlich anrollte, und ich stand da und hatte das Geräusch des wegfahrenden Autos noch in den Ohren, als Jai bestimmt längst wieder zu Hause war, das Auto zurückgegeben und sich wieder zu seiner Frau gesellt hatte.

Die Nacht kam mit einem Mal, als würde sich eine Schranktür schließen. Ich schleifte ein Charpai nach draußen, dessen Rahmen rissig und wackelig und von Holzwürmern durchlöchert war. Die Bespannung war so schlaff, dass es eher einer Hängematte als einem Bett glich. Ich konnte kein Geschirr finden, keine Tasse oder Teller, und ich wollte nicht direkt aus der Flasche trinken. Ich musste mit meinem Vorrat haushalten. Deshalb schraubte ich den Verschluss mit dem Desi-Logo ab, goss einen Fingerhutvoll Whisky hinein und fügte

Wasser von der Pumpe hinzu. Es kam mir völlig absurd vor, das Verlangen meines Körpers dadurch stillen zu wollen, dass ich Whisky mit solcher Geziertheit schlürfte, nur mit Daumen und Zeigefinger, wie einer der alten chinesischen Kaiser mit ihren Miniaturteetassen.

Der Mond war hervorgekommen, ein Lichtklecks am Himmel, und die Sterne leuchteten matt. Ich hatte meinen Pullover gegen ein T-Shirt getauscht, spürte eine leichte Brise von den Feldern herüberwehen und mir über die Haut kriechen. Ich saß ungelenk da, die Ellbogen so auf die Knie gelegt, dass die Unterseiten meiner Unterarme verborgen blieben. Jenseits der Mauer waren die Platanen schwarz und beängstigend hoch. Mein Handy lag neben mir. Es gab natürlich kein Netz, aber das grüne Licht war nützlich. Ich wusste nicht, wie ich klarkommen würde, sobald der Akku leer wäre. Und vielleicht war es das Licht, das die Moskitos anlockte, denn sie machten sich schon bald über mich her, erst vereinzelt und dann als ganzer Schwarm, der mir die Beine zerstach. Sie fänden ausländisches, helleres Fleisch süßer, war mir schon oft gesagt worden, als wäre ich ein Apfel unter ihren eifrigen kleinen Zähnen. Ich stand auf, schlug mir klatschend auf die Arme, den Hals, kratzte mit den Füßen über die Waden. Die Biester zwangen mich auf die Veranda, und dort saß ich mit dem Rücken an einen Pfeiler gelehnt, die Flasche auf dem Boden.

Ich trank fünf weitere Fingerhutvoll, pur. Derart gestärkt, beschloss ich, nachzusehen, was hinter den drei Türen lag. Keine war abgeschlossen, und ich ging von Raum zu Raum: hier und da Charpais, ein alt aussehender Schrank, der ovale Spiegel gesprungen, mit einem Spinnennetz von Rissen durchzogen und dreckig. Leere Metallkisten. Noch mehr Charpais.

Ein paar Tintenfässer aus Ton. Eine Huka, an deren Schlauch ein schlaffer Ballon befestigt war. Ein Kinderbett, eine Seite zerbrochen. Ein paar Dosen Ovomaltine und ein kleiner Haufen Tierknochen. In eine Wand war unten ein Loch geschlagen worden, und als ich mit meinem Handy den Boden beleuchtete, sah ich in dem grünen Licht, dass er mit Tierkot übersät war.

Wieder draußen zog ich meine Charpai-Hängematte vom Hof auf die Veranda. Ich würde einfach hierbleiben müssen. Ich glaubte nicht, dass ich noch mehr Alkohol brauchte. Alles fühlte sich schön umnebelt an, obwohl immer wieder Schuldgefühle wegen Sona in mir aufstiegen. Wie bescheuert. Egoistisch und bescheuert. Ich lag flach auf dem Rücken, meine Bauchmuskulatur unangenehm gespannt, doch der Schmerz war beinahe wohltuend, weil die Krämpfe allmählich nachgelassen hatten. Ich dachte, ich könnte womöglich sogar ein wenig schlafen, dass die neue Umgebung vielleicht hilfreich wäre. Doch gerade, als mir die Augen zufielen, kamen Fledermäuse aus einem der Räume geschwirrt; ich schlug die Hände vors Gesicht und spürte einen haarigen flatternden Luftzug, als die aufgeregte Kolonie über mich hinweghuschte. Erschrocken stand ich auf und trank wieder einen Schluck Whisky, diesmal direkt aus der Flasche. Nein, ich wollte nicht auf der Veranda schlafen. Eine Kröte krächzte irgendwo in den Feldern. War da irgendwer zwischen mir und dem Hauptdorf? Wie weit war es – etwa so weit wie vom Laden meiner Eltern zu Hause ins Stadtzentrum? Nicht so weit, aber weit genug, um mich sehr allein zu fühlen; weit genug, um das Gefühl zu haben, dass das die ganze Welt war und immer sein würde. Ich wog meine Möglichkeiten ab. Der Stall stank nach Torf und Schwefel. Der einzige andere Raum war der kleine mit dem vergitterten Fenster, der an die Veranda grenzte, aber nicht mit dem Haupthaus verbunden war. Drei Riegel, stark verrostet, waren oben, in der Mitte und unten an der Tür angebracht, und so viel Kraft ich auch aufbrachte, sie gaben nicht nach. Doch hinter dem Haus führte eine Treppe hoch aufs Dach. Ich trug mein Charpai und meinen billigen Whisky nach oben und stand da, allein, auf dem Dach einer namenlosen Farm am Rande eines Dorfes, das wiederum mindestens zwölf Autostunden von der nächstgrößeren Stadt entfernt war, von der je irgendwer gehört hatte.

In jener ersten Nacht konnte ich zu Beginn ein wenig schlafen, obwohl ich nicht genau weiß, wie lange, weil irgendwann mein Handy den Geist aufgab. Dann setzten die Krämpfe und das trockene Würgen und die Schienbeinschmerzen wieder ein, und obwohl sie nicht annähernd so quälend und heftig waren wie das, was ich bereits hinter mir hatte, verhinderten sie jeden weiteren Schlaf. Ich stemmte mich aus der Mulde des durchhängenden Charpais und schwang die Beine auf den Boden, der noch immer warm von der Hitze des Tages war. Ich würde diese Nächte einfach durchstehen müssen. So viele mehr konnten es nicht sein; mein Körper würde mich doch sicher bald in Ruhe lassen? Nur so zum Spaß streckte ich mich auf dem Rand des Charpai-Gestells aus, balancierte meinen langen, dünnen Körper in einer Linie mit dem Holzbalken, drückte mich mit einer Hand hoch und begann zu zählen. Es war ein Spiel, das ich auf früheren Reisen nach Indien gespielt hatte, wenn die Mittagssonne uns alle ins Haus verbannte. Damals konnte ich bis weit über 100 zählen, aber jetzt hatte ich es nicht mal bis zehn geschafft, als meine Kraft versagte und mein Ellbogen einknickte und ich und das Bett kollabierten. Lachend ging ich zu der niedrigen Mauer, die das Dach säumte. Was machte ich hier? Dieser Ort barg die Art von Stille, die einen Mann in den Wahnsinn treiben konnte. Eine drückende, heiße, paranoide, schleichende Stille, voller eingebildeter Laute und Nicht-Geräusche: War das das Knarren eines Baums oder das tiefe Grollen eines Tigers? Das Gurgeln des Wassertanks oder das Rasseln einer näher kommenden Viper?

Als die Nacht sich langsam lichtete, hing ein bleigrauer Dunst über den offenen Feldern. In der Ferne, zwischen dem Weizen, waren grüne Formen; ich wusste, dass es Reisfelder waren, aber von da, wo ich stand, wirkten sie so grün und so flach wie Wiesen in England. Auf einmal sah ich mich wieder über diese Wiesen rennen, zwölf Jahre alt; ich sah die Grünflächen meiner Wohnsiedlung und mich selbst, wie ich mit aufgeregter Vorfreude im Bauch zum Haus meines Freundes rannte. Ich trug ein fliederfarbenes Ben-Sherman-Shirt, das ich aus der Hose zog, sobald ich unseren Laden verließ, und in der Hand hielt ich ein Kuvert mit einer Geburtstagskarte, in der ein Zehn-Pfund-Schein steckte. Am Pub bog ich nach rechts auf die Hauptstraße, die den steilen Hügel hinaufführte. Ich hasste es, über diese Straße oder überhaupt eine Straße in der Siedlung zu gehen. Ständig wurde ich angestarrt, fiel auf und war stets für eine Bemerkung gut, denn einer wie ich war eine Seltenheit in dieser Stadt. Ich hielt den Kopf gesenkt. Ich wollte auf keinen Fall aufblicken. Ich kann mich nicht erinnern, als Kind jemals aufgeblickt zu haben, ohne dass mich sogleich das Gefühl befiel, ich hätte kein Recht dazu und sollte wegschauen. Ich bog wieder nach rechts, in eine Gasse, und kurz darauf ging ich einen Betonweg hoch und klopfte an einen Seiteneingang aus gewelltem Kunststoff, weil niemand die Haustür benutzte. Ich zog meinen Kragen gerade – sieh ordentlich aus, sieh ordentlich aus – und sah eine große Gestalt näher kommen, verschwommen wie ein Bär, bis die Tür aufging. Es war Spencers Dad. Ich war ihm nie zuvor begegnet, aber mit der Zeit erfuhr ich, dass er früher Bergarbeiter war und jetzt im Supermarkt Regale auffüllte. Er arbeitete ausschließlich nachts, weil er sich die öffentliche Schmach ersparen wollte, auf so einen Job angewiesen zu sein. Jeden zweiten Sonntag verzichtete er auf sein Mittag- und Abendessen, damit er es sich noch leisten konnte, seine Söhne mit zum Fußball zu nehmen. Ein ungemein stolzer Mann, der schmerzlich in die Knie gezwungen worden war. Fünfzehn Jahre später, von Demenz gezeichnet, sprach er über nichts anderes mehr als über seine Bergwerkskumpel. Aber das alles spielte keine Rolle für einen zwölfjährigen Jungen, dem schrecklich bewusst war, was die Veränderung im Gesicht dieses Mannes bedeutete, als er die Tür öffnete.

»Hallo«, sagte ich, und ich kann mich noch genau daran erinnern, wie schnell und ängstlich mein Herz pochte. »Spencers Party?« Die Tür führte direkt in die Küche, und hinter Spencers Dad konnte ich einige meiner Klassenkameraden mit ihren Eltern sehen, die plauderten, Limo tranken, die Haare frisch gelockt.

»Lass ihn rein, Schatz«, sagte eine Frau, Spencers Mum, mit einem leichten Beben in der Stimme.

»Tut mir leid«, sagte Spencers Dad zu mir. »Nein.«

Alle in der Küche verstummten. Spencers Mum brachte ein Lachen zustande. »Du kannst ihn doch nicht wegschicken.«

»Ich kann machen, was ich will, Schatz. Das hier ist mein Haus.« Zu mir: »Und lass dich nicht mehr hier blicken.«

Er nickte, und ich nickte unwillkürlich mit, als wäre ich

irgendwie einverstanden, dann schloss er die Tür. Ich schaffte es zurück auf die Straße, verlegen, zutiefst beschämt, als ich das Klackern von Schritten hinter mir hörte. Die Mum. Sie hatte ein weiches, schlaffes Gesicht und eine erschöpfte blonde Dauerwelle.

»Mach dir nichts draus, ja? Er sollte es besser wissen in seinem Alter.« Sie gab mir eine kleine lila Tüte mit glänzenden hellen Sternen drauf. »Ein bisschen Kuchen.« Und ich gab ihr das Kuvert mit der Karte und den zehn Pfund drin. Ich weiß nicht, warum. Vielleicht, weil ich das Bedürfnis hatte, einen Tausch zu vollziehen. Aber rückblickend glaube ich, dass ich ihr in Wirklichkeit einfach nur danken wollte, weil sie mir vermittelt hatte, dass das, was da gerade passiert war, nicht meine Schuld war, dass ich es nicht verdient hatte, obwohl ich genau das gegenteilige Gefühl hatte.

Vier Jahre später warf ich ihnen irgendwann mitten in der Nacht, als ich völlig high auf Hero war, einen Ziegelstein durchs Wohnzimmerfenster, aber damals lief ich mit der Kuchentüte in der Hand über die Hauptstraße in den Ringwood Park. Ich setzte mich eine Weile auf eine der Schaukeln, die Metallketten quietschten, aß meinen Kuchen und ging dann an der BMX-Strecke entlang bis zu ein paar Stufen, die hinauf auf eine Wiese und zu einem großen, herrlich dunklen See führten. Ich schlenderte langsam rund um den See, blieb ab und zu stehen, um den gefleckten gelben Fischen zuzulächeln, und vergaß in diesen Momenten Spencer und seine Party, und nachdem ich zwei Runden um das Wasser gedreht hatte, ging ich nach Hause, betrat den Laden, wo mein Dad hinter der Theke stand.

»Party zu Ende? Hast du dich gut amüsiert?«

In seiner Stimme lag Hoffnung mit einem Anflug von Sorge, und er wirkte erleichtert, als ich sagte: »Es war toll. Ich hätte euch etwas Kuchen mitbringen sollen.«

Ich ging durch die Thekenklappe, und wir klatschten einander ab. Es war eine Art Familienbrauch, dass ich jedes Mal, wenn ich nach Hause kam, sei es von der Schule oder vom Zeitungaustragen, eigentlich egal woher, als Erstes meine Eltern umarmte, aber nur, falls keine Kundschaft im Laden war, dann musste eine Berührung der Hände genügen. Ich habe nie gesehen, dass die Familien meiner Cousins und Cousinen in Derby oder Birmingham oder Southall das Gleiche machten, und als ich älter wurde, fragte ich mich, ob meine Eltern mir mit dieser Geste einfach nur vermitteln wollten, dass ich jetzt zu Hause war, bei ihnen, dass ich sicher oder zumindest sicherer war, denn es war praktisch unmöglich, sich wohlzufühlen an einem Ort, wo Gewalttaten immer nur ein Türklingeln entfernt waren.

»Er war zum ersten Mal bei einem Freund zu Hause eingeladen«, hörte ich Dad erklären, als ich nach hinten ging und dann die Treppe hinauf.

Ich beobachtete, wie der Junge in der Ferne die Treppe hoch in sein Zimmer ging und unterwegs seine Mutter umarmte, die auch ganz aufgeregt wissen wollte, wie die Party gewesen war, und dann seufzte ich und schaute nach unten und sah zu meiner Überraschung ein ummauertes braunes Rechteck Brachland auf der Rückseite der Farm, dürr und verwahrlost. An der hinteren Mauer ragten ein paar Ziegelsteine hervor, Tritthilfen zum Klettern, und in der oberen rechten Ecke wuchs eine einzelne Pappelfeige, ein hoch aufgeschossener, dünner, unglücklicher Baum. Ein altes Tiergehege? Ich wuchtete mir das Charpai auf den Rücken und trug es fluchend die

Treppe hinunter. Dann machte ich mich fertig, wusch mir das Gesicht an der Pumpe, putzte mir mitten im Hof die Zähne, erfüllt von einem jähen morgendlichen Gefühl der Freiheit, der Hoffnung, weil ich hier war, die Farm an einem leuchtend hellen Tag ganz für mich allein hatte und tun und lassen konnte, was ich wollte. Ich pinkelte in der Latrine, zog mich um, schob das Charpai an einen Schattenplatz unweit des Stalls und holte etwas Schlaf nach, bis mich ein paar Stunden später ein Schauer von kleinen Steinchen weckte. Noch ganz benommen wurde mir klar, dass sie von der anderen Seite der Mauer kamen.

»Verdammte Scheiße«, schrie ich und stand auf. »Was ist dein Problem?«

»Kein Problem!«, rief eine helle Stimme. »Ich bin Laxman. Ich bringe dein Essen und ... Wischtücher?«

Ich stieg auf die Steinwanne und spähte über die Mauer. Er lächelte. Er hatte große Augen und ungefähr drei Zähne. Und er war kein Junge, wie Jai gesagt hatte, sondern ein barfüßiger, weißbärtiger Mann in einer weiten, olivgrünen Hose und einem schwarzen *Ghostbusters*-T-Shirt, das er wahrscheinlich höflichkeitshalber von einem kalifornischen Verwandten auf Besuch als Geschenk angenommen hatte. Er reichte mir die Dabba mit dem Essen hoch, eine Rolle Klopapier, eine Taschenlampe und auch ein bisschen Seife, und ich fragte mich noch, ob ich ihm Trinkgeld geben sollte, ob er beleidigt wäre, wenn ich mein Geld sparte und ihm nichts gab, als er sagte, die Arbeit würde nicht lange dauern. Offenbar machte ich ein verdutztes Gesicht, denn er zeigte auf seinen Korb mit Werkzeug, den er am Tor abgestellt hatte.

»Ich muss die Kette durchtrennen und ein neues Schloss anbringen. Eigentlich müsste das ganze Tor ersetzt werden.

Man kriegt inzwischen gute Einzeltore, Doppeltore, mit Seitenteil, aus Stahlrohr, aus Schmiedeeisen, mit Verzierungen. Jede Menge Auswahl bei Shankar and Sons in der Stadt.«

»Ich werd's meinem Onkel ausrichten.«

»Sag's ihm, ja. Und wenn ihr denen sagt, dass ich euch geschickt habe, krieg ich zehn Prozent.«

Er schlurfte zu seinem Werkzeug, und ich ging zurück zu meinem Charpai, nahm die Dabba, die ineinandergestapelten Edelstahlschalen mit meinem Essen, auseinander, stellte eine davon für später beiseite und aß das Linsen-Dal. An einer der Schalen klebte seitlich ein Elefanten-Sticker: »Iss bei Dimple's Dhaba.« Mein Onkel hatte also einen Straßenimbiss beauftragt, mich mit Essen zu beliefern: Meine Tante war garantiert dagegen gewesen. Ich konnte es ihr nicht verdenken. Als sich das Tor unter heftigem Protest der Angeln öffnete, stellte ich mein Essen ab und ging zu Laxman hinüber.

»Sehr gut«, sagte ich. »Danke fürs Kommen.«

»Ich hab doch noch gar nichts gemacht. Bloß die Kette durchtrennt.«

Ich war nicht unverständlich geblieben – ich wollte ungestört sein –, aber er war gekränkt. Brachial entfernte er die alten verrosteten Schlösser und bohrte ein frisches Loch in die Wand, schraubte einen neuen Riegel an und kam erst herüber, als er fertig war, den schweren Korb mit dem Werkzeug in einer öligen Hand. Ich stand an dem Guavenbaum neben dem Stall, pflückte eine Frucht und schnitt sie in der Hand auf. Ich bot ihm ein Stück an. Er blickte weg.

»Dann lass mich dir wenigstens was geben«, sagte ich mit gezücktem Portemonnaie.

»Du könntest mein Enkel sein. Ich mache das mit deinem Onkel aus.«

Ich nickte ergeben.

»Stell die leere Dabba draußen vors Tor, wenn du fertig bist, und jemand aus meiner Familie holt sie jeden Morgen ab. Sie lassen dir dann eine neue da. Ist das klar?«

Ich nickte wieder, er grummelte irgendwas und wandte sich zum Gehen. Er war schon aus dem Tor, als ich ihm zurief, er sollte warten. Mir war das kleine Zimmer eingefallen, die verrosteten Riegel.

»Was ist denn noch?«, fragte er und blieb stur, wo er war.

Ich lief zu ihm. »Könntest du auch den Raum da öffnen? Die Riegel sind festgerostet.«

Wir gingen zusammen zu der Tür, vorbei an dem Fenster mit dem Eisengitter und dem Holzbrett, mit dem es von innen vernagelt war.

»Wieso willst du dieses alte Zimmer aufmachen?«

»Um drin zu schlafen. Die Moskitos hier lieben mich.«

Er schien zögerlich, hatte den Mund gespitzt.

»Das macht doch nicht viel Arbeit, oder?«, fragte ich verwirrt. Vielleicht war es ein besonderer Raum, der für Gebete und Opfergaben benutzt worden war. »Ist es ein Baba-Zimmer?«

»Du bist wirklich der Neffe deines Onkels, ja? Nicht bloß der Sohn von irgendeinem entfernten Vetter?«

»Ja«, erwiderte ich argwöhnisch, weil er das bereits wusste und seine Frage deshalb auf etwas anderes abzielen musste.

»Mehar Kaurs Blut?«

Ich stutzte, als er ihren Namen sagte. In Indien wird die Art der Beziehung immer zuerst genannt.

»Sie war meine Urgroßmutter«, sagte ich.

Er nickte nachdenklich, ohne den Blick von mir abzuwenden, musterte mein Gesicht so eindringlich, dass ich gezwungen war, mich abzuwenden. »Ist das ihr Zimmer? Willst du das damit sagen?« Als er nicht antwortete, berührte ich die Gitterstäbe und bemerkte, dass keines der anderen Fenster so gesichert war. »Hast du sie gekannt?«

»Ich glaube, ich hab sie ein- oder zweimal gesehen, als ich jung war und mit dem Rad hier vorbeigekommen bin. Da war sie schon nicht mehr die Jüngste.«

Und ohne ein weiteres Wort taxierte er die Riegel, nahm zwei Hämmer aus seinem Werkzeugkorb und reichte mir einen. Da ich größer war als er, fing ich mit dem oberen Riegel an.

8

Auf seinem Maultier braucht Jeet eine Ewigkeit, um sich einen Weg durch das Gedränge von bummelnden Stadtmenschen und durch den alten Lehmbogen zu bahnen. Auch auf dem städtischen Basar kommt er nicht viel schneller voran, denn die tristen Gassen sind überfüllt und von den blauen Reklametafeln rieselt so viel Staub herab, dass er die Augen des Tiers mit der Hand schützt. *Bata-Sandalen zu allen Preisen. Hira Mandi. Bestpreis-Möbel. Phagwara, Nummer 1 Royal Fabric Palace* (diese letzte Tafel mutet immer seltsam an, weil Jalandhar gut einen halben Tagesritt von der Kleinstadt Phagwara entfernt ist). Rikschas klappern mit kreiselnden Rädern vorbei, und durch ihre Speichen hindurch fällt Jeets Blick auf einen dicken alten Mann in einer langen Kaschmir-Kurta, der auf einer offenen Veranda flätzt und eine lange grüne Huka pafft, um aller Welt zu zeigen, dass er oben bei den Kurtisanen war. Dekadenter Trottel.

Er kann große Städte wirklich nicht ausstehen, denkt Jeet, ebenso wenig wie die Leute, die darin leben. Oder vielleicht, überlegt er nach einem Moment, liegt es einfach daran, dass ihm sein Dorf lieber ist. Ganz einfach. Ja, vermutet er, lässt seinen Gedanken freien Lauf, so sehen diese Menschen ihn und sein Dorf wohl: die einfachen Straßen und Häuser dort; seine einfache Farm und sein einfaches Leben. Seine einfache Frau. Sie würde ihnen sehr einfach vorkommen, diesen reichen Stadtfrauen mit ihren Fächern aus Spitze und ihren nicht mal halb verhüllten Gesichtern. Aber nur er weiß um die Intelligenz in den Augen seiner Frau, und nur er wird je davon wissen: eine Erkenntnis, die ihm einen erregenden Schauer durch den Körper jagt.

Er beobachtet sie ständig. Er hat sein Charpai dicht an die Wand gerückt, sodass er nach dem Aufwachen dort liegen und durch den Riss im Holz heimlich zusehen kann, wie sie vom Zimmer zur Pumpe geht und das schwache Morgenlicht auf ihren Ärmeln schimmert, während ihre Hände das Tierfett in Seife verwandeln. Als er letzte Woche schwer atmend das Getreide drosch, unterbrach er die Arbeit, warf den Dreschflegel beiseite und sagte den anderen Männern, er würde scheißen gehen. Stattdessen schlich er sich näher an die Straße, weil er wusste, dass sie zum Tempel gehen würde, und weil er sie unbedingt sehen musste. Er beobachtete, wie sie vorbeiging, als sie plötzlich die Dabba fallen ließ und sich bückte. Jeet spürte eine ganz bestimmte Angst in sich aufsteigen, nämlich die Angst, sie zu verlieren; er konnte sich ihre Augen hinter dem Schleier vorstellen, vor Schreck weit aufgerissen. Er eilte auf sie zu, sprang durch den Weizen wie ein verrückter Hürdenläufer, aber eine von den anderen – Harbans – schlug ihr dreimal kräftig auf den Rücken, und sie hoben die Dabba wieder auf und gingen weiter. Er stand da und sah ihnen nach, bis sie um die Biegung verschwunden waren, eine Hand an der Stirn, erleichtert und atemlos, und flehte stumm die Welt an, flehte Gott an, auf sie aufzupassen, in solchen Momenten, wenn er nicht da war.

Er streichelt den Kopf des Maultiers, zieht zwei Furchen durch das braune Fell und reißt am linken Zügel. Falls keiner seiner Brüder das Hinterzimmer verlangt hat, wird er mit Mai reden, sobald er nach Hause kommt. Sehr wahrscheinlich wird sie ihn misstrauisch ansehen. Zwei Nächte hintereinander? – und vielleicht sogar den Kopf schütteln, wie sie das macht, wenn das Mädchen blutet, aber er wird drauf bestehen. Sie gehört ihm. Seine Brust schwillt vor Freude und Stolz, und er beugt sich nach vorn über das Tier, knickt das Ohr nach hinten und küsst die weiche rosa Innenseite. Was für ein schöner Tag. Sonnenschein besprenkelt die Büsche, die aus den roten Fachwerkfassaden sprießen. Neues Gitterwerk glänzt über dem Postamt. Wann haben sie das denn gemacht? Ein Pferd zupft an dem gelben Rock eines ahnungslosen weißen Mädchens, während ihre panische Kinderfrau mit einem Eis in der Hand zu der Kleinen eilt. Vier Männer, die Köpfe tief gesenkt, spielen Schach im Schatten des einsamen Minaretts. *Naujhawana Ka Dhaba. Uhrenreparaturen. Shahalmi-Tor.* Er nimmt die Zügel fest in die Hand, zieht wieder daran, drückt dem Maultier die Ferse in die Flanke, und sie biegen an der Gabelung nach links. Hier sind die Gassen breiter, fast schon richtige Straßen, und er entspannt sich und atmet die grünere Luft ein (hustet dann den Staub aus). Er steckt das lose Ende seines Turbans fest und richtet seinen Kragen halbwegs gerade, doch als eine Frau in einem erbsengrünen Sari ihm einen hochnäsigen Blick zuwirft, klappt er ihn gereizt wieder hoch und treibt sein Maultier an. Am *Nadira Emporium* nach links, um den Pulk von Menschen herum, die einen Tanzbären anfeuern, und weiter zum Juwelier *Shahbaz,* dessen Markise mit dem gewellten Rand der weichen Biegung der Straßenecke folgt. Er zügelt das Maultier, bindet es an einen Melonenkarren und betritt den Laden. Der Inhaber spuckt Betelsaft in einen Spucknapf und wischt sich in einer Aufwärtsbewegung mit dem Handballen über die roten Lippen.

»Wenn du Hunger hast, klau dir was auf dem Markt.« Dann, mit einem Griff in seinen Tabakbeutel: »Dorftrottel.«

Jeet nimmt es ihm nicht übel. Ein Zweiundzwanzigjähriger, der so aussieht wie er. Woher soll der Mann auch von dem Geld wissen, das Mai von den drei Mitgiften gespart hat, Geld, das sie am Morgen in aller Frühe aus dem verschlossenen Schrank geholt und ihm in die Hände gelegt hat? Er zieht den Packen Scheine aus seiner oberen Hemdtasche und hält ihn hoch, als wollte er einen Eid schwören. Er denkt an Mehars Gesicht.

»Zeigen Sie mir ein paar Perlen.«

Als er den Basar verlässt und am Cricketplatz der Polizisten vorbeikommt, die Perlen in einem Beutel um den Hals gebunden, bemerkt er vor dem Bahnhof eine Menschenansammlung. Männer in weißen Tuniken, die Köpfe bedeckt. Eine Bestattung? Hier? Jeet murmelt ein Gebet und beugt sich von seinem Maultier hinunter.

»Alles in Ordnung, Bruder?«

»Wir betrauern den Tod unserer Nation«, sagt der Mann.

Er versteht. »Ja. Wir fühlen es alle –«

»Das musst du mir nicht sagen. Sie plündern uns aus. Komm. Setz dich zu uns.«

Jeet zögert einen Moment, richtet sich dann auf seinem Maultier wieder auf, die Sonne knallt ihm ins Gesicht.

Transparente, Grün auf Braun, in beiden Sprachen: *Wir sind die Freiheitsbewegung!* Und *Indien befreien*! Ist das ein Befehl oder eine Hoffnung für die Zukunft? Jeet lächelt, unterdrückt dann sein Lächeln und schaut sich um, ob keiner es gesehen hat. Auch Fahnen. Das alles passt irgendwie nicht zu der friedlichen Art, wie die Männer auf dem Boden sitzen, dicht nebeneinander, die Hände um die angezogenen Knie gelegt wie gebildete Menschen beim Essen. Er möchte sich wirklich gern zu ihnen gesellen, auf ihre vornehme Art neben ihnen sitzen, vielleicht sogar einen englischen Ausdruck lernen, um ihn Mehar zuzuflüstern. Wie seltsam, denkt er, wie neu dieses Gefühl, dass er sie beeindrucken will, dass er auf ihre Anerkennung und ihr Lob aus ist. Der bescheidene Jeet, der stets versucht hat, niemals irgendwen um irgendetwas zu bitten. Aber er muss weiter. Die Perlen, in ihrem lila Samtbeutel. Erneut lächelnd schüttelt er den Kopf, drückt die Oberschenkel zusammen und dreht das Maultier zögerlich um.

Zwei Stunden später reitet Jeet wieder über den roten Weg zur Farm, die Hufe des Maultiers, das den müden Kopf tief hängen lässt, gedämpft vom Sand. Auch die Sonne hängt tief hinter dem Haus, versilbert die schwarzen Krähen, die in einer Reihe auf dem Dach hocken, und wirft lange Schatten über den Boden, als würde sich ihm die Farm zur Begrüßung entgegenstrecken. Der neue Tank, so stellt er erfreut fest, steht stabil auf seinem hohen Holzgerüst und leitet von dort Wasser zu den dampfenden Büffeln weiter. Sollte der Tank vielleicht näher an der Tränke sein, fragt er sich und runzelt die Stirn, als er eine Gestalt draußen vor dem Bogeneingang sieht. Es ist Suraj, sein jüngster Bruder, zwanzig und hoffnungslos arbeitsscheu. Er liegt auf seinem Charpai, der Bart ungeölt, das Hemd aus der Hose, und ein Weizenhalm hängt ihm schlaff aus dem Mund. Augen geschlossen. Jeet steigt vom Maultier.

»Schwer bei der Arbeit, wie ich sehe.«

»Hmm. Wie war's in der Stadt?«

»Das sollte ich dich fragen. Ich höre immer wieder, dass du oft dort bist.« *Und von Bordell zu Bordell läufst,* verkneift er sich.

Suraj lächelt, die Lider noch immer geschlossen, und statt Wut oder Empörung empfindet Jeet vor allem Zärtlichkeit. Im Unterschied zu ihrer Mutter hält er seinen jüngeren Bruder nicht für zügellos, für pflichtvergessen, oder wenn doch, so erkennt er zumindest auch die dem zugrunde liegende Vernachlässigung, eine Vernachlässigung, die zwangsläufig damit einhergeht, der jüngste Sohn in einer Welt zu sein, wo der Älteste alles bestimmt. Alles ändern kann. Sogar etwas ändern kann, das bereits versprochen wurde. Ein schuldbewusster Stich, flüchtig, und Jeet löst den Samtbeutel von seinem Hals.

»Guck mal, was ich hier habe.«

Die Wimpern zucken, und zwei Lider öffnen sich, Augen sträuben sich gegen das Licht. »Dann hast du sie also gekauft«, sagt Suraj.

»Willst du mal sehen?«

»Sie gehören dir.«

»Sie gehören uns.« Und wie zum Beweis: »Bringst du sie Mai? Er fällt gleich tot um«, fügt er mit Blick auf das Maultier hinzu.

Jeet greift sich einen Eimer, zieht das Tier zur Tränke, und Suraj, der jetzt allein ist, nimmt den Schmuck aus dem Beutel. Die aufgereihten Perlen gleiten ihm sanft wie Seide durch die Finger. Sie gehören uns, sagst du? In einem anderen Leben vielleicht. Er wirft die Perlen in die Luft, so hoch, dass er genug Zeit hat, um vom Charpai zu springen und sich hinzustellen, ehe er sie auffängt. Er steckt den leeren Beutel in die Tasche: Der sollte ein paar Rupien einbringen, mindestens. Dann geht er durch den Bogen und in den Hof, schwingt dabei die Perlenkette und fragt sich, ob einer seiner Brüder darum gebeten hat, heute Nacht das Zimmer zu benutzen, aber hat er überhaupt Lust auf sie? Klapperdürr, wie sie ist. Das Feuerholz lehnt aufrecht in der Ecke. Wieso hat er es nicht gehackt? Er hatte es auf jeden Fall vor. Er nähert sich Mai, die mit dem Rücken zu ihm im Schatten der Wand auf ihrem Charpai ruht.

Steh auf, würde er normalerweise sagen, als ob sie bloß eine der Frauen wäre, die in der Gerberei arbeiten, aber etwas von der Wärme, die Jeet ausgestrahlt hat, haftet noch immer an ihm, und er sagt leise: »Mai, ich hab was für dich. Von Jeet.«

Er hält ihr die Perlen auf der flachen Hand hin, und jede einzelne schimmert. Das Geflecht des Charpai knarrt, als Mai sich zu ihm umdreht. Sie nimmt die Perlenkette und hält sie sich vor die Brust.

»Mehr nicht?«, fragt sie.

»Ich hab keine gestohlen, falls du das denkst.«

»Wäre aber nicht das erste Mal, oder?«

Die Sonne sinkt ein wenig, und vielleicht erklärt das ja, warum ihm kalt ums Herz wird.

»Feuerholz«, ruft sie ihm in Erinnerung.

»Du hast Hände«, kontert Suraj.

Wenige Augenblicke zuvor durchsucht Mehar gerade das Zimmer nach einer Rolle schwarzem Garn, als sie vage registriert, dass einer der Männer den Hof betreten hat. Sie geht ans Fenster und drückt eine lackierte Lamelle herunter. Etwas blitzt im Sonnenlicht auf. Perlen! Da ist sie sicher. Perlen, die an seiner Hand baumeln. Ihr Mann hat Perlen erwähnt. Sie bekommt Herzklopfen, und sie hebt den Blick, um sein Gesicht zu betrachten. Sie studiert seine hohen Wangenknochen, die leichten Stoppeln, die (soweit sie es erkennen kann) einem dichteren, wenn auch nicht gerade dichten Bart weichen. Seine verschmitzten Augen mit den unwahrscheinlich feinen Wimpern. Seine abfallenden Schultern. Ja, sagt sie sich, seine Konturen passen genau zu der Gestalt des Mannes, der nachts zu ihr kommt. Seine Größe, seine Beine. Sie weiß natürlich, was *zwischen* diesen Beinen vor sich geht, und zum ersten Mal lässt die Erinnerung daran, gepaart mit dem Anblick, dass er da wie nackt in seiner eigenen Sonne steht, eine tiefe Erregung in ihrem Innern aufkeimen. Ihre Augen folgen ihm, sehen ihn zu Mai gehen, und dann schließt sie die Lamelle, setzt sich aufs Bett, und während ihr Verstand Kapriolen schlägt, greift sie nach dem Kopfkissen und vergräbt ihr strahlendes Gesicht darin.

9

Ein ganzer Tag vergeht, und Mehar hat niemandem erzählt, was sie herausgefunden hat. Nicht einmal Harbans, die so leicht Zuneigung zeigen kann und der Mehar sich am nächsten fühlt. In diesem Haus, wo ihr kein unabhängiges Denken erlaubt ist, fühlt es sich wie Rebellion an, ihr neues Wissen für sich zu behalten, rebellisch und notwendig. Mehar lächelt. Sie steht mit ihren Schwestern am Fenster des Porzellanzimmers, wo sie darauf warten, gerufen zu werden, und die Brüder beobachten. Noch immer erwähnt sie nicht, dass der Mann, der auf der rechten Seite ein kleines Stück entfernt von den beiden anderen auf dem Boden sitzt, ein Bein hochgezogen, das andere ausgestreckt, ihrer ist. Er löffelt das Saag mit feingliedrigen Fingern auf sein Roti. Es ist unfassbar für sie, dass sie je gedacht hat, die Brüder würden einander ähneln, jetzt, da sie ihn richtig sehen kann. Was für ein edles Gesicht er hat. Oh, Gott, lass die Nacht schnell kommen, in der wir wieder zusammen sind.

»Mai hat noch keine von uns für heute Nacht ausgewählt, oder?«, sagt Mehar betont beiläufig.

»Gott sei Dank!«, erwidert Harbans.

»Na, wer wird denn da ganz kribbelig?«, sagt Gurleen mit heiterer Stimme, in der eine untrügliche Kälte mitschwingt.

Mehar verkneift sich die Erwiderung, die ihr auf der Zunge liegt, und sie warten schweigend, bis die Brüder den Hof verlassen. Die drei Frauen gehen nach draußen und sammeln das schmutzige Geschirr ein. Mehar strebt schnurstracks auf die Schale ganz rechts zu.

10

Später, nachdem Mai ihr zugenickt hat, liegt Mehar auf dem Charpai im hinteren Zimmer und lächelt vor sich hin, ihr Puls so hoch, dass sie das Blut in den Ohren hören kann. Die Tür öffnet sich klappernd, und sie zuckt zusammen, leckt sich dann die Finger, um ein paar Haare aus ihrer Stirn zu streichen, was im Stockdunkeln pure Eitelkeit ist. Sie spürt, dass er sich ans Fußende des Bettes setzt, neben ihren linken Fuß, und ein wonniges Kribbeln zieht ihre Wade hinauf, ein Gefühl, das sie noch nie erlebt hat.

»Geht es dir gut?«, fragt er.

Sie nickt, sagt dann: »Ja.«

Sie hört ein Geräusch, ein leises Klopfen, und etwas Kaltes landet an ihrem Arm.

»Ich hab doch von den Perlen erzählt.«

»Ja.«

»Ich weiß nicht, ob du daran glaubst oder nicht, aber jetzt, wo wir sie haben, könntest du sie vielleicht unters Kopfkissen legen.«

»Ja.« Und sie nimmt die Halskette, aufgezogene Monde in der Dunkelheit, und schiebt sie unter das Kissen hinter ihrem Kopf. Die Tatsache, dass er ihren Glauben (oder Unglauben) berücksichtigt oder zumindest erwähnt hat, gibt ihr den Mut, eine Gegenfrage zu wagen: »Und du? Geht es dir gut?«

Er schweigt, und ihr Magen sackt nach unten – sie hätte den Mund halten sollen! Er hält sie für vorlaut! –, doch dann: »Vandalen haben es auf unseren Grund und Boden abgesehen. Ich schlafe oft draußen. Schlimme Zeiten. Es sind schlimme Zeiten.«

Mehar weiß nichts davon. Nichts von den Nachrichten, dass in Teilen des Landes und der Provinz, gerade mal zehn Meilen von ihrem Zimmer entfernt, Abertausende in sektiererischen Unruhen gestorben sind, die durch die Veröffentlichung des Buches *Rangila Rasul* geschürt wurden. Sie weiß nichts davon, dass manche Muslime gezwungen werden, Halsbänder aus Schuhen zu tragen, weiß nichts von dem Verbot ausländischer Stoffe oder dass die Trommelschläge, die sie manchmal nachts hört, ein Zeichen für die Briten sind, dass ihre Zeit zu Ende geht.

Sie spürt, dass er aufsteht, und als sie ihn aus seiner Unterwäsche steigen hört, beginnt sie, ihren Salwar abzulegen.

Sobald er anfängt, tut sie etwas, das sie noch nie gewagt hat. Sie legt die Hände auf seinen Rücken. Er gibt ein Geräusch wie ein Stöhnen von sich, aber sie weiß, dass es ein Laut großer Wonne ist, daher drückt sie die Hände fester auf seine Haut, und je schneller er wird, desto fester drückt sie, desto mehr denkt sie an sein Gesicht neben ihrem Hals, sein schönes, selbstbewusstes Gesicht nah bei ihr. Ihre Gedanken flimmern, und ein unbändiges Gefühl durchströmt sie, bis sie in seine nackte Schulter beißen muss, um nicht aufzuschreien.

11

Sie hat auf vielerlei Weise Leichtigkeit ins Haus gebracht. Wie sie zum Beispiel ein kleines Stück Rohrzucker abbricht, wenn sie meint, niemand sieht es. Wie gekonnt sie Mai hinter deren Rücken nachahmt. Dass sie Harbans überredet, auf dem Dach Hüpfkästchen zu spielen und Gurleen einen Kuss gibt, als die damit droht, sie beide zu verpetzen. Ihre pure Lebendigkeit. Das alles bekommt Jeet durch Wände und Türen hindurch mit, denn er hat die Ohren stets in ihre Richtung gespitzt, ganz gleich, wo im Haus sie sich gerade befindet. Ihre Neugier erstaunt ihn. Ihr Wagemut. Als sie seinen Rücken so hielt, empfand er eine ungeheure Welle der Liebe, zu ihr und von ihr. Er schüttelt den Kopf, wundert sich über sein Glück, dass sie ihn auch liebt, es liebt, ihm nahe zu sein, so nah, wie man sich nur sein kann.

»Von Luft werden sie nicht satt, falls du darauf wartest.«

Mai. Wie lange hat sie ihn schon beobachtet, in diesem Haus, wo jeder von jemandem beobachtet wird?

»Du hast das Porzellanzimmer angeglotzt«, sagt sie.

»Ach ja?« Er kniet sich hin, um den Sack Grünfutter aufzubinden und in den Trog zu schütteln. Als die Büffel sich nach vorne schieben, bremst er sie mit einem »Ho!«, bis der Jutesack leer ist, dann steht er wieder auf. Noch immer spürt er den Blick seiner Mutter auf sich gerichtet, ein Gewicht an seiner Wange, und jetzt tritt sie zu ihm und streicht ihm mit einer Hand durchs Haar, zieht daran, zieht fest daran, bis sie ihren Griff lockert und die Hand senkt, die Finger über die

Knöpfe auf seiner Brust gleiten lässt. Jeet weicht ein wenig zurück.

»Liebstes Kind, was, wenn sie uns keinen Sohn schenkt? Stell dir vor, wie niedergeschlagen du sein wirst, wenn wir sie durch eine andere ersetzen müssen. Lass uns nicht zu anhänglich werden. Einverstanden?«

»Was soll –«

Sie legt einen Finger an seine Lippen, drückt sie auseinander und fährt innen an seiner Unterlippe entlang, die Fingerkuppe an seine Zähne gepresst. »Genug jetzt.« Dann lässt sie ihn los und sagt: »So eine Hübsche. Du hast das Richtige getan. Obwohl ich dir das nicht zugetraut hätte. Deinen Bruder so zu hintergehen.«

»Ich muss arbeiten.«

»Ach, hab nicht so ein schlechtes Gewissen. Ich hab dich aus gutem Grund Jeet genannt. Natürlich würdest du gewinnen. Außerdem«, fährt sie mit einem Seitenblick zu dem stillen Zimmer fort, »seine ist auch hübsch, findest du nicht? Wie sie sich pudert und die Augen bemalt. Ich wette, es macht großen Spaß, sie zu bespringen.«

12

Schließlich kann Mehar sich nicht länger beherrschen, und eines Nachmittags, als sie mit ihren Schwägerinnen das Abendessen zubereitet, zeigt sie ihnen die Perlen.

»Als Hilfe, damit du einen Jungen bekommst?«, fragt Harbans.

Mehar nickt. »Bis zur dritten Ernte. Sagt jedenfalls der Priester.«

»Und wo sind unsere Perlen?«, fragt Gurleen.

»Vielleicht mag Mai mich am liebsten«, sagt Mehar.

»Oder vielleicht brauchst du am meisten Hilfe«, kontert Gurleen spitzzüngig.

»Aber schau nur, wie schön sie sind«, sagt Harbans. »Ich kann mein Gesicht in ihnen sehen.« Dann ein wenig neckisch: »War es damit anders?«

Sie weiß nicht, ob es an den Perlen gelegen hat oder einfach daran, dass sie sein Gesicht im Kopf hatte, aber es war wirklich anders. Sie hat es … untenrum gespürt. Aber wie soll sie beschreiben, was –

»Es war anders!«, entfährt es Harbans. »Du müsstest dein Gesicht sehen!«

Mehar lacht, merkt, dass sie sich hinreißen lässt, *will* das Gefühl, sich hinreißen zu lassen. »Diese Lokomotiven, von denen erzählt wird? Er war wie eine von denen!«

»Vulgäre Ziegen«, sagt Gurleen, aber die anderen beiden können sich vor Lachen nicht mehr halten und hören erst auf, als Mehar erstarrt und den Kopf hebt, als hätte sich etwas in der Luft verändert. Draußen ist irgendetwas im Gange.

»Du bist die faule Frucht seiner faulen Saat.«

Seelenruhig lässt Mai den Rohrstock auf Surajs Waden niedersausen, woraufhin er einknickt und mit den Händen auf den Boden fällt. Sie schlägt wieder zu, diesmal auf seinen schmalen nackten Rücken, und dann wieder und wieder, bis Suraj schließlich zusammenbricht, auf die Brust sackt und aufschreit.

Jeet kommt in den Hof gerannt, gefolgt von dem mittleren Bruder Mohan. »Was machst du da!«, brüllt Jeet und reißt seiner Mutter den Stock aus der Hand.

»Hat zwei von unserer Herde verkauft und das Geld verspielt«, sagt Mai lachend, obwohl in dem Lachen Wut mitschwingt, sogar eine Drohung. Die Erwähnung der Missetat entfacht erneut ihren Zorn, und sie nimmt den Stock wieder an sich und drischt auf Surajs Kopf ein. Diesmal ist Mohan derjenige, der ihr den Stock aus der Hand reißt und zur Seite wirft.

»Es reicht«, sagt Mai, als ob sie bei alledem die Friedensstifterin wäre, und Jeet fällt auf die Knie und wiegt den Kopf seines Bruders behutsam hin und her.

»Hol den Honig«, sagt er zu Mohan, aber Suraj stößt Jeets Hände, die ihn abtasten wollen, weg. Er kommt auf die Knie, starrt seine Mutter wütend an, doch die blickt auf ihn herab, und selbst die Art, wie sie sich die Haare richtet, wirkt gebieterisch.

Mehar lässt die Fensterlamelle los, und die Dunkelheit kehrt zurück. Ihre Augen sind nass. Vielleicht schnieft sie, denn Gurleen fragt: »Fragst du dich, ob das deiner ist? Der auf dem Boden?«

Ja, das ist er, denkt sie. In einer Welt, wo es kein Wort für Privatsphäre gibt (nicht, dass sie das wüsste), ist es eine Art stillschweigender Akt der Solidarität mit ihrem verletzten Mann, diese Tatsache für sich zu behalten. »Woher soll ich das wissen?«, sagt sie zu Gurleen.

Weder in dieser Nacht noch in der Nacht darauf fordert er Mehars Gesellschaft. Sie liegt im Dunkeln, während Harbans gemächlich neben ihr schnarcht. Die Erinnerung, wie er auf dem Boden lag und sich dagegen wehrte, loszuschreien, quält sie. Wenn er bei ihr wäre, würde sie alle Vorsicht vergessen und seine Wunden küssen, sie mit den Lippen berühren? Sie ist sicher, dass sie das täte, und aus dieser Überzeugung heraus strömt flüssige Hitze in ihre Schenkel. Damit die Empfindung nicht anschwillt, zieht sie die Knie an ihre Brust. Harbans protestiert schläfrig. Mehar schließt die Augen. Erinnert sich an die Wärme seines Körpers auf ihr. Ihre Hand legt sich auf ihren Bauch, schiebt sich unter ihr Hemd und nestelt an der Kordel ihres Salwars. Sie gleitet weiter nach unten, bis zu den Haaren. Sie stößt einen zittrigen lustvollen Seufzer aus und öffnet die Augen, blickt sich im Dunkeln um, vergewissert sich, dass niemand was gesehen hat.

13

Heller Nachmittag, und Mehar sitzt auf dem Rand der Steinwanne, bricht die verbleibenden Weidenruten ab und steckt sie ins Geflecht. Sie bewundert ihren fertigen Korb, dreht ihn in den Händen und geht dann zurück ins Porzellanzimmer, wo Harbans Obst klein schneidet. Offenbar hat sie Mehar nicht hereinkommen hören.

»Alles in Ordnung, Schwester?«

»Oh, Entschuldigung«, sagt Harbans und hebt den Kopf. »Der sieht groß genug aus«, fügt sie hinzu, als Mehar den Korb auf die Arbeitsplatte stellt und anfängt, ihn mit brauner Jute auszukleiden. Dann, als hätte sie schon eine Weile darüber nachgedacht: »Meine Schwester hat gesagt, Jute kommt von weit her aus dem Osten. Es dauert Tage, bis sie hier ist.«

»Du hast deine Schwester noch nie erwähnt.«

Harbans zuckt mit den Schultern, als wollte sie sagen, wozu auch? »Ich glaube, heute ist ihre Hochzeit.«

»Genau heute?« Mehar blickt erschrocken. »Wieso im Namen Krishnas bist du nicht dabei? Du solltest dabei sein!«

Harbans wendet sich ab und schneidet weiter Obst klein. Mai hat sie beide angewiesen, es unter den Feldarbeitern zu verteilen.

»Hat Mai dich daran gehindert? Die alte Hexe.«

»Es ist besser so. Stell dir vor, wie sehr meine Eltern Mai bedienen müssten, das viele Gold, mit dem sie mich hierher zurückschicken müssten.« Sie rammt das Messer fest nach unten.

Mehar umschlingt Harbans von hinten und küsst ihre Schulter, obwohl die Umarmung ebenso ihr und ihrer eigenen Traurigkeit darüber gilt, dass sie Monty schon so lange nicht mehr gesehen hat. Was er wohl gerade macht? Liegestütze auf dem Dorfplatz? Die Leute maßregeln, die ihre Kinder nicht in die Schule schicken? Sie fürchtet, dass er ihr entgleitet, und um etwas zu berühren, das er in den Händen gehalten hat, läuft sie in Mais Zimmer und kommt mit dem Jamawar-Hochzeitsschal zurück.

»Gott, ist der schön«, sagt Harbans und wischt sich die Hände an ihrer Kleidung ab. Sanft streicht sie über die Bordüre, das kunstvolle Gewebe. »Du meine Güte.«

»Mein Bruder hat mir geholfen, ihn auszusuchen. Ich sag's dir, wenn sie mich daran hindert, zu seiner Hochzeit zu gehen, verstecke ich einen Skorpion in ihrem Salwar.«

»Der arme Skorpion!«, sagt Harbans, und sie lachen.

Nachdem der Schal zurückgebracht und das Obst geschnitten ist, nimmt Harbans ihren Schleier und setzt sich den Korb auf den Kopf, um nach draußen zu den Arbeitern zu gehen.

»Ich mach das«, sagt Mehar.

»Nein, nein. Irgendwer muss doch noch den Dung holen.«

»Ich wusste, dass du mir das überlassen würdest.«

Harbans grinst, lässt den Schleier herunterfallen.

»Wo ist Gurleen?«, fragt Mehar.

»Im Tempel. Mit Mai, wusstest du das nicht?«

Mehar stellt sich kerzengerade hin, so groß wie Gurleen, und ahmt deren Stimme treffend nach: »Findest du nicht, dass selbst Mais Fürze nach Rosenöl riechen?«

»Es ist, als wäre sie im Raum«, sagt Harbans grinsend.

»Wie sie sich geweigert hat, den Spinat zu pflücken, ist das zu fassen? Hat gesagt, wir sollten das machen. Ich bring sie schon noch dazu, wart's nur ab. Jedenfalls« – sie öffnet die Tür – »nicht vergessen.«

»Dung, Dung«, sagen sie gleichzeitig.

Vorher macht sie noch ein Nickerchen, und als sie aufwacht, hängt der Schatten des Hauses über dem Hof. Wieder geht ein Nachmittag zu Ende. Grillen zirpen in den Zweigen. Die ersten Karren kommen aus den Feldern gerollt. Geräusche, Geräusche. Sie eilt rasch auf Zehenspitzen durch den Stall, verschließt die Nase vor den Tiergerüchen und atmet erst aus, als sie draußen ist und am Büffelgehege hinter dem Haus steht. An der hinteren Mauer sind die getrockneten Dungfladen zu einer Pyramide gestapelt, die doppelt so groß ist wie sie. Sie vergewissert sich, dass alle Bullen angebunden sind, tritt dann auf die braune Erde und sucht mit klingelnden Fußglöckchen nach dem großen Stock. Er steckt im Rad eines mit Futter beladenen Holzkarrens. Sie zieht ihn heraus und schleift ihn zu der Dungpyramide. Sie hebt den Stock mit beiden Armen hoch über den Kopf, reckt und streckt sich, die Sonne im Gesicht, und stößt nach dem obersten Fladen. Sie springt, kommt aber trotzdem nicht an den Fladen heran, der bleibt, wo er ist. Schimpfend krempelt sie ihre Salwar-Hose hoch, bevor sie die Leiter aus Ziegelsteinen hinaufsteigt, die aus der Mauer ragen, und flink, wie sie ist, hat sie mehr als die halbe Höhe geschafft, als:

»Soll ich das machen?«

Sie rutscht nicht ab, als sie eine männliche Stimme hört. Nein, sie hält sich sogar noch stärker fest, als könnte sie so ihre Würde bewahren. Sie dreht das Gesicht von der Stimme weg und drückt es in die Armbeuge. Sie stellt sich vor, wie Mai sie schlägt, weil sie so offen ihr Gesicht gezeigt hat. Und ihre Waden. Großer Gott, ihre nackten Waden. Sie schüttelt erst ein Bein aus, dann das andere, und glücklicherweise fällt der Stoff seidig hinab auf ihre Füße.

»Vorsicht, du könntest fallen. Lass mich das machen.«

Sie steigt nach unten, und noch ehe sie mit beiden Füßen wieder auf der Erde steht, zieht sie sich den Schleier übers Gesicht. Ihr Herz fühlt sich riesengroß in der Brust an. Sie tritt beiseite, damit er auf die Ziegelsteinleiter steigen kann, doch er braucht sie gar nicht und klettert behände an der Mauer hoch, schwingt sich mit einem Arm ganz nach oben. Dort angekommen, sitzt er rittlings auf der Krone, wie ein Prinz auf seinem Pferd, und tritt ein, zwei, drei Fladen nach unten. Sie hört sie landen.

»Noch mehr?«

»Wenn es keine Mühe macht«, sagt sie.

»Na, wie viele denn, wenn du so gnädig wärst?« *Wenn du so gnädig wärst, Mehar-bani kar ke.*

Neckt er sie? Könnte er es sein? Schwindelerregende Freude rumort in ihrem Bauch.

»Nun sag schon«, drängt er sanft.

»Nur noch zwei bitte«, und die Fladen klatschen vor ihren Füßen auf den Boden, und dann landen seine Füße daneben. Als Nächstes, in einem Moment, der ihr Angst einjagt, bückt er sich, um die Fladen aufzuheben, und plötzlich ist sein Gesicht da, und ja, er ist es, ihr Mann, der gekommen ist, um ihr zu helfen, und sie spürt, wie ihre Angst sich in Freude verwandelt. Sie fragt sich, wie lange er sie wohl von der Stalltür aus beobachtet hat, bevor er ihr zu Hilfe kam. Sie stellt sich vor, wie er am Türrahmen lehnte, die Arme vor der Brust verschränkt, auf einem Strohhalm kauend, und jede ihrer Bewegungen verfolgte. Der Gedanke ist höchst lustvoll. Er richtet sich auf, und wieder kann sie nur seine Füße sehen.

»Wo sollen die hin?«

Und weil er ihr Mann ist und weil sie allein sind, hebt sie den Schleier vom Gesicht und zieht ihn nach hinten über den Kopf. Ihre Augen fühlen sich riesig an, als würden sie über die Hälfte ihres Gesichts einnehmen. Sie betrachtet ihn, und sie könnte nicht deutlicher sein, könnte nicht lüsterner sein, denkt er, und das schnelle Heben und Senken seiner Brust lässt klar erkennen, dass er sie richtig verstanden hat. Ein langer spannungsgeladener Moment umknistert sie. Sie fragt sich, was er wohl denkt. Sie will ihn bloß sagen hören, dass er heute Nacht zu ihr kommt. Vielleicht sollte sie ihn geradeheraus darum bitten? Warum nicht, wo sie schon so weit gegangen ist? Er signalisiert mit einem Nicken, dass sie ihm folgen soll, und führt sie zurück zum Stall, wo die Sonne die Türöffnung beleuchtet, aber nicht weiter eindringt. Er legt die Fladen hin und geht dann schräg durch den Raum in die Ecke, die am dunkelsten zu sein scheint. Sie bleibt mitten im Stall stehen, unsicher, was er jetzt von ihr erwartet. Soll sie die Fladen aufheben und gehen? Sie hofft, dass er sich nicht für sie schämt, für ihr ungehöriges Verhalten. Sie hofft, dass sie ihn nicht angewidert hat. Sie denkt, dass sie bereit ist, sich zu rechtfertigen, darzulegen, dass sie nichts Unverzeihliches getan hat. Doch noch während sie sich innerlich wappnet, vergisst sie die Frage, und nichts davon scheint jetzt noch wichtig zu sein, weil er sie weder anspricht noch ansieht: Er wischt den Boden frei. Nervosität drückt ihr die Kehle zusammen, presst einige Worte heraus.

»Wie geht's deinem Kopf jetzt?«, fragt sie.

»Hmm? Oh, du hast es gesehen.«

Sie merkt, dass er sich schämt, weil sie gesehen hat, wie er geschlagen wurde. Sie hätte es nicht erwähnen sollen, aber jetzt, da sie es getan hat: »Es steht mir nicht zu, deine Mutter zu kritisieren, und vielleicht ist es anmaßend, meine Meinung zu sagen, aber ich fand es sehr grausam.«

Er nickt, noch immer in der Hocke. Das kühle Weiß seiner Augen leuchtet im Halbdunkel. »Wie lange noch, bis die anderen zurückkommen?«

»Bis zum Abendgebet oder vielleicht den ersten Sternen. Sie wollen noch zu Kalyans Feld, um Kürbisse zu holen. Für das Saag.« Siehst du?, scheint ihr Blick zu sagen. Auch ich weiß so manches.

Er streckt ihr auffordernd die geöffnete Hand entgegen. Sie tritt näher, ihre Fußglöckchen klingeln warnend, dann umfasst er ihr Handgelenk und zieht sie nach unten, sodass auch sie in die Hocke geht. Er streift ihr die Tunika vom Körper, dreht sie auf links, als er sie über ihren Kopf zieht. Sie schaudert, ihre Brüste sind der Luft und der Brise ausgesetzt, und die Brustwarzen richten sich auf. Sie kann nicht Nein sagen, selbst wenn sie will. Er ist ihr Mann, und er zieht auch sein eigenes Hemd aus, und als er sich gegen sie drückt, schlingt sie die Arme um seinen Hals und spürt, wie sie sich auf den Boden legt.

Wie lange hatte Suraj Mehar schon beobachtet? So lange, wie die Sonne braucht, um einen ganzen Grad auf ihrem Weg zurückzulegen. Wie das Gras braucht, um so viel zu wachsen, wie ein Fingernagel dick ist. Wie der Schwarm Spatzen braucht, um jählings aufzufliegen und am Horizont entlangzufegen, als wären sie Zeugen eines Ereignisses, das es unverzüglich zu berichten galt. Er beobachtete sie. Es war das erste Mal, dass er sie sah, und er beobachtete sie. Sie hatte unrecht mit den verschränkten Armen und dem Strohhalm und auch damit, dass er am Türrahmen lehnte. Er war in der Hocke, als er sie beobachtete, in der Türöffnung, sein Gesicht verborgen im Schatten, die nackten Füße flach auf dem unebenen Boden. Das also war die Frau seines ältesten Bruders, die verehrte Schwägerin, der er, sobald sie einen Sohn zur Welt gebracht hatte, größte Achtung und Höflichkeit würde entgegenbringen müssen. Sie ehren wie eine zweite Mutter. Diejenige, die dann ihm, ihrem jüngsten Schwager, alles auftragen konnte, was sie wollte, jede erdenkliche Arbeit. Ein kleines eitles Lächeln macht sich auf seinen Lippen breit. Sie ist so viel jünger als er. Und doch soll sie Mais Nachfolge antreten! Dieses hohe Amt innehaben! Jetzt ergibt alles für ihn einen Sinn, während er die schlanken nackten Waden betrachtet, den breiten üppigen Mund, den sie beim Klettern vor Konzentration spitzt. Die großen Augen. Ihre helle Haut. Die Verwirrung war gar keine Verwirrung gewesen. Er hatte die ganze Zeit recht gehabt. Sein Bruder hatte seine Meinung geändert.

Suraj hatte den ganzen Nachmittag, als Mai und Jeet die Bräute besuchten, seine Dhol gespielt, hatte improvisiert und geübt, versucht, die Trommler nachzuahmen, die er bei den Umzügen in der Woche zuvor beklatscht und bejubelt hatte. Wie gut sie ausgesehen hatten, mit ihren himmelblauen Tuniken und Pfauenhüten. Wie *modern*. Und wie begierig die Frauen sich auf den Balkonen gedrängt hatten, um die jungen Musiker zu bewundern. Er war entschlossen, bei dem Umzug im nächsten Jahr mitzumachen, wenn bloß seine verflixte linke Hand tun würde, was sie sollte. Sie fiel immer wieder in denselben Rhythmus wie seine Rechte, wenn sie eigentlich einen Dreivierteltakt schlagen sollte, eine Synkope, die die Lücken füllte. Dennoch, er schien Fortschritte zu machen, als er seinen Bruder und Mai auf dem Ochsenkarren zurückkommen hörte. Er spielte weiter, zog den Riemen um seinen verschwitzten Hals zurecht, damit ihm die Trommel schräg vor dem Oberkörper hing, und achtete nicht auf ihre Rufe, dass er in den Hof kommen sollte. Schließlich betrat Jeet das Zimmer und bat ihn, doch bitte zu kommen, dass Mai wartete. Mohan war schon dort, nass und schmutzig vom Abspritzen der Tiere, die Fäuste auf die Hüften gestemmt.

»Du hättest deinem Bruder ruhig helfen können«, sagte Jeet, als Suraj dazukam, ohne richtig dazuzukommen, auf Abstand zu den dreien blieb, die Dhol noch immer um den Hals gehängt.

»Hat den ganzen Nachmittag nichts anderes gemacht, als die verdammte Trommel zu spielen«, sagte Mohan. Seine Augen waren blutunterlaufen. Mohan traf sich abends schon mal gern mit den Trunkenbolden des Dorfs, aber dieses Laster wurde ihm verziehen, weil er auch am härtesten arbeitete. Die Hitze mochte noch so groß sein, er war draußen auf dem Feld zu sehen, wo er den Alkohol ausschwitzte.

»Die Hochzeiten sind nächsten Monat«, sagte Mai. »Wir brauchen alle Hände für die Ernte, also danach. Vielleicht am Siebzehnten. Kommt drauf an, wie die Pflanzen aussehen.«

»Und ihre Familien sind damit einverstanden?«, fragte Mohan.

»Die werden tun, was ihnen gesagt wird. Aber geh morgen zum Tempel. Und sag dem Priester, wir wollen nur eine kleine Feier. Ohne viel Brimborium.«

»Schade«, sagte Mohan und gab Suraj einen Klaps auf die Wange. »Du hättest deine Trommel spielen können.«

»Wir machen alles am selben Tag«, fuhr Mai fort. »Ihre Dörfer liegen nah genug.«

»So wird's billiger«, erklärte Jeet.

»Und wir müssen nicht so oft weg von zu Hause«, folgerte Mohan.

»Schön«, sagte Mai. »Ich bestelle ausländischen Stoff, so lange es noch geht. Dieser Vijaypal neben dem Eckstand meint anscheinend, er kann noch welchen besorgen. Und lass Marmor für den Fußboden verlegen, ja?«

»Den ganzen Fußboden?«, fragte Mohan und blähte die Wangen auf. Noch eine Aufgabe für ihn.

»Nur innen. Außerhalb ihres Zimmers wäre Verschwendung.«

»Wenn du deine Dhol spielen willst, wirst du dir einen anderen Raum suchen müssen«, sagte Jeet. »Wie Mai sagt, das Zimmer gehört ihnen.«

Suraj erwiderte nichts. Er hatte kein Interesse daran zu heiraten. Es gab keine glücklichen Ehemänner, soweit er das beurteilen konnte. Und auch keine glücklichen Ehefrauen. Er hoffte nur, dass sie ihn in Ruhe lassen würde, wer immer sie auch war. Selbst Sex war keine verlockende Aussicht mehr, seit er mit den Bordellen in der Stadt Bekanntschaft gemacht hatte. Er kratzte sich mit dem Ende seines Trommelstocks den Nacken – der Riemen scheuerte wieder.

»Wie alt sind sie?«, fragte Mohan. »Können sie mit Vieh umgehen?«

»Das will ich doch hoffen«, erwiderte Mai. »Deine ist angeblich siebzehn. Deine auch«, fügte sie mit Blick zu Suraj hinzu.

Er drückte die Zunge innen gegen die Wange. »Die ist aber schnell gealtert. Letzte Woche hast du gesagt, sie sei gerade mal sechzehn.«

»Sie ist siebzehn. Kein Widerrede.«

»Und deine, Bruder?«, fragte er Jeet.

Jeets Mund zuckte. Schon als Kind, wenn er heimlich die Teller tauschte, um die größeren Portionen Butter zu ergattern, konnte er sein schlechtes Gewissen nie verbergen und war gezwungen, sie wieder zurückzutauschen. »Ich weiß nicht genau. Vierzehn, fünfzehn haben sie gesagt.«

»Und du wirst dreiundzwanzig. Schäm dich.«

»Es ist beschlossene Sache«, sagte Mai. »Dem Priester sind die Paarungen mitgeteilt worden.«

Suraj lächelte sie missmutig an. »Soll das heißen, dass er alle drei gesehen und dich überredet hat, deine Meinung zu ändern?«

»Du bringst da was durcheinander«, sagte Mai.

»Es interessiert dich überhaupt nicht, was? Dass er mich um das betrügt, was mir gehört. Wieso sollte es auch.«

Sie gab ihm eine schallende Ohrfeige, aber sein Kopf bewegte sich kaum. »Ich hab gesagt, du irrst dich.«

Und er sagte nichts mehr, nicht in den Tagen danach, nicht nach der Hochzeit, weil er dachte, dass sie recht hatte: dass eine Ehefrau eine Ehefrau war, dafür da, Söhne zu gebären und ansonsten hinter ihrem Schleier zu leben, ihn nicht weiter zu stören. Ihr Gesicht war kaum einen Gedanken wert.

Jetzt presst er sich auf sie, saugt an ihren Brüsten und stößt so bestimmt zu, dass ihr Scheitel sich ruckweise mehr und mehr der Wand nähert. Es ist ein Angriff. Ihr Gesicht spielt in seinen Gedanken keine Rolle mehr. Er spürt Verlangen, ja, aber es geht auch um Schmerz und Rache und um das, was seiner Meinung nach rechtmäßig ihm gehört. Und schließlich ist das hier lediglich das, was eine unanständige Frau verdient.

Als es vorbei ist, rechnet er damit, dass sie sich ihre Kleidung an die Brust presst und unter Tränen davonläuft, wartet darauf. Aber sie weint nicht. Sie greift mit beiden Armen hinter sich und schließt die kleinen Metallhaken ihres Hemdes auf dem Rücken. Erstaunlicherweise scheint sie es überhaupt nicht eilig zu haben. Sie zieht ihr langes Haar über eine Schulter, fährt mit den Fingern durch den schwarzen seidigen Vorhang. Er versucht, etwas Hass aufzubringen für diese lose Frau: Nicht mal ein Anflug von Scham in ihrem Gesicht. Was für ein Glück, dass er darum herumgekommen ist, sie zu heiraten. Sogar die rotlippigen Kurtisanen haben den Anstand, sich gekränkt zu geben, wenn er mit ihnen fertig ist. Bei diesem Gedanken kommt der Hass flüchtig auf, aber er ist kompliziert und wird durch die staunende Verwunderung eines Zwanzigjährigen in den Hintergrund gedrängt. Ihr Lächeln ist so ruhig, ihr Gesicht ist so beredt. Sie steht auf, streicht die Rückseite ihrer Tunika glatt, zieht sich mit beiden Händen das Haar aus dem Gesicht und wickelt es zu einem Knoten am Hinterkopf. Dann lässt sie die Arme sinken.

»Darf ich etwas sagen?«, fragt sie.

»Nein.«

Sie runzelt die Stirn, zieht ein komisches Gesicht, dann streicht sie ihre Fußglöckchen zurecht, lässt den Schleier herunter und wendet sich zum Gehen. Ihre seidendunklen Hüften schwingen durch das Halbdunkel. Plötzlich will er, dass sie bleibt, ein Gefühl, das ebenso sehr mit ihrem Körper zu tun hat, mit ihrer beider Körper, mit der verspielten Form ihres Gesichts wie mit dem uneingestandenen Verlangen, das er in sich trägt, diese Welt zu zerstören. Über dem Stall sammeln sich Leuchtkäfer in gelben Trauben. Wird er sie einfach gehen lassen?

»Ich will mich wieder mit dir treffen.«

Sie bleibt am Stalleingang stehen, mit dem Rücken zu ihm, dann senkt sie die Ferse auf den Boden und dreht den Kopf zur Seite. »Du meinst, heute Nacht, mein Herr?«

Herr! Wie klug. Kann ihm mit einem Wort den Wind aus den Segeln nehmen. Er spürt das Verlangen in ihm aufsteigen, wie es sich zweifellos auch noch immer in ihr regt. Sie ist auf eine so stille Art sinnlich, so abgeklärt lüstern. Er stemmt sich von den Ellbogen in den Schneidersitz, wird plötzlich vor ihr zum Schüler. Eine dünne Staubschicht bedeckt die Außenseite seiner nackten Schenkel. »Ich möchte heute Nacht mit dir zusammen sein.«

»Dann musst du es Mai sagen.«

Er lächelt. Wie anders sie ist. »Vielleicht tue ich das«, erwidert er, und sie tritt aus dem Stall in den Hof. Die Sterne sind schon zu sehen, was verwirrend ist, und sie fürchtet plötzlich, dass es später ist, als sie gedacht hat, und was, wenn die Frauen zurück sind und sie und ihren Mann gesehen oder gehört haben? Aber sie sind nicht im Zimmer, und es vergeht einige Zeit, bis sie Harbans hört, die Gurleen bittet, die größte der riesigen Paraat-Schüsseln zu holen, und zwar schnell, weil sie so viele Kürbisse und Saag auf dem Kopf trägt, dass ihr langsam schwindelig wird. Mehar geht nach draußen, um zu helfen, und gemeinsam laden sie die grüne Ernte ab, breiten die samtenen Blätter aus und säubern sie von Erde.

»Es ist schnell dunkel geworden«, sagt Gurleen.

»Hmm«, gähnt Harbans und fährt sich mit einem müden Unterarm über die Stirn. Dann: »Oh, seht euch das mal an.«

Die beiden anderen drehen sich um. Eine schimmernde Säule tanzt über das Dach das Stalls.

»Glühwürmchen?«, sagt Gurleen. »Was für ein seltsamer Abend. Vielleicht kommt der Monsun früher als sonst.«

Mehar kann den Blick nicht abwenden: Sie sehen so hell und magisch aus. Sie fragt sich, ob er noch immer im Stall ist und an sie denkt, so wie sie an ihn.

Suraj hört, wie die Frauen sich in ihr Zimmer zurückziehen, aber er bleibt noch lange im Stall sitzen, an die Lehmwand gelehnt. Er weiß, dass er den Büffelmist beseitigen sollte, dass seine Brüder ihn anschnauzen werden, wenn sie zurückkommen, aber er will nur hier in der freundlichen Dunkelheit sitzen und an sie denken. An ihre großen klugen Augen und ihre seidige Haut. Ihre sanft geschwungenen Augenbrauen. Eine Taille, so schmal wie eine Handbreit, in die er einfach beißen musste, bis er sich tiefer schob und hochschaute und ihren bebenden und nassen Mund sah. Ihre Hände hatten sich in seinen Rücken gekrallt, und die Intensität dieses Augenblicks hat ihn noch nicht losgelassen. Beim nächsten Mal wird er nicht grob sein. War er zu grob? Egal. Beim nächsten Mal wird er so sanft sein wie die Mulde unten an ihrem Hals. Als er seine Mutter zurückkommen hört und dann seine Brüder, nimmt Suraj sein langes Tuch und bindet es zu einem kleinen, festen Turban. Sie sollen sein Haar nicht sehen, genauer gesagt, sie sollen nicht sehen, dass er sich das Haar hat schneiden lassen, als Allererster in der Familie. Dass es ihm jetzt nur noch bis auf die Schultern fällt. In der Woche zuvor war er zu dem mohammedanischen Barbier auf dem Basar gegangen und hatte ihm eine Rupie gezahlt und ihn beschworen, den Mund zu halten.

Suraj steht auf, und es ist das, der Ablauf des Aufstehens, der den ersten Dominostein zum Umfallen bringt, eine Abfolge von Synapsen flackert im tiefsten Innern seines Gehirns auf. Wie er ihr das Oberteil auszieht. Das Lächeln. Ihre Gelassenheit. Mein Herr. Es Mai sagen. Es Mai sagen? Noch ehe er die Tür erreicht, sind seine Schritte zum Stillstand gekommen. Er streckt die Hand nach der Wand aus. Zwingt sich, nachzudenken. Und während sich seine Finger zu einer Faust schließen, begreift er, was passiert ist, und kauert sich lautlos nieder und legt das Gesicht in die Hände.

14

Sie wird nichts sagen. Das kann sie nicht. Ihre eigene Vernichtung wäre die Folge. Man würde ihr den Kopf scheren und sie nackt an einem Strick durchs Dorf führen. Man würde ein Exempel an ihr statuieren. Oder, falls nicht, falls Mai beschließen würde, Gnade walten zu lassen und sie nicht davonzujagen, dann wäre es zumindest um ihre Stellung im Haushalt geschehen. Sie wäre nicht mehr die angesehene Frau des ältesten Bruders, die Bhabhi. Sie würde auf der untersten Stufe leben. Ständige Unterstellungen von den Schwägerinnen. Gemeine Demütigungen durch Mai. Kein Recht auf Gegenrede. Und die Geschichte würde unvermeidlich nach außen dringen, bis ins Dorf und in die Häuser der Menschen. So ist das mit solchen Dingen immer. Wenn sie sich auf den Basar trauen würde, um ein paar Kleinigkeiten zu besorgen – eine Handvoll Okraschoten, ein Dutzend Eier –, würde die Schande sie begleiten, ihr auf Schritt und Tritt folgen, sie nie zur Ruhe kommen lassen, ihrem Geist keinerlei Frieden gönnen, sondern sie ersticken. Das kleine Dorf und seine Kleingeister würden sie quälen, bis sie sich zur Farm zurückstiehlt und alles wieder neu durchstehen muss, für alle Zeit, bis sie stirbt, und selbst dann wird es noch Thema sein, eine Legende, die überliefert wird, die Geschichte der Schwiegertochter, die die Brüder ihres Mannes verführte, die Kurtisane, die Phryne, sodass ihr selbst der Trost des Todes verwehrt wäre, dazu bestimmt, die Zähne zu blecken und von innen an ihrem Sarg zu kratzen, während sie in der Verdammnis brennt.

»Isst du dein Roti, oder erwürgst du es?«

Suraj blickt hinab auf sein Brot, und sein Griff lockert sich bereits. »Tut mir leid«, sagt er unhörbar. Es ist wieder Abend, ein ganzer Tag ist vergangen, seit sie an der Mauer hochgeklettert ist, mit ihrem Stock nach den Dungfladen gestochert hat.

»Es wird diesen Monat früher dunkel«, sagt Mai weiter. »Der Mond ist wieder riesig.«

»Stellt sich zur Schau«, sagt Jeet, und Suraj erstarrt mit dem Essen an den Lippen, dann schließt er den Mund um das Roti und kaut so langsam, dass er seinen Kiefer malmen hören kann. Weiß Jeet Bescheid? Hat sie sich in ihrer großen Arglosigkeit verplappert? Er lässt sich den Gedanken durch den Kopf schwirren, während er einen weiteren Bissen nimmt. Niemand würde ein Wort zu ihm sagen. Nicht einmal sein Bruder. Dafür würde Mai sorgen. Zum Wohl der Familie, zur Ehre der Familie würde sie sicherstellen, dass die Schande allein auf ihre treulose Schwiegertochter fiele. Und da ist das Bild wieder – sie auf dem Markt, während der Verkäufer feixt: *Krieg ich auch eine Nacht mit dir, Schwester?* Mit brennenden Tränen legt sie die Münzen auf die wurmstichige Holztheke und nimmt den kleinen Beutel mit den braunen Eiern.

»Hach, gib es *mir,* wenn du es bloß anstarrst«, sagt Mai. »Sonst wird noch ein ganz annehmbares Roti verschwendet.«

»Hilfst du mir, den Stall auszumisten?«, fragt Jeet, und Suraj nickt und klatscht sich die Hände sauber. Die Tür zum Zimmer der Frauen geht auf, und eine von ihnen kommt mit einer Messingkanne Wasser heraus. Sie müssen durch das Lamellenfenster zugeschaut haben – *sie* muss zugeschaut haben –, um zu sehen, wann das Wasser nach draußen gebracht werden sollte. Sie ist es aber nicht, wie er feststellt, mit einer seltsamen Erleichterung, die sich wie Enttäuschung anfühlt. Nein, es ist seine eigene Frau. Sie stellt eine Metallschüssel vor ihn hin, in der ein schrumpeliges Stückchen blassgraue Seife liegt, und als er die Seife nimmt und die Hände ausstreckt, neigt sie die Messingkanne und gießt. Er wäscht sich ruhelos die Hände, den Mund, den Bart, nimmt das steife Handtuch, das sie ihm hinhält, und schrubbt sich Kurkuma von den Nägeln, und dann steht er auf, als ob er etwas Dringendes zu erledigen hätte, sieht sich um, blickt überallhin, nur nicht zu seiner Frau. Beobachtet *sie* ihn noch immer durch die Lamellen? Sind es die Frauen, die alles sehen können, während die Männer auf schwarze Fenster starren? Er geht in Richtung Stall, drei Schluchten tief in seine Stirn gefurcht.

»Wo willst du hin?«, fragt Mai.

»Den Stall ausmisten«, sagt er.

»Und wieso verschwendest du dann Seife, um dir die Hände zu waschen?«

15

Die Sonne geht auf und unter, auf und unter, und in den langen Stunden dazwischen hält Suraj sich fern: trifft sich mit Freunden im Basar, um skeptisch ein neues Ding namens kabelloses Radio zu bestaunen, spielt seine Trommel bei der Gerberei, döst im Schatten, während Vieh am schilfigen Sumpf trinkt. Er verlässt das Haus durch den Stall und überquert das Feld zu einer Zeit, von der er weiß, dass sie draußen ist und Dungfladen holt, und er kommt erst zurück, wenn der Mond am Himmel steht und sie sicher mit ihren Schwestern in ihrem Zimmer ist. Zu dieser Stunde ist das Tor schon verriegelt, deshalb nimmt er Anlauf, schwingt sich auf die Sandsteinmauer und springt über die Steinwanne. Im leeren Hof bleibt er stehen: Über ihm sind die Sterne hell und an das dunkle Kleid des Tages genäht. Sie sind so nah, dass er eine Hand ausstrecken und eine Paillette abzupfen könnte, und als er mit der flachen Hand über die Nacht streicht, gleiten die Sterne an seinem Arm entlang. Er fragt sich, was hinter ihnen sein mag. Gott, vermutet er, mit seiner Messingwaage. Suraj rührt sich nicht, als er ein Geräusch hört. Schritte. Husten. Keine Minute später: eine Tür. Sein ältester Bruder kommt aus dem Zimmer, das sich die Männer teilen, und geht zu der Wasserpumpe neben dem Stall. Er wirkt klein, wie er da den Schwengel mit einer Hand bedient und aus der anderen trinkt, vornübergebeugt wie ein nachtaktives Tier, das sich verstohlen vorwagt. Zum Schluss klatscht er sich Wasser ins Gesicht, und als er den Oberkörper aufrichtet, zuckt seine knochige Schulter kurz nach oben, als würde sie ihm ein bisschen wehtun. Suraj empfindet so etwas wie Zuneigung, und für einen halben Moment herrscht in dieser samtenen Stunde eine Ausgewogenheit: die Liebe zu seinem Bruder still und vollkommen gleichgewichtig mit dem Verlangen nach der Frau seines Bruders. Eine Schlange windet sich an der Mauer entlang, und während Suraj zusieht, wie ihr Schwanz unter dem Metalltor verschwindet, beginnt Jeet, den Hof zu durchqueren, und augenblicklich fühlt Suraj ein gewaltiges Gewicht auf sich niederstürzen. Er weiß nur, dass er ihn aufhalten muss.

»Bruder«, sagt er und tritt ins Mondlicht.

Jeet erschrickt nicht, und Suraj fragt sich, ob sein Bruder die ganze Zeit gewusst hat, dass er da ist. »Ja?«

»Einer von den Bawa-Jungs hat gesagt, dass sie vor ein paar Stunden einen Muselmanen an unserem Brunnen gesehen haben. In Murnalipur.«

Jeet dreht sich um, blickt Suraj direkt an. »Und was hast du da festgestellt?«, fragt er, obwohl in der Frage eine Spur Sarkasmus liegt. Nicht zum ersten Mal fragt Suraj sich, ob sein Bruder ihn auf eine Weise hasst, ihn dafür hasst, dass er nicht der älteste Mann im Haus sein muss, und für alles, was damit einhergeht.

»Ich war nicht dort. Ich dachte, ich sag's dir. Glaubst du, da macht sich wieder wer an der Bewässerung zu schaffen?«

»Kannst du nicht hinfahren?«

Suraj lächelt sehr vielsagend. »Wieso kannst du nicht gehen?«

Ein mühsam beherrschter Ausdruck zeigt sich in Jeets Gesicht, ein Hervortreten seiner dreieckigen Kinnpartie. »Sei nicht kindisch. Los, fahr schon hin.« Er geht ein paar Schritte in Richtung der hinteren Kammer.

»Du hast bekommen, was du willst, nicht?«, entfährt es Suraj. »Mutter und Sohn haben es geschickt eingefädelt, damit alles gut läuft. Für dich.«

Jeet dreht sich um, blickt ihm aber nicht in die Augen. »Ich weiß nicht, was du meinst.«

»Wie sieht sie eigentlich aus?«

»So solltest du nicht über sie sprechen.«

»So sollte sich kein Bruder verhalten.«

Jeet stöhnt wütend, tritt dann ans Tor, wo der umständliche Vorgang, es zu entriegeln, um diese Uhrzeit unverschämt laut klingt.

»Der Sumpf ist überflutet, vielleicht fährst du besser über den unteren Markt«, rät Suraj, während Jeet das Fahrrad nimmt, das an der Mauer lehnt, und wacklig davonradelt.

Einhundert. Zweihundert. Dreihundert, zählt er, bewegt kaum die Lippen, während er reglos im Hof steht, im Mondschein. Die Sonne im Mond. Er sieht sich um, von der Stille des Stalls zu den Charpais, die aufrecht unter der Veranda verstaut sind, die langen, runden Beine wie Gewehre, dann weiter zum Porzellanzimmer, lautlos hinter geschlossenen Lamellen. Er hat die Flügeltür auf der Rückseite der Veranda ausgelassen. Jetzt geht er darauf zu, legt eine Hand an die abblätternde Farbe und schleicht sich in den Raum, in dem Mehar wie befohlen auf ihren Mann wartet.

Sie ist darauf bedacht, ihre Freude nicht zu zeigen, als er sich diesmal nicht gleich aufsetzt und geht, sobald er fertig ist. Stattdessen bleibt er liegen, und sie stellt sich seinen Nacken vor, an das schlauchförmige Kissen gedrückt, seine offenen Augen, die an die Zimmerdecke starren. Traurige Augen, erinnert sie sich. Er hat eine Hand in seinem Haar, und die knochige Spitze seines Ellbogens ist direkt neben ihrer Stirn, berührt sie nicht ganz. Sie redet sich ein, dass sie sie sehen kann.

»*Mujhe tumse kuch baat karni hai.*« Ich würde gern etwas mit dir besprechen. Und so förmlich!

Sie spürt, wie ihre Augen sich weiten. Sie lächelt. »Es wäre mir eine Ehre.«

Eine Bewegung in der Dunkelheit, als er sich ihr zuwendet. Sie wartet, die Augen niedergeschlagen, und ihr Handgelenk beginnt unter dem Druck ihrer Wange zu schmerzen. Als er ihr Gesicht ertastet und leicht, zärtlich, mit nur einem Finger am Kinn berührt, auf eine Art, wie sie es von ihrem Mann niemals erwartet hätte, spürt sie, dass ihre Lippen sich öffnen, und sie hört ihren eigenen Atem, warm und schwer. Sie fragt sich, ob auch er ihn hören kann, und er glaubt, dass er es kann, und dann ist er sich dessen sicher, spürt ihn an seinem Handgelenk, als er ihr Gesicht streichelt, ihre Augen, die Haut um den Edelstein in ihrer Nase, seine Hand öffnet und die ganze Wölbung ihrer schönen, schimmernden Wange umfasst. Er fährt mit dem Daumen an ihren Armen hinab, zieht ihre Hand unter ihrem Gesicht hervor und küsst den Handteller, leckt ihn. Er kann das Rauschen in seinem Blut spüren, das Tosen und das Verlangen, und er weiß, dass er jetzt nichts sagen kann. Das Baat, das Gespräch, wird warten müssen. Und schon berauscht er sich an ihren braunen Brustwarzen, und ihre Hände zerren an dem losen Turban seiner Haare, und ihr Sehnen nach einander ist wie etwas Greifbares, das berührt werden kann und gerochen und, zugegeben, auch gehört.

16

Die Sonne dringt durch die Lamellen herein, und Mehar lehnt sich mit einer Hüfte an die steinerne Arbeitsplatte, das Gesicht in eine Hand und den Ellbogen in die andere gestützt. Sie sieht aus, als würde sie schlafen, und vielleicht schläft sie auch oder hat geschlafen, aber sie bekommt Gurleens extreme Unruhe deutlich mit. Den Kessel zu fest hingestellt. Die Möhren zu willkürlich in Scheiben geschnitten. Versonnen blendet Mehar all die Geräusche aus und lauscht dem Lehrer, der auf dem Weg nach Hause vor sich hin summt. Sie muss ihn schon mal gesehen haben, wenn er den Pfad hinter ihrem Zimmer entlanggeht, weil sie sicher ist, dass er einen dicken Bauch, eine Brille, einen blauen Turban und einen zotteligen Bart hat und eine braune Umhängetasche mit Schulbüchern über der Schulter trägt. Sie horcht auf sein fröhliches Gesumme, bis sie sich nicht mal mehr einbilden kann, dass sie es hört. Sie öffnet die Augen. Gurleen hievt einen großen Rattankorb auf die Arbeitsplatte und spießt eine Aubergine mit dem Messer auf. Mehar unterdrückt ein Lächeln und macht sich an den Abendteig.

Nachdem die Männer mit Essen fertig sind, sammelt sie das letzte Geschirr im Hof ein, und obwohl die Sonne hinter dem Haus untergeht, ist unter ihrem Schleier alles lichtdurchflutet, die Luft erfüllt von dem herrlichen Gefühl eines langen Tages, der sich dem Ende zuneigt. Im Porzellanzimmer hockt Gurleen auf dem Boden und spült die schmutzigen Teller in einem Bottich mit Seifenwasser.

»Noch ein paar, Schwester«, sagt Mehar und stellt weitere Teller auf den Stapel.

Gurleen wirft den nassen Lappen mit finsterer Miene hin und geht mit der Behauptung, sie habe ein paar Chilis auf dem Dach vergessen.

Mehar übernimmt ihre Arbeit. »Ist alles in Ordnung mit ihr? Sie ist schon den ganzen Tag so gereizt.«

Wortlos schlägt Harbans mit einem Beil auf eine panische Maus ein, die sich in letzter Zeit über das Getreide hergemacht hat. Sie macht ein angewidertes Gesicht, als das warme Blut spritzt, zieht dann ihren Schleier herunter, drückt die Tür mit dem Fuß auf und wirft die zwei ekelhaften Teile nach draußen. Sie hört, wie sie im schilfigen Gras landen, sieht schon einen Turmfalken am Himmel kreisen, lässt dann die Tür zufallen und schiebt Mehar beiseite, um sich das klebrige Blut von den Händen zu waschen.

»Kannst du das nicht an der Pumpe machen?«, sagt Mehar ärgerlich.

»Ihr Mann. Er hat schon länger nicht mehr nach ihr verlangt«, sagt Harbans in gemessenem Ton, als würde sie ihre Worte vorsichtig abwägen. »Sie ist besorgt.«

Mehar hält ihr ein Tuch hin, um sich die Hände abzutrocknen. »Weißt du, ich hab mir schon gedacht, dass es so was sein könnte. Die Ärmste. Die denken nie an uns.«

»Hattest du letzte Nacht Besuch?«, fragt Harbans und nimmt eine Schüssel entgegen, die weggeräumt werden muss. »Von deinem Mann?«

»Hmm? Ja. Warum?«

»Nur so. Es ist bestimmt nichts dran. Du weißt ja, wie Gurleen sein kann. Aber gestern Abend hat sie zufällig mitgehört, wie zwei von den Männern miteinander geredet haben.«

»Worüber?«

»Keine Ahnung. Dann ist einer von ihnen mit dem Rad weggefahren.«

»Sie kommen und gehen, wie sie wollen. Ganz nach Belieben.«

Mehar reicht den letzten Teller weiter, doch als sie sich aufrichtet, sieht sie Tränen auf Harbans' Wangen.

»Was hast du denn?«

»Nichts. Sie tut mir bloß leid.« Sie zieht Mehar an sich und hält sie fest, als würde sie fürchten, sie nie wiederzusehen. »Ich bin sicher, es renkt sich alles wieder ein.«

17

Mittlerweile, im Hochsommer 1929, war in der ganzen Provinz die Rede davon, dass Revolutionäre von Dorf zu Dorf, von Farm zu Farm zogen und gewaltsam Wertsachen raubten, falls sie ihnen nicht freiwillig ausgehändigt wurden. Manche sagten, um sie Menschen zu schenken, die aufgrund der britischen Außenpolitik verarmt geworden waren. Oder um Munition für die indische Unabhängigkeitsbewegung zu kaufen, wie andere meinten. So oder so, Mai beschloss, dass sie ihre jährliche Pilgerreise nach Amritsar unternehmen sollte, so lange das noch ging, bevor Männer auf Kamelen die Straßen sperrten und Reisen zu riskant wurde. Sie würde Jeet mitnehmen und sechs Tage fort sein.

An jedem dieser Abende schleicht Mehar sich davon zu den Feldern, wo der Weizen inzwischen hoch steht und wo Suraj wartet. Es ist seine Idee, sich außerhalb der Farm unter den Sternen zu treffen.

Eines Abends bringt sie die Perlenkette mit und hält sie hoch vor den schwarzen Himmel, als würde sie eine Girlande um den Mond legen. Wie klein das alles ist. Wie wichtig wir unser Leben nehmen.

»Warum hast du sie mitgebracht?«, fragt Suraj.

»Ich weiß nicht. Vielleicht hab ich mich an sie gewöhnt. Du hast sie für mich gekauft.«

Er löst seine Umarmung und rollt sich auf den Rücken. »Fauler Zauber. Tu sie weg.«

Sie liegt still da, hört nicht auf ihn, beobachtet die Muster am Himmel. Dann schüttelt sie ihren Salwar aus und streift ihn sich wieder über.

»Geh nicht«, sagt er.

»Oh, ich denke doch.« Es ist der dritte Abend hintereinander, an dem sie sich so treffen, und sie weiß, sie kann es sich jetzt erlauben, alles Mögliche zu sagen. Weiß auch, dass sie eine gewisse Macht über ihren Mann hat.

»Noch einmal?«, sagt er.

Sie lacht. »Morgen.«

»Morgen«, wiederholt er seufzend.

»Wir haben Glück, dass wir zusammen sein können.« Sie möchte noch mehr sagen. Sie möchte ihm etwas von ihrer eigenen Welt erzählen, ihn näher an ihre alltäglichen Sorgen heranführen. »Nicht jeder ist gesegnet. Meine arme Schwester – sie ist so traurig.«

»Traurig?«, sagt er und wendet das Gesicht ab.

»Es geht um Gurleen.« Sie fragt sich, ob sie weiterreden soll – wird er sie vielleicht für trivial halten? –, doch dann sagt sie: »Dein Bruder hat ihre Gesellschaft schon seit vielen Tagen nicht mehr verlangt. Vielleicht geht er woandershin. In die Stadt.«

Suraj nickt. Die Dunkelheit. Die Fledermäuse, die durch die Dunkelheit flattern. Die ganze weite und dunkle Welt.

»Gut möglich, dass sie mit Mai spricht, sobald sie wieder da ist.«

Möge der Tag nie kommen, denkt er. Fragt: »Und wann ist sie wieder da?«

Er sagt »sie« mit so großer Abneigung, dass Mehar lächeln muss. Er kann manchmal so ein altes Weib sein. »In zwei, drei Tagen? Es sind doch sechs Tempel, die sie besucht, oder?«

»Das weiß Gott allein.«

»Ich vermute, Er wird sich ihre Gebete um Enkelsöhne anhören müssen.« Dann: »Ich hoffe, es kommen Kinder, aber nicht so bald. Du auch?«

Er weiß es nicht. Will über nichts mehr reden oder nachdenken. Will nur noch die nächsten paar Tage mit ihr genießen, und dann wird er gestehen. Irgendwie, irgendwie.

»Welcher von deinen Brüdern ist ihr Mann?« Sie hat das Gefühl, diese außergewöhnliche Frage jetzt stellen zu können. Er wird nichts dagegen haben. Er weiß, dass die Frage nichts Schlimmes über ihren Charakter als Ehefrau verbirgt. Doch er hat was dagegen:

»Wie kommst du dazu, über andere Männer nachzudenken?«

Er spricht mit solcher Wut, dass sich in ihr eine Flamme der Ungerechtigkeit entzündet. Sie steht auf, und er kommt hoch auf die Knie, ergreift ihr Handgelenk und zieht sie sanft wieder nach unten. Er hat nicht erwartet, so viel von sich selbst in ihre Hände gegeben zu haben.

»Also morgen?«, fragt er wieder.

Ihre Schneidezähne ruhen auf ihrer Unterlippe, und Mondlicht glänzt auf dem Scheitel in ihrem Haar. Selbst ihre Ohren sind schön. Wie können Ohren schön sein? Sie wurde für ihn gemacht, damit sie ihm gehört, dessen ist er sicher, und er ist auch sicher, dass er dafür sterben würde, sie zu besitzen.

»Sehr gerne«, sagt sie, und die Schlichtheit ihrer Worte, die Art, wie sie sich mit der Offenheit ihres Gesichts verbinden, weckt eine Scham, die sein Verlangen schürt und sein Herz zwingt, sich zu weiten, als würde es Platz machen für ein ganz neues Gefühl.

Sie verschleiert nicht ihr Gesicht, und sie unterhalten sich auf dem ganzen Weg nach Hause leise in einem heiteren Ton, bis er hinter dem Tor zurückbleibt und sie hindurchgeht.

»Schwestern!«, flüstert Mehar, als sie ins Porzellanzimmer schlüpft. »Schlaft ihr?«

»Nun leg dich schon hin«, erwidert Harbans, und Mehar lässt sich auf das Charpai nieder, vergewissert sich, dass die lauten Fußglöckchen, die sie abgenommen hatte, noch da sind, unter dem Kopfkissen.

18

Es gab einen Moment, da war Mehar kurz davor, Harbans zu sagen, dass der Bruder, der auf dem Stuhl saß, ihr Mann war. Doch bevor sie die Worte über die Lippen brachte, hielt Harbans sich die Ohren zu und sagte, sie wolle es nicht wissen, brauche es nicht zu wissen.

»Dann weißt du also, wer deiner ist?«, fragte Mehar.

»Bitte. Hör auf. Es wird alles gut. Es wird alles gut.« Mehar nickte und wandte sich verwirrt wieder dem Lamellenfenster zu. Sie vermutete, dass Harbans Eheprobleme hatte, aber als sie mit Gurleen darüber sprechen wollte, wandte auch die sich augenblicklich ab.

»Sprich mit mir nicht über die Männer«, sagte sie und hastete mit einem Armvoll Holz davon. Mehar folgte ihr kopfschüttelnd mit den Dungfladen, und gemeinsam brachten sie den Lehmofen in Gang, denn Mai wurde von ihrer Pilgerreise zurückerwartet, und alles musste frisch zubereitet werden.

»Aber wirst du mit ihr über deinen Mann sprechen?«, fragte Mehar, und als Gurleen nicht antwortete, berührte Mehar sie am Arm und sagte, sie solle sich keine Sorgen machen.

Am selben Abend, nachdem Mai mit Jeet eingetroffen ist und ihre jüngeren Söhne zur Begrüßung ihre Füße berührt haben und alle gesättigt sind und Mai allein auf der Veranda ist, geht Gurleen zu ihrer Schwiegermutter und bittet sie um ein Gespräch unter vier Augen. Mehar beobachtet vom Fenster aus, wie Mai sich von ihrem Charpai erhebt und Gurleen in ihr Zimmer führt. Während sie weiter auf den leeren Hof blickt, wo das Mondlicht auf dem Boden flimmert wie ein Schwarm gespenstischer Fische, empfindet Mehar eine Verwirrung, die sie niederdrückt. Nie hätte sie gedacht, dass Gurleen oder Harbans oder überhaupt irgendeine von ihnen den Mut, die Dreistigkeit aufbringen würde, Mais Sohn ihr gegenüber offen zu kritisieren. Dass Gurleen genau das gerade macht, verunsichert sie, als würden die kosmischen Regeln infrage gestellt. Als Gurleen zurückkommt, fragt Mehar: »Wie hat sie es aufgenommen? Wird sie ihm sagen, dass er dich besser behandeln soll?« Doch wieder bekommt sie keine Antwort. Ihre Schwestern verhalten sich in letzter Zeit eindeutig seltsam. Da ist eine gewisse Stimmung im Zimmer, das Austauschen von vielsagenden Blicken. Mehar spielt solche Momente herunter – distanzierte Ehemänner, die Anstrengungen, schwanger zu werden – und zwingt sich geradezu, es dabei bewenden zu lassen.

Es ist weit nach Mitternacht, als Mehar von einem Geräusch geweckt wird, das sich nach einem Wutausbruch anhört, und als sie ans Fenster geht und die Lamelle herunterdrückt, sieht sie, dass einer der Brüder aus Mais Zimmer kommt und auf der Veranda stehen bleibt, wo er wieder und wieder gegen die Wand schlägt. Ah, Gurleens Mann, denkt Mehar mitleidslos. Wahrscheinlich hat er von seiner Mutter Prügel bezogen.

19

Suraj hatte Mehar in der Nacht vor Mais Rückkehr nicht die Wahrheit gestanden. Als Mehar den Schmutz von ihren Füßen schüttelte und dann aufstand, um zu gehen, war er ebenfalls aufgestanden, von unerwarteter Tatkraft durchdrungen, von der er nicht wusste, wie er sie loswerden sollte. Sie hatte überrascht gewirkt.

»Du bist wie ein Sack Flöhe«

»Es ist nichts. Ich denke bloß nach.« In gewisser Weise war ihm durchaus klar, dass alles zu Ende wäre, wenn er jetzt gestand. Ihr Schock und ihre Wut würden dafür sorgen, dass nichts zu Rettendes mehr übrig bliebe; aber wenn sie es im Haus erfuhr, umgeben von der restlichen Familie, würde sie ihren Zorn unterdrücken müssen, und was auch immer dann stattdessen entstand, könnte sich vielleicht eher wieder ihm zuneigen. »Wann werde ich dich wieder haben?«, fragte er verzweifelt.

Sie lächelte mit einem verwunderten Gesichtsausdruck, dessen Zärtlichkeit fast mütterlich wirkte. »Alles wieder wie gehabt.«

Er nickte und sagte nicht mehr viel auf dem Weg nach Hause. Ja, besser, sie kommt von selbst dahinter, aber besser für wen, wagt er sich nicht zu fragen. Er wartet einfach ab. Er liegt nachts auf seinem Charpai, und er wartet, denn sobald ihr gesagt wird, dass ihr Mann die Nacht mit ihr verbringen will, wird es vorbei sein. Er stellt sich vor, wie sie im hinteren Zimmer liegt, wenn Jeet eintritt. Wird sie es gleich wissen, wenn er sie das erste Mal berührt, jetzt, da sie mit seinen Berührungen so vertraut ist? Wird sie ihn wegstoßen, verlangen, dass er sofort verschwindet? Sie wird nicht schreien, da ist er sicher. Sie wird keine Aufmerksamkeit auf diese Angelegenheit des Lebens lenken. Er betet, dass sie nichts sagt, was ihrer beider Geheimnis verraten könnte, um ihrer selbst willen. Diesen Gedanken findet er unerträglich. Also liegt er hellwach da, Nacht für Nacht, in stiller Furcht, wartet darauf, dass er hört, wie sein Bruder sich von seinem Charpai erhebt, das nur wenige Meter von Surajs entfernt steht, und den Hof überquert. Doch nichts dergleichen geschieht. Sein Bruder schläft nur, seine dunkle Gestalt zur Wand gedreht. Zweimal steht Jeet tatsächlich auf, in aufeinanderfolgenden Nächten, und jedes Mal starrt Suraj an die feuchte Zimmerdecke, sein Magen ein glühend heißer Knoten, während er mühsam schluckt und nicht zulässt, dass ihm Tränen aus den Augen rinnen. Aber beide Male geht Jeet nur zur Wasserpumpe und trinkt einen Schluck, ehe er in ihr gemeinsames Zimmer zurückkehrt, und während er sich wieder aufs Bett legt, könnte Suraj ihn dafür hassen, dass er ihn nicht von seinem Leiden erlöst. Deshalb ist es fast eine Erleichterung, als Mai ihn eines Morgens zu sich ruft, während sie im Schatten der Veranda auf ihrem Charpai liegt und sich Luft zufächelt. Im Stall nimmt Suraj den Riemen seiner Dhol vom Hals und geht hinaus in den Hof.

»Ich?«

»Mein Liebling«, sagt sie mit einer einladenden Handbewegung, und er überquert den staubigen Platz, bleibt einen Schritt von ihr entfernt stehen. »Setz dich. Setz dich ein Weilchen zu deiner alten Mutter.«

Argwöhnisch tut er, wie geheißen. Sie muss irgendetwas

wollen. Er hat den Kopf gesenkt, die langen Finger locker zwischen seinen dünnen Knien gefaltet.

»Warum ist mein Junge in letzter Zeit so traurig? Verhält sich so ein Mann dieser Familie?«

»Wäre es dir lieber, wenn ich mich betrinken, die Hälfte unseres Landes verspielen und mich dann erhängen würde?«

»Du erinnerst mich in so vielen Dingen an ihn.«

»Und du lässt keine Gelegenheit aus, mir das zu sagen.«

»Wie wütend!«

Sie bewegt den Fächer so schnell, dass es aussieht, als würden die Fliegen zu ihren Füßen im Luftzug spielen. Sie schweben, landen dann auf Mais Zehen. Schweben. Und landen. Schweben und landen. Mais Lächeln hebt die feinen Ziselierungen ihres Gesichts hervor, die zarten, schweißglänzenden Falten.

»Du musst in die Stadt und drei Salwar Kamiz für mich bestellen. Achte darauf, dass sie im Patiala-Stil sind. Und safrangelb, die Khalsa-Farbe. Für den Fall, dass diese räuberischen Revolutionäre kommen. Da wollen wir doch fromm aussehen, oder nicht? Kennst du das Geschäft von Munim, in Anarkali?«

»Was versteh ich denn von Frauenkleidung? Pflanz deinen Hintern in einen Karren und fahr selbst hin.«

»Mit Vergnügen, wenn ich meinen Schwiegertöchtern zutrauen könnte, hier ohne mich zurechtzukommen«, sagt sie so laut, dass sie es in ihrem Zimmer hören können. »Ich war nur ein paar Tage weg, und ich hab noch immer damit zu tun, das Durcheinander zu beseitigen. Wer lässt Mehl denn offen im Freien stehen, frage ich dich, hä, wer?« Dann wieder zu ihrem Sohn: »Ab mit dir. Der Karren wird nicht benutzt, nimm ihn.«

»Sei vernünftig, Frau.«

»Du bist rechtzeitig zum Roti wieder da.«

»Ich fahre nicht für dich einkaufen!«

»Du meine Güte! Normalerweise können dich keine zehn Pferde davon abhalten, in die Stadt zu kommen. Dann nimm deine Frau mit. Na los.«

Aus dem Porzellanzimmer ist Unruhe zu hören, die sich bald wieder legt.

»Ich soll wen mitnehmen?«, sagt er gepresst.

»Na, deine Frau, Kind, wen sonst? Nimm sie mit. Aber bezahl ihn nicht.« Sie zeigt mit dem Fächer auf Suraj; alle Fliegen landen gleichzeitig. »Sonst lässt der Halunke uns monatelang warten.«

Er steht auf und geht Richtung Tor.

»Wo willst du hin?«

»Zum Karren.«

»Nimm deine Frau mit, hab ich gesagt. Es ist besser, wenn sie bei dir ist, dann kannst du noch ein paar Sachen mehr besorgen. Für ihr Zimmer. Schalen und so weiter.« Dann: »Guck nicht so, als hätte dir jemand in die Schuhe gekackt. Ich werde ihr alles erklären. Geh sie holen, mach schon.«

»Ich komme allein zurecht. Bin so schneller.«

»Du kennst ja nicht mal die Geschäfte. Nun geh und hol sie.«

»Ich komme zurecht. Allein.« Fürchterliche Hitze kriecht ihm am Hals hoch.

»Hol sie. Wahrscheinlich wartet sie schon. Die drei haben Ohren wie Fledermäuse, wenn sie wollen.«

Suraj gibt nach, das Gesicht verzerrt: »Machst du das bitte?«

»Was soll der Unsinn, Suraj? Hol sie, jetzt sofort.«

Die drei Frauen im Zimmer ziehen rasch ihre Schleier vors Gesicht, als sie ihn kommen hören. Mehar hat lächelnd die Augen gesenkt, das Herz schlägt ihr laut in der Brust, und sie fühlt sich wieder wie eine neue Braut. Mit ihrem Mann in die Stadt fahren. Nur sie beide, und alle können sie bewundern. Sie stellt sich die Gesichter ihrer Schwägerinnen vor, wenn sie am Abend zurückkehrt. »Ich hab es schon länger gewusst«, wird sie sagen. »Ist er nicht der Hübscheste von allen?« Könnte sie ihnen auch erzählen, was sie beide alles gemacht haben in ihren gemeinsamen Nächten, als Mai fort war? Nein, nein. Das soll ein süßes Geheimnis bleiben, auf ewig bewahrt. Als sich das Sonnenlicht auf ihren Knien für einen Moment verdunkelt, weiß sie, dass er am Lamellenfenster vorbeigegangen sein muss, und Sekunden später hört sie die Tür aufgehen. Sein Schatten – seine Beine, diese schmalen Schultern – fällt lang über den grauen Steinboden, sodass sein Kopf irgendwo vor den Sandalen an ihren Füßen liegt. Sie will schon vom Charpai aufstehen, doch da sagt er: »Würdest du bitte mitkommen, Gurleen?«

20

»Ist alles in Ordnung?«

Er blinzelt die Tränen weg und zieht die Schultern hoch, um diejenigen wegzuwischen, die ihm bereits übers Gesicht laufen. Er dachte, er wäre leise gewesen, aber offenbar nicht leise genug, denn sie hat es durch ihren Schleier hindurch bemerkt.

»Ich glaube, Mai hat diese Fahrt in die Stadt geplant«, fährt Gurleen fort. »Damit wir zusammen sind, meine ich.«

»Weil du mit ihr gesprochen hast? Weil ich schon länger nicht nach dir verlangt habe?«

Sie sagt nichts.

»Ist auch egal«, sagt er, und er lässt die Zügel knallen, einmal, zweimal, dann noch einmal und härter, entschlossen, das Tier in Richtung Stadttor zu treiben und zum Gehorsam zu zwingen.

21

Irgendwas an der Art, wie die Motte gegen die Lamellen flattert, sich an dem schwachen hereinsickernden Licht weidet, löst das Gefühl aus. Es ist, als würde das Insekt Mehar absichtlich belästigen. Sie stemmt sich hoch, eine Hand an die schweißnasse Stirn gelegt, aber sie spürt, dass sie wieder nach unten gedrückt wird. Sie hört Stimmen, verschwommene Geräusche. Kommt da ein Mann? Gott, nein. Bitte nicht. Wo ist ihr Schleier? Ist sie verschleiert? Sie will schreien, doch all ihre Energie scheint in die Anstrengung zu fließen, ihren Atem zu beruhigen, der entsetzlich kurz und schnell ist. Der Arzt schüttelt das Thermometer einige Male, damit sich das Quecksilber wieder setzt, und versucht erneut, ihre Temperatur zu messen. Dann bittet er eine der Frauen, die Tunika der Patientin hochzuschieben, damit er ihr das Chinin direkt in den Bauch spritzen kann. »Es löst sich besser in ihrer eigenen Säure auf«, fügt er mit einem Lächeln in die Runde hinzu, weil er eine Erklärung für nötig hält, warum er verlangt, dass die Frau vor ihm, einem Muslim, halb entkleidet wird. Diese Sikhs können aufbrausend sein. Die Arbeit auf den Feldern – in dieser Hitze! – muss ihnen den Verstand verwirren. Er reibt Mehars Füße mit Zinklotion ein und stellt ein Fläschchen Weißöl auf die steinerne Arbeitsplatte mit der Anweisung, sie solle jeden Morgen einen kleinen Schluck davon trinken. Schließlich gibt er Borax auf die Verletzungen, die sie sich an Armen und Hals zugefügt hat, woraufhin die arme junge Frau sich schreiend hin und her wirft, bevor sie vor Erschöpfung wieder einschläft.

22

Als Mehar diesmal erwacht, ist es dunkel, beängstigend dunkel. Sie braucht Luft. Sie spürt, dass sie sich übergeben muss. Ihr Kopf fühlt sich schwer und schwarz an, als wäre ihr Hals nicht stärker als ein Strohhalm. Sie nimmt ihren Schleier, steht mühsam auf, wartet, bis das Schwindelgefühl nachlässt, und schafft es irgendwie aus dem Zimmer, über den Hof und bis an den Rand des Weizenfeldes. Sie muss nicht brechen, ist aber sicher, dass sie kurz davor ist, und der Mond, der so erstaunlich hoch am Himmel hängt, ist keine Hilfe. Nichts ist eine Hilfe. Sie holt ein paarmal tief Luft und dreht sich langsam auf der Stelle, hält den Kopf dabei ganz still, und als sie einige Schritte zurück in den Hof gemacht hat, sieht sie seinen Schatten und dann ihn, wie er seltsam vor der Mauer sitzt, als würde er frei schweben. Seine Augen sind weiß wie Kreide. Ist er schon die ganze Zeit hier gewesen? Wann ist er zurückgekommen? Bildet sie sich das nur ein? Sie schluckt, Panik steigt ihr in die Kehle. Wieder im Zimmer starrt sie den Steinboden an, den Gecko, der in aller Ruhe sein eigenes Bein frisst. Oder vielleicht bildet sie sich auch das nur ein. Mehar schließt die Augen.

»Noch nicht besser?«, fragt Harbans, einen Arm um sie. »Versuch zu schlafen. Leg dich zu mir.«

Auf dem zweiten Charpai schnaubt Gurleen, und als Mehar auf ihr Bett fällt, sieht sie vor ihrem geistigen Auge, dass es seine umgedrehte Dhol war, seine Trommel, auf der er gesessen hatte, da, an der Mauer.

***

Nachdem wir die Riegel abgeschlagen hatten und Laxman die Tür abgeschliffen hatte, richtete ich mich in dem Zimmer ein. Moskitos drangen nur selten herein, und wenn es dunkel wurde, flogen die Fledermäuse mit ihren leisen emsigen Lauten direkt vorbei. Eine lange Steinplatte ragte aus der Wand, und ich legte meinen Koffer und Rucksack offen darauf, zusammen mit meiner Zahnbürste, dem Duschgel, einem Stück Seife und einer Sechzehnerpackung LuxGo-Toilettenpapier. Ich hatte mein Charpai in die Ecke neben dem Fenster gestellt, das ich freilegte, indem ich das dicke Holzbrett, mit dem es vernagelt war, ein Stück vom Sims wegzog und dann mit dem Fuß abtrat. Als das Licht durch die fünf Eisenstangen hereinströmte und einen Käfig an die Wand hinter mir malte, fragte ich mich, ob Laxman mich deshalb so eindringlich studiert hatte, weil er eine Familienähnlichkeit sah. Tatsächlich war mir immer gesagt worden, dass ich nach der Seite meiner Mutter kam, und jetzt dachte ich an meine Urgroßmutter, wie sie hier gelegen, hier gekocht hatte, in diesem kleinen Zimmer mit dem abschreckenden Gitter vor dem Fenster.

Anfangs roch das Zimmer nach kaltem Rauch, nach Dung und überreifen Früchten, aber nachdem ich die Wände abgewaschen und die Tür offen gelassen hatte, verschwand der Geruch, oder vielleicht nahm ich ihn einfach nicht mehr wahr, zumindest tagsüber. Das Einzige, das ich nicht sauber schrubben konnte, war ein halbkreisförmiger, aschfarbener

Rußfleck, Spuren von einem Kochfeuer, knapp einen halben Meter breit und direkt unter der Arbeitsplatte. Nachts jedoch kehrten schwache Gerüche zurück, und wenn es mir gelang zu schlafen, waren meine Träume voll von faulendem Obst, von Mulch und Maden. Wenn ich davon wach wurde, stand ich auf, stieg die Treppe hinauf auf das Flachdach, atmete. Alles war schwarz und still. Ich konnte den Boden unter mir nicht sehen und hatte das Gefühl, von der Schwerkraft befreit zu sein und zu irgendeinem Punkt im Weltall davonzuschweben. Das ließ mich daran denken, wie ich auf meinem ersten Herointrip nach Hause gekommen, nach oben in mein Zimmer gegangen war und hinaus in die Nacht gestarrt hatte. Mein undeutliches Spiegelbild im Fenster hatte den dunklen Himmel überlagert, und ausnahmsweise war es mir nicht schwergefallen, mein Gesicht anzusehen. Es hatte sich beinahe wunderbar angefühlt. Ich knipste meine Taschenlampe an und leuchtete über die Farm, über den Stall. Die Motten waren rasch zur Stelle, und ich sah zu, wie sie in dem breiten Lichtkegel wimmelten und flatterten.

Eines Nachmittags tauchte eine Frau auf einem grünen Fahrrad auf, als ich gerade dabei war, einen kleinen Skorpion mit einem Stock in meinen Eimer zu bugsieren. Er krabbelte herum, versuchte, sich an der Eisenwand festzukrallen, und ich ging schon zur Wasserpumpe, um ihn zu ertränken, als die Frau sagte, ich solle das nicht tun. Ich tat es trotzdem, schüttete das Wasser samt Skorpion im hohen Bogen übers Feld und kehrte in den Hof zurück, wo sie wartete, kerzengerade neben ihrem Fahrrad stand. Sie kam mir bekannt vor, groß, elegant, aber ich wusste nicht, woher. Ihr Haar war ungekämmt und wirr nach hinten gebunden, als hätte sie es eilig gehabt, und sie hatte die Art von Gesicht mit dem seltsamen Halblächeln, das selbst, wenn es entspannt war, sarkastisch wirkte.

»Ich wollte sagen, du solltest ihn lieber verbrennen. Die können so ein bisschen Wasser überleben.«

Sie musste auf dem Weg ins nächste Dorf sein, ein paar Kilometer weiter den Weg hinunter. Wollte bestimmt sehen, wie der Ausländer klarkam. Sie war nicht die Erste. In den ersten Tagen hatten sich etliche neugierige und ungeladene Besucher blicken lassen, Einheimische, die gehört hatten, dass der englische Enkelsohn allein auf der heruntergekommenen Farm wohnte. Dass Kuku ihn rausgeschmissen hatte. Sie blieben nie lange, und ich war zu misstrauisch, um sie zum Bleiben aufzufordern.

»Kann ich Ihnen helfen?«

»Dein Onkel hat mich gebeten, dir das hier zu geben. Da ich ohnehin hier vorbeimusste.«

Ihr Fahrrad hatte vorn einen Korb aus dickem weißem Draht, und sie reichte mir einen Briefumschlag, der ganz unten lag. Meine Schulabschlussergebnisse. Ich hatte meinem Dad erlaubt, die Noten für mich abzuholen, und er musste Jai angerufen haben. Ich schob den Umschlag in meine Gesäßtasche und zog die Stirn in Falten, die Sonne in den Augen. »Danke.«

»Alles in Ordnung, hoffe ich?«

»Alles prima. Aber ich sollte nicht noch mehr von deiner Zeit in Anspruch nehmen.«

Ich rechnete damit, dass sie wieder auf ihr Rad steigen und zum Tor hinausfahren würde. Doch sie überraschte mich: Sie lehnte das Rad an die Mauer, befreite den Saum ihres langen Rocks, der sich an einer Speiche verfangen hatte, und wandte sich lächelnd dem Haus zu.

»Die Farm hat mich schon immer fasziniert, jedes Mal, wenn ich hier vorbeikomme.«

Sie war wirklich groß, unsere Gesichter waren fast auf einer Höhe, und ich war über eins achtzig. »Kommst du oft hier vorbei?«

»Oh, eigentlich nicht.« Sie lachte leise. »Das hat sich angehört, als würde ich hier ständig vorbeiflitzen, oder? Vielleicht einmal alle zwei Wochen. Jedes Mal, wenn ich Ambulanzdienst in Sunra habe.«

Sie war die Ärztin, wurde mir klar, die Frau, die im Haus meines Onkels nach mir gesehen hatte. Ihr Name war Radhika, sagte sie, Radhika Chaturvedi, und jetzt, wo sie hier war, wollte sie anscheinend ihre Neugier befriedigen. Sie ließ mich an der Pumpe stehen und schlenderte über die Veranda, eine Hand an den abblätternden Pfeilern. »Gehört die Farm deiner Familie?«

»Meinem Onkel.«

»Und ist dein Onkel nicht deine Familie?« Sie warf mir einen verschmitzten Blick zu, ging zum Stall hinüber und fragte: »Was ist da drin?«, ging aber hinein, bevor ich antworten konnte. Als sie zurück in den Hof kam, war ich in meinem Zimmer und rieb mir das Gesicht mit Sonnencreme ein. Und in diesem Moment, als wir beide in verschiedenen Teilen des Hauses waren, begriff ich, dass sie anders als andere war. »Kriegst du oft Besuch?«, rief sie.

»Keinen willkommenen«, sagte ich und trat wieder nach draußen.

Sie verzog das Gesicht, gespielt gekränkt. »Machst du jetzt auch optisch einen auf Ausgestoßenen?! Ich kann mich an keinen Bart erinnern, als wir uns das letzte Mal gesehen haben.«

Ich ging zurück zur Pumpe, wo ein Haufen meiner Klamotten darauf wartete, gewaschen zu werden, und beugte mich über den Eimer.

»Kann ich dich was fragen?«

Ich drehte mich um. Sonnenschein in ihrem Haar. Ihr Gesicht von hinten beleuchtet.

»Nachdem du den Skorpion weggeworfen hast, bist du auf mich zugekommen und hast deine Ärmel runtergekrempelt. Warum?«

Ich hatte nicht gemerkt, dass ich das getan hatte, weil es so sehr zum Reflex geworden war, aber ich sagte, ich würde meinen, sie wüsste, warum, und dann schwiegen wir beide sehr lange. Als ich mich abwandte und sagte, ich würde ihr gern oben etwas zeigen, folgte sie mir aufs Dach, und von dort deutete ich über die Felder, über das Zentrum des Dorfes hinweg auf ein rotes Gerüst, das um einen himmelblauen Sockel herum errichtet worden war.

»Was bauen die da?«

»Die Statue? Das wird Krishna, glaub ich.«

»Mitten in der Natur?«

»Auf einem Feld, das irgendeinem Feudalherrn oder so gehört. Gott weiß, wie diese Dörfer ticken. Nach allem, was ich höre, lässt er das Ding so riesig bauen, dass es das ganze Dorf überblickt. Schützend.«

Sie zog eine rote Marlboro-Packung und eine Schachtel Streichhölzer aus einer Tasche in ihrem Rock. Das Streichholz flammte auf, und sie inhalierte, blies den Rauch schräg aus dem Mund.

»Ich hoffe bloß, die Leute sind nicht zu fromm und lassen Krishna seine kleine Flöte spielen. Ein bisschen Musik, weißt du? Gott, wie ich anständige Musik vermisse.«

»Er lässt sie die ganze Nacht durcharbeiten«, sagte ich. »Ich sehe sie. Manchmal glaube ich, ich kann sie hören.«

»Aus der Entfernung?«

»Keine Ahnung. Ich glaube es jedenfalls. Wenn ich im Bett bin, meine ich, ich kann Stimmen um mich herum hören, von Leuten, die arbeiten, sich unterhalten.«

»Es ist schwer. Aber es ist Arbeit. Balsam.« Dann: »Du kannst also noch immer nicht schlafen.«

Ich fühlte mich ungeschützt, ein Gefühl, das noch dadurch verstärkt wurde, dass wir auf dem Dach standen. Sie musterte mich mit diesem ironischen Halblächeln, machte aber hastig ihre Zigarette aus, als ein weiteres Fahrrad den Sandweg heruntergeklappert kam. Es war Prince, Laxmans Enkel. Er kam für gewöhnlich vor Sonnenaufgang, und dann plauderten wir kurz miteinander, während er meine neue Dabba abstellte und die alte einsammelte. Er war ein lebhafter, fröhlicher Junge mit einem flaumigen Schnurrbart, der nicht breiter als seine Nase war. Obwohl ich mich normalerweise darauf freute, ihn zu sehen, war es mir auf einmal peinlich, dass er in ihrem Beisein auftauchte und sie feststellen würde, dass mir meine Mahlzeiten direkt an die Tür gebracht wurden, als würde ich mich selbst für was Besseres halten.

Prince war auch nicht gerade hilfreich. »Ich bringe Essen für unseren Ehrengast!«

Radhika und ich gingen die Treppe hinunter in den Hof, wo Prince erklärte, dass er die Dabba für morgen schon heute mitgebracht habe, weil er später nach Delhi müsse, um ein Visum für Dubai zu beantragen.

»Oh, du nicht auch noch, Prince«, sagte Radhika. »Da gibt's keinen Alkohol, weißt du.«

»Madam, als ob ich trinken würde!«

»Bring mir etwas Parfüm mit.«

»Wenn Sie dafür beten, dass mir das Visum bewilligt wird.«

»Täglich.«

Während ich die alte Dabba an der Pumpe ausspülte, sah ich, dass Prince, der noch auf seinem Rad saß, vom Sattel aufsprang. »Gehen Sie nicht da rein, Madam!«, rief er fast lachend.

Radhika, die durch die Gitterstäbe in mein Zimmer spähte, drehte sich zu ihm um. »Por qué?«

»Das ist das Porzellanzimmer.« Er zwinkerte ihr betont zu. »Das war für die Frauen.«

»Und was bin ich?«

»War ein Witz, Doc! Gehen Sie, wohin Sie wollen. Aber mein Baba hat mir erzählt, dass da eine Frau drin eingesperrt war, weil sie« – er schnalzte wissend mit der Zunge – »*das* mit jemandem gemacht hat, der nicht ihr Mann war.« Sein Lachen verschwand so rasch wie Wasser in einem Abfluss, als unsere Blicke sich trafen. Wahrscheinlich dachte er sich, dass die Frau, falls die Geschichte stimmte, für mich von Bedeutung wäre. Kurz darauf fuhr er wieder los, mit unseren guten Wünschen für seinen Visumsantrag, und ich hatte das dringende Bedürfnis, Radhika zu erklären, dass ich mich nicht für einen verwöhnten Verwandten hielt – was nicht bedeutete, dass ich keiner war – und schon gar nicht für einen Briten, der erwartete, bedient zu werden.

»Ich koche meinen Tee selbst«, sagte ich und deutete mit dem Kopf auf den Lehmofen im Hof und das verkohlte Holz.

»Gut, aber warum sagst du mir das?«

»Weil mir das Essen« – ich hob die Dabba in meiner

Hand ein Stück hoch – »an die Tür gebracht wird. Als wäre ich ein König.«

»Oder ein Gefangener. Das war mein erster Gedanke.«

Bis dahin war mir noch gar nicht in den Sinn gekommen, dass mein Onkel vielleicht versuchte, mich fernzuhalten, dass er mich nicht auf dem Basar haben wollte, dass ich eine Peinlichkeit war, die es zu verstecken galt. Waren in den Tagen, die ich in Jais Haus verbracht hatte, Leute zu ihm in die Bank gekommen, um sich nach mir zu erkundigen und zu sagen, wie krank ich aussah? Dass ich stark nach Alkohol roch? War ich der oberpeinliche britische Verwandte?

Radhika schaute zum Dach hoch. »Was für eine verdammte Verschwendung – als wäre es nicht schon schwierig genug, an Zigaretten zu kommen«, sagte sie mit finsterer Miene. Sie schob ihr Fahrrad zum Tor hinaus, drehte es in die Richtung, aus der sie gekommen war, stieg auf und ordnete sorgsam ihren Rock.

»Nach Sunra geht's da lang«, sagte ich und deutete in die entgegengesetzte Richtung, und sie sah mich so offenherzig an, dass ich mich entwaffnet fühlte. Sie war schön und anziehend, wie alle Menschen, die sich nicht für sich selbst schämen. »Du hast doch gesagt, du würdest nur dann hier vorbeikommen, wenn du Ambulanzdienst in Sunra hast.«

Ihr Gesicht verzog sich zu einem breiten Grinsen. Sie nahm den breitkrempigen apricot Hut, der mir zuvor gar nicht aufgefallen war, aus dem weißen Drahtkorb, drückte ihn sich fest auf den Kopf und strampelte los, winkte einmal, als sie ihren Rhythmus gefunden hatte.

Ich wartete, bis ich sie nicht mehr sehen konnte, und dann noch ein bisschen, bis ich wieder einen klaren Kopf hatte, bevor ich meine Abschlussnoten hervorholte und mir ansah. Ich war durchgefallen, wie ich erwartet hatte. Zu zwei Prüfungen war ich gar nicht erst erschienen, zu verzweifelt, um zu begreifen, dass ich eher nicht in einem Park schwitzen und mir den Ärmel bis zum Ellbogen hochkrempeln sollte, wenn eine halbe Meile entfernt mein Tisch unbesetzt blieb, das Blatt mit den Klausurfragen nicht umgedreht wurde. Deshalb, nein, meine Noten überraschten mich nicht, ich war nur traurig darüber, wie enttäuscht mein Dad gewesen sein musste, als er die Noten abholte.

Ich dachte, was für ein Glück ich doch hatte, dass ich trotzdem auf die Uni konnte, vor allem in Anbetracht meines Vorstellungsgesprächs, nachdem ich mir vor der Fahrt zur Victoria Station auf der Toilette des Busbahnhofs in Luton einen Schuss gesetzt hatte, in der vergeblichen Hoffnung, so den Nachmittag durchstehen zu können. Es war das erste Mal, dass ich in London war, und alles schien vor Unwirklichkeit zu knistern: die klassischen U-Bahn-Schilder, die eine unterirdische Welt verhießen, die, wie ich halb überrascht feststellte, wirklich existierte; der Klang von South Kensington, ein Name wie mit feinstem Zuckerguss überzogen; das Licht auf den hellen Ziegelsteinen des Natural History Museum. Nach einer Rede des Fakultätsleiters, einer Führung durch den mathematischen Fachbereich und einem Lunchbüfett, bei dem ich kräftiger zulangte als die meisten, wurden wir zu unseren orangen Plastikstühlen gebracht, wo wir warteten, bis wir an die Reihe kamen. Ich sagte nicht viel, obwohl ich wollte. Meine Füße begannen zu jucken, und dann taten mir die Schienbeine weh, und ich wusste, dass ich bald am ganzen

Körper schlottern würde. Ich zog die Knie an die Brust, doch als ich das Gefühl hatte, dass einer von den anderen Studenten mich komisch anguckte, senkte ich die Beine wieder. Ich ging zur Toilette. Ich hatte noch immer ein halbes Tütchen, in Folie eingepackt, hatte aber meine Nadel in Luton weggeworfen. Also holte ich mein Feuerzeug hervor und rauchte den Stoff, saß auf dem geschlossenen Klodeckel, und die Kabine erstrahlte vor Licht.

Als ich in Professor Nolans Büro gebeten wurde, war ich wach, aber nicht präsent, meine Empfindungen zwar nicht ganz unter Wasser, aber ganz bestimmt auf dem einlullenden Ozean meines Verstandes dahintreibend.

»Tut mir leid, dass Sie warten mussten. Einen Moment noch, bitte.« Professor Nolan suchte auf seinem Schreibtisch nach meinen Unterlagen, während ich seine massige Statur und sein schon fast ulkig rosafarbenes Gesicht mit den zahllosen geplatzten Äderchen betrachtete. Sein weißes Haar war nach hinten gekämmt und ließ einen schütteren Ansatz erkennen.

»Da ist es ja«, sagte er und wiederholte meinen Namen mit seiner hohen irischen Stimme, sprach ihn völlig falsch aus. Er schien meine persönliche Erklärung nur zu überfliegen. »Wie ich sehe, setzen Ihre Ausbilder große Stücke auf Sie.«

An meiner Schule nannten wir sie Lehrer, aber ich fühlte mich außerstande, das zu sagen.

»Dann erzählen Sie mir ein bisschen was von sich. Was gefällt Ihnen an der Mathematik?«

»Sie liefert klare Antworten«, sagte ich, nach einer gefühlten Stunde.

»Ja. Ja. Das stimmt. Das Leben kann sehr uneindeutig sein, nicht wahr?«

Er lächelte aufmunternd, und vielleicht erwartete er, dass ich fortfuhr, aber ich tat es nicht, konnte es nicht, mein Verstand fühlte sich zu weich an, zu mürbe, nichts hinterließ einen Abdruck, alles versank in schwammigen Nichtigkeiten.

»Nehmen wir uns mal eine kleine Aufgabe vor, ja?« Er kritzelte ein paar Gleichungen auf ein Blatt Papier und schob es mir hin, zusammen mit seinem Stift. »Keine Eile. Lassen Sie sich Zeit.«

Die Symbole waren mir vertraut, und ich wusste, dass ich die Lösungen herausbekommen würde, wenn ich mich nur konzentrieren könnte. Aber meine Hände blieben im Schoß liegen, sein Stift rollte vom Schreibtisch, und irgendetwas in meinem Gesicht ließ ihn sagen: »Zu einfach? Sie wollen es wohl wissen.« Er nahm ein paar Änderungen vor, fügte einige Funktionen hinzu, die ich nicht kannte, und schob mir das Blatt wieder hin. »Das müsste jetzt mehr nach Ihrem Geschmack sein.«

Ich hielt meinen Körper ganz still und drehte nur den Kopf zu dem Blatt Papier. Es ergab keinen Sinn. Ich sagte nichts, und er studierte mich jetzt sehr viel intensiver. Ich blickte nach unten auf meine Hände und hörte, wie er das Blatt wegnahm.

»Sie schreiben hier, dass Sie häufig Indien besuchen. Kennen Sie Kalkutta? Wunderbare Stadt«, und den Rest unserer Zeit erzählte er mir die Geschichte, wie er seine Frau dort kennengelernt hatte, ebenfalls Professorin, als sie beide schon weit über fünfzig waren, und von ihren Plänen, ab jetzt die Hälfte des Jahres in einem Bungalow außerhalb von Ballygunge zu verbringen.

Er war sehr sachlich, sogar schroff, als er mich hinausführte und den nächsten Kandidaten hereinrief, und ich war auf der ganzen Busfahrt nach Hause niedergeschlagen. Doch dann, an einem Montag wenige Wochen später, erhielt ich die briefliche Nachricht, dass die Universität sich freue, mir einen Studienplatz anzubieten. Ich weiß nicht, warum er das tat, ich sah ihn nie wieder und hörte auch nie wieder von ihm, aber diese Art von Mitgefühl, noch dazu aus einer so unerwarteten Richtung, habe ich bis heute nicht vergessen.

Ich legte den Zettel mit den Resultaten oben auf das Anzündholz, setzte mich an den Ofen, das Kinn auf die Knie gestützt, und fragte mich, wie ich klarkommen würde, wenn ich am Ende des Sommers nach London zog.

Schon kurz nach ihrem ersten Besuch tauchte Radhika wieder auf, radelte durch das halb geöffnete Tor schnurstracks in den Hof. Ich hockte auf der Latrine, konnte sie aber durch die großen Ritzen in der Holztür sehen. Sie stieg von ihrem Rad und lehnte es gegen einen Verandapfeiler. In ihrem Korb lagen ein paar Dinge, aber auf die Entfernung konnte ich sie nicht genau erkennen. Sie schaute kurz ins Haus, kam dann wieder heraus und spähte durch die Gitterstäbe meines Zimmers. Als sie mich dort nicht entdeckte, ging sie zum Stall hinüber, schnippte dabei mit den Fingern und sang halblaut ein Lied in einer Sprache, die mir unbekannt war: *are rama krishna bane mani-har i / odh li saree / re hari.* Es war ein schöner, geistesabwesender Klang, als wäre ihr nicht mal bewusst, dass sie sang, und das gab mir das Gefühl, etwas Kostbares mitzuerleben.

Ich fing an, kannenweise Wasser in die Latrine zu schütten, und sie drehte sich zu dem Häuschen um und sagte: »Entschuldigung! Ich warte einfach hier.« Ich kam heraus, wild entschlossen, nicht so verlegen zu wirken wie ein Mann, der gerade seinen Darm entleert hat und von einer amüsierten Frau erwartet wird, die an einer Marlboro zieht.

»Das wird allmählich zur Gewohnheit«, sagte ich.

Sie blickte kurz nach unten auf ihre Zigarette. »Ach, du meinst, dass ich herkomme! Aber sieh mal, ich komme mit Farbe.« Sie zog etwas zwischen den Farbdosen in ihrem Korb hervor. »Und mit einem Spiegel. Jetzt kannst du dich rasieren, ja?«

»Wofür ist die Farbe?«

»Dein Onkel meinte, wenn du schon umsonst hier wohnst, kannst du das Haus wenigstens ein bisschen verschönern.«

Mein Onkel hätte das niemals gesagt, niemals auch nur angedeutet. Hatte sie das alles bezahlt? »Ich streiche hier nichts.«

»Alle Hände voll zu tun, was? Ich habe auch Pinsel mitgebracht. Und da drin sind Kehrbleche und Besen« – sie deutete auf den Stall – »neben den alten Zeitungen.«

Ich wusste natürlich, was sie da machte: mich zur Konzentration zwingen, meinem Verstand ein Ziel geben und meinen Tagen eine Struktur. »Ich denk drüber nach.«

»Schön, dass wir uns da einig sind. Wir brauchen Wasser.«

Am ersten Nachmittag erledigten wir die Vorarbeiten: abblätternde Farbe und Schmutz von den Wänden und Pfeilern entfernen, Unebenheiten abschleifen, das gelbe Mauerwerk mit warmem Wasser abwaschen. Als ich den letzten Eimer auf dem Feld leerte und zurück in den Hof kam, wischte sie sich das Gesicht gerade mit dem Saum ihrer Bluse ab, was eine Brust in ihrem Baumwollcup entblößte. Ihre Haut war perfekt und gerötet, und ich stellte den Eimer an der Pumpe ab und konzentrierte mich darauf, ihn wieder zu füllen.

Meistens stieg ich morgens, wenn Prince die Dabba gebracht hatte und bevor es hell genug zum Anstreichen war, auf das Dach, um zu sehen, welche Fortschritte die Arbeiter über Nacht mit der Statue gemacht hatten. Manchmal erwischte ich sie noch bei der Arbeit, mit ihren Stirnlampen, die wie Leuchtkäfer umhertanzten. Nach einer Weile ging ich dann zur gegenüberliegenden Wand, derjenigen mit Blick über das braune Gehege und vom Dorf abgewandt, und beobachtete durch die grüne Luft hindurch den Jungen auf dem fernen englischen Schulhof, wie er den anderen Schülern aus dem Weg ging, die ihm andauernd ein Bein stellten. Da waren sie wieder, in der Cafeteria, warfen ihm weißes Mehl ins Gesicht. Eines Morgens, vielleicht ausgelöst durch die ferne Baustelle oder auch durch Radhikas Verwendung des Wortes Balsam, das sich in meinem Kopf eingenistet hatte, sah ich ihn als Neunjährigen. Er stand auf Zehenspitzen auf dem Treppenabsatz und spähte zwischen den Geländerstangen hindurch in die offene Tür des Schlafzimmers seiner Eltern. Dad hatte sein Hemd bis zum Hals hochgezogen, und Mum rieb ihm den Rücken mit irgendeiner Creme ein. Die Rezession hatte den kleinen Laden hart getroffen, und wenn ich von der Schule nach Hause kam, sah ich Mum manchmal an der Tür stehen, einen langen Besen in der Hand, und nach Kundschaft Ausschau halten. Um nicht zu billig verkaufen zu müssen, hatte Dad Arbeit auf einer Baustelle im 150 Meilen entfernten Ealing angenommen, wo er unter der Woche im Gästezimmer von irgendwem wohnte, und kam nur am Wochenende nach Hause, um Mum zu entlasten. Der Job verlangte, dass er große, mit Ziegeln gefüllte Plastikwannen auf dem Rücken von einem Ende der Baustelle zum anderen trug wie ein Packpferd, und das Gott weiß wie viele Stunden am Tag, zusammen mit meist illegalen Immigranten. Wenn er freitags spät nach Hause kam, hatte er einen schweren, steifen Gang, und er brachte mir und meinem Bruder immer ein Geschenk mit, meistens eine Kassette mit *Top of the Pops*-Hits. Sein Rücken war wund gescheuert und übersät mit blutigen Schrammen, und er zuckte jedes Mal zusammen, wenn Mum die Salbe auftrug. Sie gab sich große Mühe, nicht zu weinen, und Dad starrte geradeaus, gab sich ebenso große Mühe, nicht daran zu denken, dass seine Frau weinte.

»Wie war die Woche?«, fragte Dad.

»Ein bisschen besser. Ich glaube, es geht langsam wieder aufwärts.«

Dad nickte. »Kunden okay?«

»Prima.«

»Keine eingeschlagenen Fenster mehr, wie ich sehe. Das ist schon mal gut.«

»Sehr gut.«

»Ehrlich keine Probleme?«

»Keine, glaub mir.«

Sie log. Früher am Abend hatte ich auf der Couch gelegen und plötzlich Lärm gehört. Ich nahm meinen Kopfhörer ab. Eine Frau schrie Mum an, sie habe kein Recht, ihrem Sohn Alkohol zu verweigern. Ich näherte mich dem Durchgang, der in den Laden führte, ganz vorsichtig, um nicht gesehen zu werden, und lauschte der Frau, die laut, sehr laut darlegte, warum die Anwesenheit meiner Mutter sie störte, warum sie die Art, wie meine Mutter sich kleidete und sprach und roch, unerträglich fand. Als sie türenknallend ging, kehrte ich ins Wohnzimmer zurück, legte mich wieder auf die Couch, setzte meinen mit Schaumstoff gepolsterten Kopfhörer auf und drehte die Lautstärke hoch. Ich starrte an die weiße Zimmerdecke. Wieso waren sie hergekommen, in diese kaputte weiße Stadt? War die Lage wirklich so schlecht gewesen? Wir waren zu dreizehnt gewesen – Onkel, Tanten, Cousins und Cousinen und so – in einem Reihenhaus mit zwei Schlafzimmern am Rande der Innenstadt von Derby, aber immerhin war die Nachbarschaft voll von unseren Leuten. Und jetzt lachten dieselben Verwandten und noch viele mehr, weil meine Eltern zusammen etwas Neues probiert hatten und offensichtlich gescheitert waren. Ich war wütend auf sie, meine Eltern. Mum kam herein und ging zum Fenster, drehte mir den Rücken zu und schaute in den Betonhof. Ihr Hinterkopf zuckte ein wenig. Ich drehte mich zu ihr um, aber nicht weit genug, um ihr Spiegelbild in der Scheibe zu sehen.

23

Suraj liegt wach und sorgt sich um sie. Da er unbedingt wissen will, wie es ihr geht, riskiert er es sogar, Mai zu fragen, ob ihre Schwiegertochter auf dem Weg der Besserung ist.

»Die will sich doch bloß vor der Arbeit drücken«, erwidert sie, was seinen Hass nur noch verstärkt. Als er sieht, dass Mehar wieder anfängt, ihre Arbeiten im Haus zu verrichten, hofft er, es als Anzeichen dafür sehen zu können, dass sie von ihrer Krankheit genesen ist, ihm vielleicht sogar allmählich verzeiht. Er versucht, sie allein abzupassen, aber das ist unmöglich, und deshalb verbringt er wieder mehr Zeit außerhalb der Farm, trifft sich tagsüber mit Freunden im Schatten der Masjid, wo sie Kiesel durch ein Rohr in einen Spucknapf pusten oder mit Steinen jonglieren. Häufig springt er auf einen Eselskarren, der unterwegs in die Stadt ist (besänftigt den protestierenden Fahrer), und geht zum Kashyaps Vaishnu Dhaba, wo man jeden Tag zwei Chapatis aus dem Tandoor und eine Schale gebratene Linsen für gerade mal zehn Rupien im Monat bekommen kann. Auf dem Weg nach Hause macht er halt an der Kreuzung im Dorf, vor einem marmorweißen Sikh-Tempel, der gerade gebaut wird, und gesellt sich zu dem dort versammelten Kreis von Männern. Es ist die einzige Stelle, wo man anständigen Empfang hat, obwohl der Sprecher vom Sender All India Radio auch hier gegen das Rauschen ankämpfen muss. *Junge Männer! Hört her, schließt euch der Naujawan Bharat Sabha an! Kämpft für wahre Freiheit, nicht für den Dominion-Status ...*

Eine kleine Pflanze steht oben auf dem Radio, und die Lautstärke ist so aufgedreht, dass der Kupfertopf hin und her rutscht.

»Die haben doch keinen Schimmer«, sagt Suraj, um die Männer anzustacheln.

»Wem sagst du das. Haben die uns nicht aufgefordert, uns der Bauerngemeinschaft anzuschließen? Ist dieser Jugendverband was anderes?«

»Lasst die Reichen doch machen, was sie wollen.«

»Panditji hat seinen Schwanz so tief in den britischen Arsch gesteckt, dass er drin stecken geblieben ist.«

»Ruhe! Hört doch zu! Hat er gerade gesagt, die Muselmanen mischen jetzt auch mit?«

»Du etwa, Parveiz Miah?«

»Frag meine Frau, Freund. Ich war der Letzte, der sogar von der Hochzeit meines Sohnes erfahren hat.«

»Und welcher von deinen vielen Frauen sollen wir bitte schön die Frage stellen?«

»Siehst in letzter Zeit sehr müde aus, Parveiz Miah!«

Suraj entfernt sich von dem Gelächter und geht weiter die Straße entlang, die bloß eine holprige Allee mit kahlen Bäumen ist. Vor ihm schiebt ein Limonadenverkäufer seinen schäbigen dreirädrigen Verkaufsstand, einen pfeilförmigen Schweißfleck auf der Weste. Suraj biegt in eine Gasse und sieht eine rosabäuchige Hündin im Schatten liegen. Sie hat vor den Fliegen kapituliert, die wie eine kleine Regenwolke über ihr schweben. Ihr trächtiger Bauch hebt und senkt sich gegen den Boden, strahlt eine Art unsichtbare Hitze aus, und Suraj stellt sich das warme Fell an seiner Haut vor, und dann ist er plötzlich von Entsetzen und Dankbarkeit zugleich erfüllt, denn der Gedanke an diese Wärme löst die Erinnerung an Mehars Haar in seinen Händen aus. Auf dem ganzen Weg die Gasse hinunter denkt er an sie, an ihre Hände auf seinem Rücken, ihre heiße, erregende Stimme in seinem Ohr, ihr befriedigtes Gesicht, als sie fertig waren. Eine Stimme. Er dreht sich um. Es ist die alte Tante Besant, und sie kommt auf ihn zugewatschelt, während er mit der untrüglichen Beule unterhalb seines Bauchnabels dasteht. Er rückt sie zurecht, verflucht diese Hose und ihre blöde dünne Baumwolle.

»Ich hab wie verrückt hinter dir hergerufen«, sagt Tante Besant atemlos. »Muss ich noch so rennen in meinem Alter?«

»Nicht bei der Menge, die du isst, Tante.«

»Frecher Bengel. Da« – sie gibt ihm einen Zettel, das Rezept eines Yogis –, »lies mir das vor. Was sagt der diebische Brahmane nun?«

Er überfliegt das blaue Gekritzel. »Du brauchst eine Injektion von pürierter Kuhscheiße. In den Hintern. Dringend.«

»Bei den Lichtern von Nanak und allem, was heilig ist, sag mir, dass du Witze machst! Mir tun doch bloß die Knochen ein bisschen weh.«

»Leider nicht, Tante. Es klingt ernst. Geh damit sofort zum Medizinmann.«

Sie reißt ihm den Zettel aus der Hand, steckt ihn in ihre Sari-Bluse. Sie hat eine seltsame Beziehung zu dem Dorf, diese Tante aus der niedrigen Kaste. Niemand scheint sie zu beachten oder ernst zu nehmen. »Wenn ich rausfinde, dass du lügst, geh ich schnurstracks zu deiner Mutter, verstanden?«

»Da steht, nur die Scheiße von trächtigen Kühen. Lass dir von denen keine minderwertige Scheiße andrehen, ja?«

Sie verzieht das Gesicht. »Eine Krankheit nach der anderen. Niemand bleibt verschont. Wie geht's der Schwiegertochter? Wieder besser? Ist sie …?« Sie tut so, als würde sie ein Baby wiegen. »Meine Schwiegertochter ist es auch. Schwanger, meine ich.«

Albernes Dorf. Lässt einen nicht mal in Ruhe krank sein. »Nicht, dass ich wüsste. Geht mich auch nichts an.«

»Sie sah schrecklich aus, als sie vorhin die Rotis verteilt hat. Ich hätte ihr ja gern geholfen, falls deine Mutter fragt, aber mit meinen Knien …«

»Natürlich, natürlich.«

Als sie sich zum Gehen wendet, deutet sie dahin, wo seine Erektion war. »Ich hatte ja keine Ahnung, dass du heimlich solche Gefühle für mich hegst«, sagt sie lachend, und Suraj wird rot und sucht das Weite.

Auf dem Rückweg zur Farm klettert er auf einen Baum und macht es sich rittlings auf einem knorrigen Ast bequem, der weit vom Stamm weg wächst, wie ein Rivale. Nichts als weite Felder bis zum Horizont, wo der schieferblaue Himmel beginnt. Rein gar nichts außer Land und Plackerei, und da ist sie, er weiß es genau, stapelt die leeren Dabbas wieder in ihren Korb, hebt den Korb auf den Kopf. Arme halten die Last elegant fest, gerader Rücken, Schleier bis unter den Mund gezogen, aber so, dass sie noch sehen kann, wo sie hintritt. Er beobachtet, wie sie sich ihren Weg durch das schwankende Getreide sucht, und hofft die ganze Zeit, dass irgendwas auftaucht – ein verlassener kleiner Bunker, ein unbenutzter Wachturm –, ein Ort, zu dem er sie ziehen könnte und wo sie unentdeckt blieben. Deshalb kommt es ihm wie das Himmelsgeschenk vor, auf das er gewartet hat, als er sich plötzlich an die alte Papageienfarm erinnert, und er will schon vom

Baum klettern und zu ihr laufen, als er erstarrt, denn sie tritt bereits aus dem Weizenfeld auf den Weg, wo Gurleen wartet, um sie nach Hause zu begleiten.

24

Später liegt er auf dem Farmhausdach, die gerippte Matte rau am Rücken. Die warme Luft duftet nach Kampfer, und es sind noch einige Stunden bis Tagesanbruch. Alles ist still. Das Porzellanzimmer ist geschlossen, das Lamellenfenster verriegelt. Er legt den Kopf in den Nacken. Diese Sterne. Klar und prachtvoll und so viele, und er meint, in ihnen lesen zu können, dass er mit ihr zusammen sein wird.

25

Es ist lange her, dass Suraj bei der Weizenernte geholfen hat, deshalb fällt er rasch hinter die anderen zurück, und als die Sonne ihren höchsten Stand erreicht, hat er mindestens vierzig Bündel weniger geschafft als der nächste Landarbeiter. Allein hackt er vor sich hin, je ein Schlag auf beide Seiten der Wurzel, dann das Getreide herausdrehen, das ferne Geplapper der Arbeiter wie Silberschnüre in der heißen Brise. Seine Oberschenkel schmerzen, und der Schweiß tropft ihm ständig von Stirn, Nase, Kinn. Er verharrt mitten im Schlag, als er sie den Sandweg heraufkommen sieht, den breiten Korb auf dem Kopf. Sie biegt auf das Feld, und er sieht sie näher kommen, mit jedem Schritt realer werden, der Himmel hinter ihr so gewaltig, als würde sie von hoch oben herabsteigen. Die anderen bekommen ihr Essen zuerst, und dann zeigt jemand auf ihn (»Vergiss den Nachzügler nicht«), und er sieht, wie sie unter ihrem Schleier zu ihm herüberschaut – auf die Entfernung kann sie sein Gesicht nicht erkannt haben – und dem Fußpfad folgt, der in einem Halbkreis verläuft, bis sie nur ein paar Schritte entfernt ist. Sie nimmt den Korb vom Kopf und hält ihn ihm hin, damit er sich selbst seine zwei Rotis nimmt und dazu ein Dal aussucht, ohne die Gefahr, ihre Haut zu berühren.

»Trink auch etwas Wasser, Bruder. Es ist ein heißer Tag.«

Es ist das erste Mal, dass Mehar mit ihm spricht, seit sie die Lüge durchschaut hat, und es zeigt sich, dass er vor lauter Sehnsucht danach, sie wiederzusehen, keinerlei Raum hatte, sich zu schämen; bis zu diesem Moment, denn jetzt brandet das Gefühl der Scham für seine Täuschung über ihn hinweg und verschlägt ihm die Sprache. Er hebt die kleine Schale mit Wasser und legt zaghaft seine Hand auf ihre. Sie schnappt hörbar nach Luft.

»Wie fühlst du dich jetzt?« Er kann nicht durch ihren Schleier sehen.

Langes Schweigen. Sie zieht ihre Hand zurück. »Verschone mein Leben. Ich flehe dich an, bitte.«

»Du verschonst meines nicht.«

»Versuch nicht, mit mir zu reden.«

»Das ist eine sehr harte Strafe.«

»Wenn ich dich im Stall aufknüpfen könnte, ich würde es ganz sicher tun.«

»Dafür, dass ich dich liebe?«

»Du hast mich um meine Tugend gebracht.«

»Niemand hat irgendwen um die Tugend gebracht«, sagt er leicht ungehalten. »Niemand weiß etwas. Weder Mai noch sonst jemand.«

»Das ist kein Spiel. Du hast nicht das Recht, mit meiner Ehre zu spielen.«

»Hör dir doch mal selbst zu. Tugend. Ehre. Die Menschen müssen aufhören, in so engen Bahnen zu denken. Die Welt verändert sich.« Gereizt, als ob sie unnötig unvernünftig wäre, nimmt er sein Essen heraus und wirft die leere Dabba zurück in den Korb – »Ich bin fertig« –, und sie beugt die Knie, um sich das Ding wieder auf den Kopf zu setzen. »Du warst mit *mir* verlobt, weißt du. Wir sollten verheiratet werden. Aber dann hat er einfach getauscht, nachdem er dich gesehen hatte.«

»Es ist entschieden. Die Vergangenheit kann man nicht ändern.«

»Aber das ist es ja gerade! Man kann. Wir können. Wir können alles haben, was wir wollen. Und ich will dich.«

Später wird sie sich fragen, ob es die Essenz des Mannseins in der Welt ist, etwas nicht nur zu begehren, sondern dieses Begehren auch laut aussprechen zu können.

»Ich habe einen Zettel in die Dabba gesteckt.« Als sie sich schon zum Gehen wendet, hört sie Belustigung in seiner Stimme, die sie wütend macht und bremst. »Einen Zeitplan für Treffen in der verlassenen Papageienfarm in Richtung Sunra. Wir sehen uns dort.«

Sie dreht sich um, nur mit dem Oberkörper. Und der heiße Wind erfasst ihren Schleier, drückt ihn ihr an die Lippen, sodass sie ihn ausspucken muss, bevor sie antworten kann. »Ich denke, wenn du mit Gurleen verlobt gewesen wärst, aber mich schließlich geheiratet hättest, dann wäre sie es, die jetzt hier stehen würde, nicht ich.«

»Das stimmt nicht. Das darfst du nicht denken.«

»Nein, nein. Natürlich nicht. Nur du kannst mir sagen, was ich denken darf.«

Sie fischt den Zeitplan aus der Dabba und schiebt ihn in ihre Unterwäsche, bevor sie aus dem Feld auf den Sandweg tritt.

»Du warst eine ganze Weile bei dem letzten Arbeiter«, sagt Gurleen, als sie sich auf den Rückweg zur Farm machen.

»Er hat lange gebraucht, die Dabba zu leeren.«

»Wer?«

»Weiß ich doch nicht.«

»Schien so, als wüsstest du es«, hakt Gurleen nach.

»Dann hoffe ich, dass Mai dich nicht mit gelüftetem Schleier gesehen hat«, sagt Mehar.

26

Mehar ist Analphabetin, deshalb sind auf dem Zettel nur Bilder: eine Reihe an Kästchen von einer Hand gezeichnet, die es nicht gewohnt ist, einen Stift zu halten, und in den Kästchen sind Sonnen, manche im Aufstieg begriffen, manche am höchsten Punkt ihres Bogens, einige fast untergegangen. Es gibt auch viele Kästchen, die er leer gelassen hat und die, wie sie annimmt, für die Tage stehen, an denen sie sich seiner Berechnung nach nicht treffen können. Es verblüfft sie, wie genau er sie beobachtet hat, welche Aufmerksamkeit er dem Rhythmus ihrer Tage geschenkt hat. Sie faltet den Zettel mehrmals, verstaut ihn sicher im dünnen Stoff ihrer Unterwäsche und erledigt weiter ihre abendlichen Aufgaben: Erbsen enthülsen, das Dach fegen, die Steinwanne schrubben.

Sie weiß, dass sie hingehen wird, und wenn auch nur, um die Wut abzuwenden, die er an ihr auslassen könnte, falls sie nicht erscheint. Er könnte ihrem Mann von ihnen erzählen. Es Mai erzählen. Ihm würde nichts passieren, seine Rolle würde heruntergespielt, vielleicht sogar gnädig entschuldigt werden. Männer haben nun mal Bedürfnisse. Aber für sie wäre das Leben vorbei. Sie kann sich schon selbst sehen: der Kopf geschoren, die Brüste entblößt, den Eisenring um ihren Hals und den groben Strick, an dem sie durchs Dorf gezogen wird. Sie kann die Menschen hören, die sie als dreckige Hure beschimpfen, und die Steine spüren, die ihr ins Fleisch schneiden, während sie zum Brunnen wankt, in dem sie ertränkt werden wird. Ja, aus diesen Gründen wird sie hingehen. Doch während sie auf ihrem Bett liegt, Rücken an Rücken mit Harbans, nimmt sie einen anderen Ton wahr, eine leichtere, fröhlichere Musik hinter den schmetternden Todeszimbeln. Sie lauscht und hört es als das, was es ist: Verlangen, ihr eigenes, das sich verstärkt. Sie schließt die Augen und flüstert, laut, aber so, dass nur sie es hören kann – »Ich will dich auch« –, und dann öffnet sie sie wieder und starrt lange auf die schmutzigen Äpfel, die auf dem Steinsims des Fensters liegen.

***

Die Farbe, die Radhika mir gebracht hatte, war hellrosa, fast weiß, wie Ballettschuhe. Es war derselbe Farbton wie der, in dem die Pfeiler ursprünglich gestrichen worden waren, nach den paar Resten zu urteilen, die noch an ihnen hafteten. Als ich eines Nachmittags draußen vor dem Tor die Außenmauer grundierte, kam ein Mann auf einem silbernen Bajaj-Motorroller angefahren. Er trug einen von diesen schwarzen Halbschalenhelmen aus den Sechzigerjahren, mit einem großen hochklappbaren Visier, und er brauchte eine Ewigkeit, um den Kinnriemen zu öffnen, ehe er auf mich zukam. Ich kannte ihn nicht, und ich unterbrach meine Arbeit nicht, um ihn nun kennenzulernen.

»Vernünftig von dir, die Mauer erst zu streichen, wenn sie im Schatten liegt.«

Sein welliges, nach hinten gekämmtes Haar war grau meliert, ebenso grau wie schwarz, und das Gleiche galt auch für seinen Kinnbart, den er wohl eher aus Eitelkeit trug, einen säuberlich gestutzten und glänzenden Van-Dyke. Er sah aus, als könnte er mal in einer Band gespielt haben, als würde er noch immer an den Wochenenden mit seinen Freunden jammen, jetzt, wo sie alle einen Bauch hatten und die Kinnriemen ihrer Helme sich nicht mehr so leicht schließen ließen wie früher. Der Typ Mann, der überzeugt gewesen war, ihm würde die Zukunft gehören. In Wahrheit, so erfuhr ich bald, war er Lehrer für Wirtschafts- und Gesellschaftskunde an der Hindu Kanya High School, die örtliche – trotz des Namens weltliche – Sekundarschule für Mädchen. Er war ledig und lebte allein im Nachbardorf Sunra, ein Stück den Sandweg hoch und in einem Haus mit einem Jutesack als Tür.

»Tanbir«, sagte er und streckte mir eine Hand hin. »Du kommst gut voran mit dem Haus.«

»Hoffen wir, dass ich mit mir selbst vorankomme.«

Er stieß ein kleines hartes Lachen aus. Ich strich weiter die Mauer mit wässriger Grundierfarbe. Sie schien von schlechter Qualität zu sein, und ich bezweifelte, dass sie sich vorteilhaft auf den Schlussanstrich auswirken würde.

»War eine gute Idee von Jai«, sagte er. »Haushüter und Renovierer in einem.«

Ich sagte nichts. Seine lockere Art und die Tatsache, dass er sich offenbar wie zu Hause fühlte, bereiteten mir Unbehagen, und ich wollte, dass er sich umdrehte, den Helm nahm, den er an den Lenker seines Motorrollers gehängt hatte, und wieder fuhr.

»Als ich deinen Onkel zuletzt gesehen habe, hat er das Heizgerät in der Bank ausgetauscht. Immer beschäftigt und in Eile, der Mann. Gott, das muss – wie lange her sein? Zwei Jahre? Im Winter. Wie geht's ihm? Gut?«

»Ich glaube, ja.«

Jai war nicht mehr hier gewesen, seit er mich vor knapp drei Wochen hergebracht hatte, und Tanbir musste meine Irritation irgendwie gespürt haben, denn er redete weiter. »Wie gesagt, ein viel beschäftigter Mann. Aber ich hoffe, deine Tante kümmert sich um dich?«

Prompt richtete ich mich auf und sah ihm ins Gesicht. Besucher erkundigten sich nie nach meiner Tante, und ich fragte mich, was hinter seiner Frage steckte. »Mir geht's gut.«

»Wie kommst du ohne Strom klar?«

»Das ist kein Problem.«

»Und Dr. Chaturvedi hat auf alles ein Auge?«

Wieder überraschte er mich. Ich glaube, ich bewegte die Lippen, aber nichts kam heraus. Wer war der Mann? Radhika war am Tag zuvor wieder hier gewesen, um noch mehr Farbe zu bringen, eine neue Rolle. Wir hatten zusammen Whisky aus ihrem Flachmann getrunken. Ich wusste nicht, was ich ihm antworten sollte, und stemmte streitlustig die Hände in die Hüften.

»Hör mal.« Sein Ton veränderte sich, wurde versöhnlich, sogar vertraulich. »Die Leute tuscheln schon. Dass sie oft hier ist, eine Auswärtige auf dieser einsamen Farm mit einem Jungen, der halb so alt ist wie sie. Ich fand, das solltest du wissen.«

»Sollten Sie das nicht lieber ihr sagen statt mir?«

»Das habe ich.«

Ich wartete.

»Sie – sie hat losgelacht und gesagt, ich wäre ein echter Kleingeist.« Er lächelte betrübt. »Sie hält sich für Isabel Archer höchstpersönlich. Aber sie weiß nicht, wie es hier ist. Sie denkt, sie weiß es. Aber sie hat keine Ahnung, nicht wirklich. Wenn die Menschen hier jemanden ablehnen, machen sie ihn fertig, langsam, aber sicher.« Er senkte den Blick, sah dann zu seinem Motorroller hinüber. »Ich muss los. Hättest du was dagegen, wenn ich mal wieder vorbeischaue?«

»Ist ein freies Land«, sagte ich, und er lachte, drohte mit dem Finger, als wollte er zeigen, dass er meinen bösen Witz verstanden hatte.

Radhika kam häufig vorbei, um nachzusehen, wie ich zurechtkam, um beim Streichen zu helfen, oder manchmal auch nur, um zu plaudern. Je öfter sie kam, desto mehr wollte ich, dass sie blieb, und desto mehr empfand ich für sie. Am Morgen nach Tanbirs Besuch hielt ich vom Dach Ausschau nach ihr, hoffte, sie zu sehen, und plötzlich war sie da, bog Richtung Farm und winkte. Sie kam zu mir aufs Dach, stellte sich direkt neben mich, und wir beobachteten die Arbeit an der Krishna-Statue. Die zusammengepressten Beine, zwei dicke blaue Säulen, waren fertig. Auch ein blauer Torso. Ein Netz von Stricken verankerte das Ganze am Boden. Bauarbeiter liefen herum. Lastwagen fuhren hin und her. In einem, dessen Ladeklappe aufschwang, lag ein riesiger blauer Arm, die Hand zum Himmel geöffnet, als würde sie auf die zwei leuchtend grünen Sittiche zeigen, die gerade vorbeiflogen.

»Wer ist Isabel Archer?«, fragte ich.

Radhika verschränkte locker die Arme und atmete aus, und ich spürte, dass ihre Schulter meine berührte. »Eine kluge junge Frau in einem Roman. Am Ende ist – warum?«

Ich wusste nicht, wie ich es erklären sollte. »Einfach so.«

Sie sah mich eindringlich an. »Keine schlechte Idee, weißt du. Du solltest lesen. Ist ein guter Zeitvertreib.«

Ich hatte am Flughafen ein Buch gekauft, das ich aber noch nicht angefangen hatte obwohl ich es unbedingt wollte; als hoffte ich, über das Leben zu lesen, wäre eine Möglichkeit, es zu bewältigen. »Ja, vielleicht.«

»Ich kann dir ein paar vorbeibringen. Was liest du gern?«

Das wusste ich noch nicht. »Alles. Egal was.«

Wir begannen mit der Arbeit, die ich für den Tag geplant hatte, nämlich die Veranda zu streichen, wo wir vor der Mittagshitze geschützt waren. Radhika übernahm eine Seite, ich die andere. Plötzlich zeigte sie mit der Farbrolle auf mich. »Der abgehalfterte Lehrer. Hat der mit dir gesprochen?«

Ich hörte auf zu streichen. »Wer?«

»Er mag seine Bücher und was weiß ich noch alles. Wahrscheinlich holt er sich bei Henry James einen runter. Ist er? Hier gewesen?«

»Wer ist Henry James?«

»Langes Haar. Bart. Mittlere Größe. Dicke Backen.«

»Henry James?«

»Ich glaube, er heißt Tanbir Singh.«

Ich zuckte die Achseln, gab mich geschlagen. »Er war hier, um mir zu sagen, dass die Leute über dich reden.«

»Ha! Ich wusste es! Ich wusste, dass er kommen würde! Er nimmt seinen Job zu ernst. Er hält sich für moralisch überlegen und guckt auf uns alle herab und verteilt Ratschläge.«

Dennoch, es war nicht zu übersehen, dass sie alles andere als aufgebracht war. Leise summend schob sie die Rolle durch die Farbwanne, einmal, zweimal.

»Ich hab gedacht, du wärst aus der Stadt?«, sagte ich, darauf aus, das Gespräch fortzusetzen.

»Wie kommst du darauf?«

»Keine Ahnung. Du lebst dort, oder?«

»Fürs Erste.«

»Und davor?«

»Davor?«

»Wo kommst du her?«, sagte ich, bereits entnervt.

»Ich komme aus Ranchi, das ist die Hauptstadt des Bundesstaates Jharkhand. Sehr weit weg.«

»Und wie bist du dann hier gelandet?«

Sie griff wortlos nach ihren Zigaretten, überlegte es sich dann anders. Aus Sorge, sie gekränkt zu haben, versuchte ich, ein unbeschwerteres Thema anzuschneiden, um sie wieder freundlich zu stimmen.

»Solltest du in meinem Beisein wirklich rauchen? Mir Whisky anbieten? Ich befinde mich immer noch auf ziemlich dünnem Eis.«

Sie kam mit ernstem Blick auf mich zu, als hätte sie mir nicht zugehört, und ich dachte schon, wir würden uns küssen, was ich mir zwar sehr wünschte, worauf ich aber jetzt, da es möglich schien, überhaupt nicht vorbereitet war. »Ich war voller Wut«, sagte sie, »voller Zorn und Energie, ohne ein gutes Ventil zu haben. Und dann habe ich mein Ventil gefunden, und alles wurde besser.«

»Dein Ventil? Wie bei einem Rohr?«

»Meine Arbeit, du Blödmann. Die Medizin. Denk mit.«

Ich lächelte. »Sorry. Und jetzt willst du mir helfen, mein Ventil zu finden? So wie du deins?«

»Ich glaube nicht, dass ich das kann«, sagte sie. »Das musst du schon allein hinkriegen«, fügte sie hinzu, und ich nickte, weil es stimmte. »Aber für mich ist die Farm hier ein Zufluchtsort.«

»Ich glaube, meine Mum ist hier gern aufgewachsen.«

»Es ist Erholung von …« Sie deutete auf die Umgebung der Farm. »Und es tut gut, Zeit mit einem jungen Mann zu verbringen, der nicht zu hart über mich urteilt.«

»Das war vorhin übrigens ein Witz, das mit dem Rauchen und …« Aber sie lächelte. »Ich bin froh, dass du herkommst«, sagte ich. »Danke.«

»Bitte nicht. Das ist nicht nötig.«

Sie gab mir einen Kuss auf die Wange und streifte meinen Arm, als sie zurück zu ihrer Seite der Veranda ging. Ich empfand ein starkes Verlangen nach ihr und neben diesem Verlangen auch den Glauben daran, dass das Leben kein Wutgeheul bleiben muss, dass es auch voller schöner Augenblicke sein kann, die sich wie von selbst ergeben.

Prince plauderte gern, und er hatte mir ein paar Geschichten erzählt, die im Dorf über Radhika kursierten: Sie hielt sich vor einem Drogenboss versteckt, den sie hintergangen hatte; in Bihar war ihr die Approbation entzogen worden, weil die Tochter eines Politikers bei einer von ihr durchgeführten Blinddarmoperation gestorben war; sie war eine geschiedene Frau, die ihr Kind im Stich gelassen hatte, um mit einem Mann durchzubrennen, der doppelt so alt war wie sie und sie später in einer verschneiten Berghütte in Shimla verließ. An dem Tag, als wir die Veranda strichen, erzählte sie mir selbst ihre Geschichte. Sie kam in Patna zur Welt, als Tochter einer intelligenten, frustrierten bengalischen Mutter und eines charmanten Säufers aus Bihar. Als Radhika sechs war, verließ ihre Mutter ihren gewalttätigen Mann und ging mit ihr nach Westbengalen, wo die beiden als Geduldete ein kleines Zimmer im Haus von irgendwelchen entfernten Verwandten bewohnen durften. Drei Jahre später bestieg Radhikas Mutter einen Zug nach Ranchi, mit einem Mann, der genau doppelt so alt war wie sie und mit dem sie eine neue Schule gründen wollte. Radhika sollte bei den Verwandten bleiben, bis ihre Mutter und deren Partner die Mittelschule in ihrer neuen Heimat eröffnen könnten. *Und wäre das nicht sehr viel besser, Radhu?* Sie zog schließlich zu ihrer Mutter nach Ranchi, aber erst als sie zwölf war und ein deutlich älterer Cousin in der Nacht vor ihrer Abreise leise in ihr Zimmer gekommen und unter die geblümte Bettdecke geschlüpft war. Mit der neuen Schule hatte es nicht geklappt, und Radhikas Mutter jobbte abends als Kellnerin und verkaufte tagsüber Gesichtscremes. Sie hatte ihren Partner verlassen, der sich ebenfalls als gewalttätiger Säufer entpuppt hatte, doch als Radhikas Mutter auf einmal Blut im Stuhl hatte und bei ihr Darmkrebs diagnostiziert wurde, suchten sie Hilfe bei dem alten Mann, der sie mit zur Schau gestellter Nächstenliebe bei sich aufnahm. Es war ein langsames Sterben. Ihr Leiden dauerte sechs Jahre, mit nur äußerst spärlicher ärztlicher Behandlung. Keine zwei Monate nachdem Radhika die Asche ihrer Mutter in den Subarnarekha gestreut hatte, fasste der alte Mann, inzwischen siebzig, ihre Brust an. Sie las gerade, und er trat hinter sie, legte ihr eine Hand auf die Schulter und fing mit der anderen an, ihre Brustwarze durch die Bluse hindurch zu streicheln. Sie lächelte zu ihm hoch und führte ihn ins Schlafzimmer, wo sie seine Handgelenke ans Bettgestell fesselte. Er wirkte furchtbar erregt. Seine Arme waren mit einem dicken Pelz aus weißen Haaren bedeckt, und noch bevor Radhika damit fertig war, sie mit Deodorant einzusprühen, und ihr Feuerzeug hervorholte, schrie er schon, blies auf seinen Arm und beschimpfte sie als schäbiges kleines Flittchen. Sie nahm ihr Lehrbuch, ihre Tasche und ging, zuerst nach Goa und dann nach Hyderabad, wo sie ihr staatlich gefördertes Medizinstudium aufnahm.

Ich nickte, wusste nicht, was ich sagen sollte. Es war Sonnenuntergang, und sie starrte in den Himmel.

Als sie dreißig wurde, erzählte sie weiter, beschloss sie, außerhalb der großen Städte Praxiserfahrung zu sammeln. Es dauerte eine Weile, bis sich die richtige Gelegenheit ergab, eine, für die sie niemandem im Ernennungsausschuss einen blasen musste, doch dann hing am Schwarzen Brett im Personalraum ein Angebot für eine Stelle in einem gottverlassenen

Kaff im Punjab. Es ging um eine auf ein Jahr befristete medizinische Studie, um herauszufinden, ob sich eine größere Anzahl von Ärztinnen positiv auf die Tötungsrate neugeborener Mädchen auswirkte, bei denen der Punjab eine traurige Spitzenposition einnimmt. Sie bekam die Stelle und gab eine rauschende Abschiedsparty, wo sie lachte und sich betrank und kiffte und mit ihren Freundinnen weinte. Und dann kam sie an einem sengend heißen Nachmittag hierher und erkannte rasch, dass Dr. Duggal schon ihre bloße Existenz ablehnte und nicht vorhatte, ihr mehr zu erlauben, als eine monatliche mobile Ambulanz zu betreiben, wo sie weiche gelbe Faltblätter über unterschiedliche Verhütungsmethoden verteilen konnte. Sie war damals nur deshalb mit zum Haus meines Onkels gekommen, weil Duggal gejammert hatte, er müsse untersuchen, was mit irgendeinem ausländischen Trottel los war, und sie hatte aus purer Langeweile darauf bestanden, mitzukommen.

»Ich bin froh, dass ich das getan habe«, sagte sie und stand auf.

Ich wollte sie so gern berühren, wollte die ganze Nacht eng mit ihr zusammen sein, doch wir gingen schweigend zum Tor.

Bei seinem zweiten Besuch brachte Tanbir einen Beutel Erbsen mit, frisch gepflückt.

»Hunger?«, rief er und hielt den dünnen blauen Beutel hoch. »Ich dachte, du hast vielleicht die Nase voll von fettigem Dhaba-Essen.«

Als ich nichts sagte, kam er durchs Tor, sein lächelndes Gesicht tauchte plötzlich aus dem gleißenden Sonnenlicht auf, das auf Metall fiel. Er betrachtete das Haus, ließ den Blick über die frisch gestrichene Fassade schweifen. »Gute Arbeit. Fast fertig?«

»Fast.«

»Drinnen muss noch einiges gemacht werden.«

»Ach, meinst du wirklich?«

Seine Miene veränderte sich, wurde müde, als müsste er schon genug ironische Bemerkungen im Klassenraum ertragen.

»Ich hab nichts, worin ich die Erbsen kochen kann«, sagte ich ein wenig versöhnlicher.

Wir saßen auf dem Charpai, lösten die Erbsen mit dem Daumennagel aus den Schoten und aßen sie roh. Er erzählte mir von Sunra, einem Ort mit steilen Kopfsteinpflasterstraßen und ein paar Hundert Steinhäusern. Er war dort geboren, sagte er, was mich einigermaßen überraschte. Ich hatte ihn für einen großstädtischen Gutmenschen gehalten, der gekommen war, um den Armen auf dem Land zu helfen. Aber nein, er hatte nie woanders gelebt, und jetzt, nach dem Schlaganfall seines Vaters, sah es so aus, als würde sich daran auch nichts ändern.

»Wo ist dein Vater?«

»In einer Pflegeeinrichtung. Richtung Stadt. Ich besuche ihn alle zwei Tage«, fügte er hinzu, als müsste er sich rechtfertigen.

»Soll das heißen, du warst noch nie länger von hier weg?«

»Nur, um meine Lehrerausbildung zu machen. Und dann bin ich zurückgekommen.«

»Ich hoffe, du liebst deine Arbeit.«

Er sagte, das tue er, sogar sehr.

»Und das Alleinsein?«

»Hat zweifellos seine Vorzüge.«

»Warum hast du nie geheiratet?«, fragte ich, als ob sich diese Option für ihn mit vierzig ein für alle Mal erledigt hätte.

»Darüber möchte ich lieber nicht reden.«

Ich lächelte schwach und nickte, nahm seine Antwort hin, ohne darauf einzugehen. Wir schwiegen kurz.

Dann: »Ich hab gestern deine Tante gesehen«, sagte er im Tonfall von jemandem, der das Gespräch auf entspannteres Terrain lenken will.

»Ach ja?«

»Auf dem Basar. Mit ihrem kleinen Jungen. Sie wirkte glücklich?«

Ich erwiderte nichts. Aus Loyalität zu meinem Onkel würde ich nicht über den Zustand seiner Ehe tratschen.

»Ich will nicht indiskret sein«, sagte er.

Wir hörten das Klappern, bevor die Klingel ertönte und Radhika in den Hof geradelt kam. Ich freute mich riesig, dass sie aufkreuzte, obwohl ich versuchte, es mir nicht anmerken zu lassen.

»Du bist mit dem Dachvorsprung fertig!«, sagte sie.

»Ich hab hinterm Haus eine Leiter gefunden.«

Sie stellte das Fahrrad beiseite und nahm kerzengerade auf dem Rand unseres Charpais Platz, die Knie unter dem langen Rock gekreuzt. Sie nahm eine dicke Erbsenschote aus der Schale und fuhr mit einem Fingernagel über die kleinen Ausbuchtungen. »Bist du gekommen, um ein Auge auf uns zu haben?«, sagte sie zu Tanbir.

Er hob entschuldigend beide Hände. »Tut mir leid, dass ich was gesagt habe.«

»Du kommst mit Erbsen als Friedensgabe«, sagte sie, und wir lachten, obwohl ich mich am meisten darüber freute, dass sie »uns« gesagt hatte, als wären wir eine von allen anderen getrennte Einheit.

Sie spannte Tanbir dafür ein, uns beim Entrümpeln der Zimmer zu helfen, und schon bald hatten wir drei einen Besen in der Hand und fegten den dicken Staub über die Veranda in den Hof. Wir nahmen das Kinderbett und die kaputten Charpais auseinander und legten das Holz beiseite, um es zum Feuermachen zu verwenden, aber den restlichen Müll – die Ovomaltine-Dosen, die Stapel mit alten Kalendern, die zerbrochenen Tontöpfe und blau-weißen Porzellanscherben, die Schachteln voll verrosteten, verbogenen Nägeln – warfen wir draußen vors Tor. Es waren noch immer Löcher in den Wänden, aber ich hatte in einer Ecke des Stalls einige Emailleziegel entdeckt und dachte, sie würden sich zum Füllen der Lücken eignen. Radhika bot an, am nächsten Tag einen Hammer und etwas Zement mitzubringen, und Tanbir sagte, er kenne jemanden, der den Müll vor dem Tor abholen könne. Wir wuschen uns an der Pumpe, gossen uns Wasser über Gesichter und Arme und kehrten dann, eher von der drückenden Hitze erschöpft als von der körperlichen Arbeit, zu dem Charpai zurück. Es war Abend geworden, und unsere Schatten fielen in den Hof, Schwarz auf Gold, wurden länger, während die Sonne hinter den Platanen versank. Radhika zündete sich eine Zigarette an. Ich lehnte ab, doch als Tanbir eine nahm, tat ich es ihm gleich, und sie lächelte ein wenig, und ich wünschte, ich hätte nicht so viel preisgegeben.

Schweigen machte sich breit, die übliche Stille nach einem langen Tag. Ausnahmsweise hatte ich die Ärmel nicht nach unten gekrempelt, und ich sah zu, wie sich Schweißperlen auf meinen Armen bildeten. Ich dachte daran, dass ich nicht mehr stammelte. Dass ich besser schlafen konnte. Und ich erkannte, dass mir genau das hier gefiel, nicht allein sein, ganz im Gegenteil, ich wollte Menschen um mich haben, ich wollte bloß nicht reden. Ich wollte Freundschaften, die keine Ansprüche mit sich brachten, spirituelle Beziehungen, für immer und ewig zu meinen eigenen Bedingungen. Ich drückte meine Zigarette aus und nahm, ohne zu fragen, eine zweite aus der Packung.

In meinem Hinterkopf regte sich die Erinnerung an einen anderen Abend, und ich ließ sie still zu. Ich war oben in meinem Zimmer und lernte für die Schule, hatte die Vorhänge zugezogen, weil wieder die älteren Schüler vor dem Laden herumlungerten. Sie waren immer da, diese älteren Kids, mit ihrem verstörend bedrohlichen Lärm, und ich hatte ständig Angst, dass die Lage sich zuspitzen könnte, wie es schon oft passiert war. Ich hörte, wie mein Dad schwerfällig die Treppe heraufkam, und ich drehte mich auf meinem Stuhl um und öffnete die Tür.

»Alles in Ordnung, Dad?«

»Ich muss mich hinlegen.« Er verzog bei jedem Schritt das Gesicht, eine Hand ins Kreuz gedrückt.

»Du siehst nicht gut aus«, aber er winkte ab und ging in sein Zimmer.

Gegen zwei Uhr in der Nacht war er im Bad und schrie vor Schmerzen. Ich klopfte an die Tür. »Dad, was ist los? Mach auf!«

Als er die Tür aufschloss und herauskam, war sein Gesicht nass von Wasser, wie ich dachte, doch dann merkte ich, dass es Schweiß war, der ihm auch an den Armen herunterlief.

»Ich rufe einen Krankenwagen.«

Er sah mich fassungslos an. So fremd war ihm die Vorstellung, dass er mal nicht in der Lage sein könnte, einer Situation

Herr zu sein, dass er jemandem zur Last fallen müsste. »Ist bloß ein Muskel«, sagte er und humpelte wieder in sein Zimmer.

Sein Wecker ging wie immer um fünf, und ich lauschte, wie er sich die Treppe hinunterschleppte, um dann die Zeitungen hereinzutragen und die Lieferungen zu sortieren. Als ich in meiner Schuluniform nach unten kam, versuchte er gerade, die Sechserpackungen Milch hochzuheben, die an dem Morgen gekommen waren. Sein Atem ging schwer.

»Dad? Bitte?«

»Mach, dass du in die Schule kommst«, brachte er heraus, bevor er die Milch fallen ließ und zusammenbrach.

Ich fuhr im Krankenwagen mit. Der Arzt, ein junger Asiate, sagte, es sei eine Lungenembolie, ein Blutgerinnsel, er hätte sofort behandelt werden müssen und könne von Glück sagen, dass er noch am Leben war. Jahrelanger Bluthochdruck. Viel Stress, fügte er noch hinzu, als wäre das alles Dads Schuld. Als der Arzt ging, deutete Dad auf meine Krawatte und fragte, ob ich nicht zu spät zur Schule kommen würde. Ich antwortete nicht. Ich legte meine Hand auf seine Stirn und sagte gar nichts.

Vielleicht ahnte ich da zum ersten Mal, dass dieser Laden, diese Stadt, diese Siedlung uns umbringen würden, aber es sollte noch drei weitere Monate dauern, ehe ich das voll und ganz begriff. Dad war noch auf dem Weg der Besserung, nahm täglich Blutverdünner, hatte aber bereits meine Mutter aus dem Laden verbannt und stand wieder selbst hinter der Theke. An einem sonnigen Nachmittag, während meiner Prüfungswoche, ging ich durch den Ringwood Park nach Hause, nachdem ich meine Geschichtsklausur geschrieben hatte. Als ich auf unsere Straße bog, kam der Laden in Sicht. Ein Krankenwagen stand davor, und ich rannte los, rannte und rannte, rannte zu ihm.

Er war von zwei Männern zusammengeschlagen worden, zwei Männern, die nichts gestohlen hatten, die einfach nur einem fremdländisch aussehenden Mann mittleren Alters Gewalt antun wollten. Die Sanitäter verarzteten gerade seine Arme, doch sein Gesicht war blutig, die Nase gebrochen, die Augen bereits zugeschwollen. Ich erinnere mich an das Blut, das durch seinen Schnurrbart quoll und Lippen und Zähne bedeckte. An die Blasen, die es warf, und daran, wie Dad versuchte, es auszuspucken. Etwa zwei Wochen später sah ich auf dem Nachhauseweg von meinem Sommerjob in einer Wäscherei, dass Dads weißer Van in einer Seitenstraße um die Ecke von unserem Haus parkte. Der Motor war aus, und Dad saß hinter dem Steuer, den Kopf gesenkt, als würde er beten, aber ich wusste, dass er das niemals tat. Er wirkte so still, so ernst, traurig. Weiße Pflaster noch unter seinen Augen, wo er genäht worden war. Was ging ihm durch den Kopf? Dachte er, dass er die richtige Entscheidung getroffen hatte, hierherzukommen? In diese Stadt? Nach England? Fragte er sich, so wie ich es tat, wie ich es noch immer tue, wenn ich mal wieder sehe, wie meine Tochter so beiläufig, so gedankenlos auf dem Spielplatz ausgegrenzt wird, fragte auch er sich, ob die Menschen hier je bereit sein würden, dieses Land mit anderen zu teilen? Machte er sich Sorgen, dass unser Leben hier stets als grundsätzlich illegitim angesehen werden würde? Ich denke so oft daran, wie Dad damals in dem Van saß, an seine Haltung. Diese Erinnerung ist wie eine Droge, eine, zu der ich immer wieder zurückkehren muss, so schmerzhaft sie auch ist. Wenn ich im Bett liege oder eine E-Mail schreibe oder die

Kinder vom Auto ins Haus bringe, denke ich plötzlich daran, an Dad ganz allein mit seinem privaten Schmerz, und dann kann ich nur noch die Tür hinter den Kindern schließen und in ein anderes Zimmer gehen und abwarten, bis die Gefühle in mir wieder abebben. Ich beobachtete Dad viele Minuten lang, und er rührte sich kein einziges Mal. Ich wollte nicht von ihm gesehen werden, aber ich wusste, wenn ich direkt nach Hause ginge, würde er kurz danach hereinkommen, lachend, lächelnd, seine Traurigkeit beiseite geräumt. Ich fand diese Vorstellung unerträglich. Ich schwöre, ich hätte ein Messer genommen und es mir durch das zitternde Handgelenk gerammt. Also ging ich nicht nach Hause. Ich floh in den Ringwood Park, wo ich den ganzen Abend blieb, bis die Autos kamen und ein paar ältere Kids, die im Jahr zuvor von meiner Schule abgegangen waren, das Fenster herunterkurbelten. Sie hatten mir schon öfter Heroin angeboten, aber diesmal stieg ich in den Wagen und legte einen Zehnpfundschein auf den Haufen, und nachdem sie den Stoff besorgt hatten, fuhren wir zu einer versifften Wohnung in derselben Siedlung wie meine Schule, und ich sah zu, wie sie darum stritten, wer sich den ersten Schuss setzen durfte.

27

Über dem Weizen liegen rote und rosa Schleier, und eine Nachtschwalbe sitzt wachsam auf dem Brunnen, bewegt den Kopf ruckartig mal hierhin, mal dorthin. Der Vogel scheint mit seinem eigenen Schatten verwachsen, das Gefieder feuerrot im Sonnenuntergang, bis er eine Motte erspäht und ohne besondere Eile seine eleganten Schwingen entfaltet und auffliegt. Wäre jemand da gewesen, um ihn zu beobachten, hätte derjenige sicherlich gestaunt über den langen und gezielten Angriff des Tiers, über die perfekte Parabel, die es beschreibt, als es um die steinerne Hütte herumsaust. Aber es ist niemand da, um das Spektakel zu bewundern. Im Dorf Sunra ist alles still. Kinder werden in den Schlaf gewiegt, Milch blubbert in Messingtöpfen, Männer waschen sich den Staub des Tages ab. Und in der verlassenen Steinhütte der alten Papageienfarm (als die Nachtschwalbe unbemerkt darüber hinwegfliegt) nimmt Mehar ihre Tunika vom Metallhaken, während Suraj nackt auf dem Steinboden liegt und sich eine selbst gedrehte Zigarette anzündet. Es ist das vierte Mal, dass sie sich so treffen, und sie spürt die Intensität seines Blicks, als der Baumwollstoff wie Wasser an ihrem Körper herunterfließt. Sie steigt in ihre Hose und zieht die Kordel fest.

»Ich suche mir Arbeit«, sagt er, und sie ist fast enttäuscht, als ihr klar wird, dass er die letzten paar Minuten nicht deshalb so still geworden ist, weil er ihre Schönheit bewundert hat, sondern weil seine Gedanken von praktischeren Belangen in Anspruch genommen waren.

»Wenn du willst«, sagt sie.

»Dann ziehen wir weg. In eine große Stadt, weit weg. Eine, in der wir untertauchen können. Ich habe an Lahore gedacht. Ich werde nicht lange brauchen, um genug zusammenzusparen.«

Dieses Selbstvertrauen! Als wäre die Welt nur dafür da, sich von seiner Jugend und Courage bezwingen zu lassen. Sie ist fünf Jahre jünger, fühlt sich aber manchmal so sehr als die Ältere, so sehr als diejenige, die eher vorausdenken, eher Hindernisse vorhersehen kann.

»Ich kann anfangen, Dinge beiseitezulegen«, sagt sie. »Dinge, die wir brauchen werden. Und wir sollten uns vor der Regenzeit auf den Weg machen, bevor die Straßen wieder überflutet sind.«

»Dann bleiben uns drei Monate, ja? Drei Monate.« Er ist unerschütterlich. Er setzt sich auf, die Zigarette zwischen den Lippen. Er schaut zum Fenster hoch, auf das Quadrat des sich purpurrot färbenden Himmels. In dem Moment sieht Mehar, was er sieht, ein Land jenseits aller Konventionen, ein Leben außerhalb der Wände des Porzellanzimmers. Wie viel von ihrer Liebe zu ihm ist mit diesem Versprechen der Freiheit verbunden? Schuldgefühle beschleichen sie, verwirren sie, und sie wendet den Blick von ihm ab.

»Ich werde mir eine Geschichte überlegen«, sagt sie. »Eine, die wir den Menschen in Lahore erzählen können.«

Er starrt weiter auf das Fenster. »Wir können erzählen, was wir wollen. Und spielt das überhaupt eine Rolle? Spielt es eine Rolle, was die denken?«

»Irgendwann wird es eine Rolle spielen. Wenn es darum geht, unsere Kinder zu verheiraten, wird es eine Rolle spielen. Sie werden etwas über unsere Herkunft wissen wollen.

Wer unsere Vorfahren sind. Die Welt ist noch nicht so modern.«

»Bis dahin wird die Welt eine völlig andere sein.« Er sieht sie an, leidenschaftliche Gewissheit in den Augen. »Wir werden sie verändern.«

Als beide angezogen sind, hilft er ihr, den Weidenkorb mit den roten Chilischoten aufzusetzen.

»Eines noch«, sagt er, während sie die Last auf ihrem Kopfpolster stabilisiert. »Hat er wieder mit seinen Besuchen begonnen?«

»Eigentlich nicht«, sagt sie nach kurzem Schweigen. Sie erwähnt nicht, wie zärtlich sein Bruder jetzt zu ihr ist, dass er, wenn sie klagt, sie fühle sich noch immer unwohl, niemals darauf besteht und stattdessen sagt, sie solle sich ausruhen, dass Kinder noch warten können.

»Gut. Sei vorsichtig.«

Sie dreht sich um und lässt den Schleier herunter, damit er die Wut in ihrem Gesicht nicht sieht. Sei vorsichtig. Als könnte sie irgendwas dagegen tun. »Warum?«, sagt sie mit schneidender Stimme. »Würdest du das Kind eines anderen Mannes etwa nicht großziehen, du ach so moderner Mann?«

»Sei nicht albern.«

»Genießt du noch immer die Gesellschaft deiner Frau?«

»Ganz selten. Um den Schein zu wahren.« Er nimmt ihre Hand. »Oder willst du, dass sie sich wieder bei Mai beschwert?«

»Ich denke, wir haben inzwischen geklärt, dass es keine Rolle spielt, was ich will.«

Sie ist mürrisch und gereizt, als sie morgens wach wird, Gefühle, die noch von dem kleinen Streit mit ihm am Tag zuvor herrühren. Vielleicht hat sie deshalb verschlafen, denn der Tee ist schon fertig, der Teig geknetet, und von ihren Schwestern ist nichts zu sehen. Sie lehnt sich zurück, seufzt. Schließt die Augen. Sie hört einen Pferdewagen den Weg herunterkommen: Hufgetrappel, ein Mann, der seinen Sohn beschwört, die blöde Steinschleuder wegzutun und zuzuhören, ihm sagt, er müsse Aufmerksamkeit an den Tag legen, wenn er Uhrmacher werden will. In Lahore, denkt Mehar, wird sie eine Uhr haben, einen Zeitmesser, den sie in der Stadt bei sich haben wird, einer Stadt, in der sie sich frei bewegen wird, unverschleiert. Sie setzt sich wieder auf, als sie Stimmen im Hof hört, und späht durch die Lamellen. Es ist Gurleen, die völlig aufgelöst wirkt und von Mai getröstet wird. Doch die Art, wie Mai sie tröstet, mutet irgendwie seltsam an, denn sie drückt Gurleens Arm, ihre Schulter zu fest, zu lange. Auch Gurleen wirkt unsicher, zögerlich. Eine Erinnerung flackert auf – Mais harte Hände, Montys schluchzende Umarmung –, wird aber sogleich wieder erstickt, als Gurleen hereinkommt.

»Was ist passiert?«, fragt Mehar. »Warum bist du so aufgelöst?«

Gurleen nimmt den Teig in die Hände.

»Ich hab gesagt, was ist passiert?«

»Nichts. Kinder. Ich bin traurig, dass ich noch nicht guter Hoffnung bin.«

Eine Pause, in der Mehar sie beobachtet, zu dem Schluss kommt, dass das Sinn ergibt. »So geht es uns allen. Hab Geduld.«

28

Suraj ergattert eine Arbeit als Schildermalergehilfe auf dem Mission-Basar, dem größten der Stadt. Er schiebt seinen gemieteten zweirädrigen Karren mit dem ebenfalls gemieteten Zubehör – Leitern, Pinsel, Schablonen, schwere Eimer mit Farbpulvern – den ganzen Tag von einem Ende des riesigen Markts zum anderen. Wenn er die Ausrüstung abends zurück ins Lager bringt, sind seine Schultern so verkrampft, dass er kaum die Hand heben kann, um seinen Lohn entgegenzunehmen.

»Gibt es hier nicht genug Arbeit für dich?«, sagt Mai, während er sich von Hals und Armen, von den braunen Stämmen seiner Beine die grüne Farbe abwäscht, sodass er aussieht wie ein Baum, der die Blätter abwirft.

»Ich will für meine Arbeit bezahlt werden«, erwidert er.

Mohan muss das Wasser pumpen, weil Suraj keine Kraft mehr dazu hat, und dann knetet er seinem jüngeren Bruder wieder Leben in die Schultern. Mehar, die aus dem Fenster des Porzellanzimmers zuschaut, die Perlen in der Hand, hat die seltsame, vage Erkenntnis, dass sie dieses Haus verlassen wird, ohne je ein Wort mit dem mittleren Sohn, Harbans' Mann, gesprochen zu haben, dass es immer zu viel Förmlichkeit gab, um irgendwas zueinander zu sagen. Der merkwürdige Gedanke verflüchtigt sich in dem Moment, als Suraj sich aufrichtet, und als er über den Hof humpelt und in einem der Schlafräume verschwindet, nimmt sie ein Taschentuch, wickelt die Perlen darin ein und versteckt es unter ihrer Tunika, zwischen den Brüsten.

Am nächsten Morgen stellt Mehar die Eimer im schrägen Schatten der Hütte ab, und als sie eintritt, wartet er auf sie, schaut wieder einmal aus dem Fenster.

»Warum kommst du jetzt erst?«

»Ich musste die Milch austragen.« Sie erwähnt nicht, dass Gurleen die Aufgabe auf sie abgewälzt hat; das würde ihre gemeinsame Zeit nur versäuern.

Hinterher liegt er auf dem Bauch, fährt langsam mit den Fingern über die feinen Vertiefungen, die die enge Kordel des Salwars in ihre Hüfte gedrückt hat. Wie hübsch, wie weich, diese kleinen Hautfurchen. Er fährt mit der Zunge darüber.

Draußen bewegt sich etwas im Weizen.

Sie greift unter den Stoffhaufen ihrer Tunika, holt ein Päckchen hervor.

»Und was soll ich damit machen?«, fragt er, als die Perlen in seine geöffnete Hand gleiten. »Sie werden mich aber komisch anschauen, wenn ich die zur Arbeit trage.«

»Verkauf sie«, sagt sie, während sie ihre Tunika überstreift, die Arme in die Ärmel schiebt. »Sie bringen Geld. Dann können wir um einiges früher nach Lahore.«

»Ich arbeite doch jetzt.«

»Und sorgst auch dafür, dass jeder es weiß! Wie du dich zu deinem Zimmer schleppst. Über deine Wehwehchen jammerst. Verkauf die Perlen, und erspar es uns, dich bemitleiden zu müssen.«

»Und Mai?«

»Sie hat mich noch nie nach ihnen gefragt. Dann sind wir fort.« Sie merkt ihm an, dass er nicht überzeugt ist, und beschließt, ihn unter Druck zu setzen. »Sie gefallen mir sowieso nicht. Weiß ist nicht meine Farbe.«

»Was ist denn deine Farbe?«, fragt er, geht auf sie ein.

Sie überlegt. »Rot. Rosa vielleicht. Ja, Hellrosa. Kauf mir in Lahore ein paar rosa Perlen.«

»Du hast doch schon eine hübsche rosa Perle«, sagt er, und sie wirbelt mit schockiertem Gesicht zu ihm herum.

29

Ein paar Kleidungsstücke. Vielleicht zwei Salwar Kamiz. Die grüne Baumwolle und für kaltes Wetter der karierte Twill. Und ihr Hochzeitsschal. Den lässt sie nicht zurück. Aber sie sollte nicht zu viel mitnehmen. Sie müssen leicht vorankommen. Sie werden nachts reisen. *Im wunderbaren Mondlicht werden sie fliehen, in die silberne Ferne entschwinden.* Von wem die Zeilen sind, weiß sie nicht mehr. Von ihrer Mutter vielleicht. Oder ihrem Vater? Talglichter. Ja. Ein Messer. Obst. Vielleicht könnte sie ein paar Rotis vom Abendessen verstecken. In ihrem Schal. Deshalb, ja, wird sie ihren Schal vielleicht mitnehmen. Es ist eine lange Reise. Er wird wahrscheinlich auch einen Schal tragen. Oder eine Decke über dem Kopf. Er wird frieren. Wird er frieren? Etwas Öl, um ihm die Füße zu massieren. Ein langer Fußmarsch. Der Weg dahin. Wird er dort Arbeit finden? Ein neues Leben. Mit ihm. Nur ihm. Was für ein Temperament er hat. Aber ich weiß nicht, wie ich es aushalten soll. Es mäßigen soll. Sein Segen in meinem Ohr, und würde mir das Gesicht mit dem Staub zu seinen Füßen waschen. Der Blitz seiner Berührung. Meine rosa Perle! Hochzeitsperlen. Mais Truhe. Schön wär's. Wie hilfreich sie wären, wenn wir erst in Lahore sind. Wie an den Schlüssel rankommen, wie an … Ein kleiner Beutel. Sie könnte anfangen, diese Dinge in der Hütte zu verstecken – oder näher, auf dem Feld? –, bereit für den Tag. Oh Gott, oh Herr, bitte beschütze uns. Führe mich sicher von hier fort. Wenn wir uns auf den Weg machen, ich in meinem Schal, er in seiner

Decke, die Straße hinunter und zum Dorf hinaus. Hinaus hinaus hinaus. Bitte beschütze uns. Sei uns gnädig.

»Du ertränkst den ja noch«, sagt Gurleen, und Mehar entschuldigt sich, hebt den Docht aus dem geschmolzenen Talg. »Bist in letzter Zeit ständig mit den Gedanken woanders.«

»Ich arbeite. Dräng mich nicht.«

»Arbeiten?«, sagt Gurleen ironisch. »Nennt man das jetzt so?«

»Hört auf!«, sagt Harbans barsch, flehend: »Können wir nicht einfach unsere Arbeit machen? Bitte!«

Mehar taucht den Docht wieder in das Fett. Und dann, weil die beiden zurückbleiben werden und weil ein Teil von ihr jedes Mal, wenn sie Gurleen sieht, von Schuldgefühlen gepackt wird: »Wie geht's dir eigentlich? Kann ich helfen?«

»Elende Viecher«, erwidert Gurleen vom Charpai aus. Sie ist noch immer dabei, sich Minzblätter auf die Unterarme zu legen, wo die Wespen am schlimmsten zugestochen haben.

»Wo stößt du bloß andauernd auf die?«

»Sie verdienen den Tod«, sagt Gurleen und blickt zu Harbans hinüber, die mit zitternder Hand Linsen siebt.

Sie liegen im Bett, und alles ist still, als die Tür aufgeht, ohne dass angeklopft wurde. Sie setzen sich aufrecht hin, und dann steht Gurleen auf, als ob sie Mai irgendwie um diese Uhrzeit erwartet hätte. Sie hat eine kleine Laterne in der Hand, und Schatten schwingen die Wand hinauf.

»Ich habe was über Wespen gehört«, sagt Mai. »Wie sieht es jetzt aus?« Eine Pause. »Noch immer unverändert?«

»Ja. Noch immer unverändert.«

»Tja«, sagt Mai und wendet sich ab. »Du bist selbst schuld.«

30

Nachmittagsträgheit und ein kräftiges, männlich klingendes Klopfen am Tor. Mai, die aus ihrem Nickerchen gerissen wird, steht auf und sieht fünf bewaffnete Männer.

»Und?«, sagt sie kühl.

»Ich will das Oberhaupt der Familie sprechen.«

»Also bitte, sprich.«

Die Brüder stellen die Stühle auf, holen den Tisch, und als der Anführer Platz nimmt, pflanzt er sein Gewehr zwischen die gespreizten Beine, den Lauf gegen einen Oberschenkel gelehnt. Er hat einen italienischen Schnurrbart, die Spitzen nach oben gezwirbelt und glänzend vor Pomade, und einen ganz zarten Vollbart, wie eine feine Hängematte, die seinen Kopf hochhält. Seine Augen sind groß und strahlend, mit Wimpern wie die einer Frau. Ein elegantes Gesicht. Nur seine Hände verraten etwas Gröberes: harte gelbe Ballen am Übergang von der Handfläche in die Finger. Es sieht wirklich schwer aus, das Gewehr. Er heißt, wie die ganze Provinz weiß, Tegh Singh.

»Ihre Söhne beobachten gern«, sagt Tegh Singh und stellt sein Teeglas hin.

»Sie folgen meinem Beispiel«, erwidert Mai. Auch sie hat die Beine gespreizt, die Hände auf den Knien, die dicken Ellbogen abgewinkelt. Sie dreht den Strohhalm in ihrem Mund.

»Beobachten ist etwas Gutes. Immerzu aufpassen, hinterfragen. So entstehen Ideen.« Er bedenkt Suraj mit einem Lächeln. »Und Ideen lösen Revolutionen aus. Werden auch diese auslösen.«

Suraj schaut weg, blickt hinauf in den schmeichelnden Himmel. Er will dem Mann nicht in die Augen sehen, sich nicht auf ihn einlassen. Diese Sache, dieser Kampf ist ihm fern, hat nichts mit ihm zu tun, einem Zwanzigjährigen, der noch nie mit einem Weißen gesprochen hat.

»Purna Swaraj«, fährt Tegh Singh fort. »Mit weniger geben wir uns nicht zufrieden. Vollständige Selbstbestimmung. Es wird eine Weile dauern, aber nicht zu lange. Ich kann das neue Indien nämlich schon atmen hören. Ich kann hören, wie es darauf wartet, dass wir es auf unsere Schultern und hinauf ans Licht heben. Es wird Opfer fordern. Menschen werden im Kampf sterben. Aber wir müssen alle bereit sein, unsere Bürden zu tragen.«

Das klingt nach einer häufig wiederholten kleinen Rede. Jeet blickt Mohan an, reibt Daumen und Zeigefinger aneinander. Prompt entfernt sich sein Bruder von der Gruppe und kommt mit einem kleinen braunen Päckchen für Mai zurück.

»Drei Söhne«, sagt Tegh Singh. »Vielleicht könnte einer sich uns anschließen? Sich dem Kampf anschließen? Wir planen einen Angriff, und lassen Sie mich das sagen, Mutter, wir brauchen eher Männer als Geld.«

»Ich habe nicht die Absicht, meine Söhne wegzugeben. Zumindest noch nicht«, fügt sie hinzu und lächelt ihre Jungen an. »Und nur ein Dummkopf würde Geld ablehnen. Sie sind doch keiner, oder? Möge das eurer Sache helfen«, sagt sie abschließend und überreicht die Scheine.

»Es ist unser aller Sache«, sagt er ein wenig zu ernst für Suraj, der ein Lachen unterdrückt.

Wie alle anderen auch hatten sie ihn erwartet. Im ganzen Dorf hatte sich herumgesprochen, dass der große Tegh Singh in der Stadt und deren Umgebung war, um Geld für einen Angriff auf die Briten zu sammeln. Geld oder Männer, so wurde gemunkelt. Also sorgte man besser dafür, dass man das Geld hatte.

»Wo ist denn dieses neue Indien, von dem er geredet hat? Ist es so weit weg wie der Fluss?«, fragt Mehar.

»Es ist bloß so eine Idee«, sagt Suraj. »Dass es besser ist, von den eigenen Leuten unterdrückt zu werden als von den Briten. Für uns wird sich nichts ändern.«

Sie liegen auf der Seite, und Mehar schmiegt sich an ihn, eine Wange zwischen seinen Schulterblättern.

»In Lahore, wo werden wir da wohnen?«

»Ich finde was. Versprochen.«

Stille kehrt ein. Sie stellt sich vor, wie das Dorf in die Hütte gestürmt kommt und sie beide so erwischt, ihre Arme um ihn, seine Hände auf ihren. Sie wäre fast froh.

»Kannst du dir vorstellen, sie würden uns so erwischen?«, fragt er, und Mehar blinzelt mehrmals verblüfft.

»Die alte Tante Besant hat gestern nach dir gesucht«, sagt sie schließlich. »Hat mir erzählt, sie hätte eine ganz besondere Wirkung auf dich. Sie hat auch gesagt, dass sie *dich* das nächste Mal zwingen wird, Spritzen in den Hintern zu bekommen.«

Er lacht nicht, gibt kaum einen zustimmenden Laut von sich, und in der Stille treibt etwas, das Tegh Singh gesagt hat, auf sie zu.

»Vollständige Selbstbestimmung«, flüstert sie, nicht so laut, dass es irgendwer sonst hören könnte, als wäre die Idee eine wunderbare Ketzerei.

Plötzlich ertönt ein Geräusch, ein Rascheln im Getreide, und beide erstarren. Leise erhebt er sich auf die Knie, dann auf die Beine und schleicht zur Tür, sicher, dass er bereit ist, egal wen zu töten. Doch es ist nur ein Hund, ein dünner schwarzer Streuner, der im goldenen Weizen herumspringt. Vor Erleichterung muss Suraj laut lachen.

»Komm und sieh dir das an«, sagt er, und sie stehen in der Tür und schauen zu, wie der fröhliche Hund kläfft und springt, kläfft und springt.

»Was ist das da?«, fragt Mehar und zeigt auf etwas, das der Hund um den Hals hängen hat.

Es ist eine Schnur mit Fähnchen, aller Wahrscheinlichkeit nach von irgendeiner Feier, und Suraj nimmt sie dem tollenden Hund ab und wickelt sie Mehar um den Kopf wie eine Krone. Sie braucht einen Moment, um die Fähnchen so anzuordnen, dass sie um ihr Haar liegen wie ein Blumenschmuck. Sie muss sie immerzu anfassen.

»Wie findest du's?«, fragt sie, obwohl sie ihn nicht ansieht. Sie steht noch immer an der Tür und blickt nach draußen, er hinter ihr.

»Meine Königin.«

»Wenn ich frei bin, trage ich mein Haar jeden Tag so. Sind Sie einverstanden, Herr?«, fragt sie mit einem Blick über die Schulter, und Suraj legt eine Hand aufs Herz, verbeugt sich tief.

31

Es ist Waschtag, weiß der Himmel, wohin die anderen beiden verschwunden sind, und Mehars Schulter wird müde unter der nassen Rolle des indigoblauen Lakens. Sie schlägt es aus und strafft es mit den Armen, wirft es dann über die Leine. Als sie sich nach einem weiteren bückt, fragt sie sich plötzlich, wann sie das letzte Mal geblutet hat. Während sie noch überlegt – kann sie sich überhaupt erinnern? –, ertönt aus dem Porzellanzimmer lautes Klirren und Krachen. Mehar wirft das nasse Laken zurück in den Korb und hastet hinüber. Sie sieht Mai auf einem der Betten sitzen. An der langen Steinplatte steht überraschenderweise Jeet, mit dem Rücken zu Mehar. Seine Schultern beben, und auf dem Boden liegen die Scherben von Mais Hochzeitstellern. Mehar zieht ihren Schleier herunter.

»Sie sind runtergefallen«, erklärt Mai.

»Ich räume das weg«, sagt Mehar, als Jeet den Raum verlässt, und unter ihrem Schleier hindurch sieht sie, dass auch Mai geht, mit den Füßen durch die Scherben läuft, auf sie tritt.

32

Suraj steht oben auf der Leiter, als der Ruf zum Gebet ertönt und das Kopfsteinpflaster der engen Straße unter zehn, fünfzig, einhundert, zweihundert Männern verschwindet, die aus ihren Läden kommen, ihre Baumwollmützen aufsetzen, in Richtung Moschee strömen. Die weißen Gebetsmützen sind wie seidige Bojen auf einem reißenden Fluss. Zweimal wird seine Leiter angerempelt, und Suraj hält sich am Dach fest, ruft nach unten, sie sollen aufpassen. Er wartet, bis die Straße leer ist, und nimmt dann wieder seinen Farbpinsel. Vom Stehen auf den dünnen Leitersprossen tun ihm die Füße weh, und als er seine Position leicht verändert, bleibt sein Blick am höchsten Minarett mit dem schiefen Lächeln eines Halbmondes hängen. Er hält inne, den Pinsel in der Hand. Er spürt, wie sich etwas in seinem Innern hebt, einen Moment der Seele: Ein neuer Weg ruft. Nach diesem Auftrag hat er nur noch einen weiteren, vielleicht noch zwei Wochen Arbeit, und dann wird er auf diesem neuen Weg sein. Das Seltsame ist, dass er sie zunächst nicht neben ihm auf dem neuen Weg sieht. Dann erinnert er sich. Das Pulver ist getrocknet. Er dreht den Pinsel wieder in den Farben und arbeitet weiter, den Mund zu einer harten Linie zusammengepresst.

Wieder zu Hause wäscht er sich gerade an der Steinwanne, als er spürt, dass Mai näher kommt.

»Auf ein Wort«, sagt sie.

Er lässt sich Zeit, zieht ein Handtuch von der Leine, reibt sich damit zweimal über Gesicht und Hals, hängt es bedächtig wieder auf und folgt ihr erst dann in ihr Zimmer. Sie sitzt auf einem geraden Stuhl, wartet.

»Ich hatte gehofft, das alles wäre vorbei.«

Er nickt auffordernd: Red weiter.

»Die Frau deines Bruders.«

Er nimmt die Worte stoisch auf, ohne den geringsten Anflug von Angst zu zeigen. Und tatsächlich, schockierend ist nicht, dass sie von der Affäre weiß, sondern eher, dass sie sie überhaupt zur Sprache bringt.

»Du hast deinen Spaß gehabt«, fährt sie fort. »Aber jetzt ist Schluss.«

»Und wenn nicht?«

»Wenn nicht, zieh ich die Schlampe nackt aus und zerre sie selbst durchs Dorf.«

Er seufzt, hat ihr Theater allmählich satt. »Wir wissen beide, wenn du das wirklich tun wolltest, hättest du es längst getan. Lässt er dich nicht? Sagt er, er liebt sie zu sehr?«

»Ich wollte dir eine Chance geben. Wollte die Familienschande nicht unnötig im ganzen Dorf breittreten.«

»Wie freundlich. Aber wir gehen weg von hier. Versuch nicht, uns aufzuhalten.«

»Was für eine wunderbare Art, die Ehre deiner Mutter zu schützen. Der Mutter, die dir alles gegeben hat.«

»Tja«, sagt er mit einem hohlen Lachen, »so was kann passieren.«

Die Bemerkung macht sie wütend. Sie steht auf. »Ich werde sie morgen beim Dorfgericht anzeigen. Willst du dabei sein, wenn sie nackt ausgezogen wird? Wenn ihr der Kopf geschoren wird? Ich bin sicher, sie hätte dich gern dabei.«

Er taxiert sie, wägt die Drohung ab und fragt: »Weiß er Bescheid? Du hast meine Frage nicht beantwortet.«

»Dein Vater hat mich auch nie beschützt«, sagt sie wie zu sich selbst, als hätte eine Erinnerung sie überfallen, doch dann schärft sich ihr Gesicht, alle Sehnen gespannt. »Wann brecht ihr auf? Ihr beiden?«

»Weiß er Bescheid?«

Sie denkt schnell, kalkuliert. »Es würde ihn umbringen. Ersparen wir ihm das.«

»Ja. Weil du es noch nie ertragen konntest, ihn verletzt zu sehen, oder?«

Sie starren einander lange an, wägen den eigenen Schmerz gegen den des anderen ab, bis Mai den Blick abwendet, und Suraj geht.

33

»Wie fühlst du dich jetzt?«, fragt Jeet in der Dunkelheit.

»Noch genauso«, sagt Mehar. »Es tut mir leid. Ich weiß nicht, was los ist.«

»Vielleicht sollte ich dich zum Arzt bringen.«

»Wie du willst.«

»Es ist nur so teuer.«

Sie nickt im Dunkeln. »Ich danke dir für deine Geduld mit mir.«

»Du bist meine Frau.«

Er schließt die Hand um ihren Fußknöchel und streicht mit einer langen Bewegung voller Verlangen an ihrer Wade hoch. Sie zieht ihr Bein weg und hört ein tiefes Grollen, wie von einem zurückgewiesenen Tier.

»Ich möchte etwas für dich tun«, sagt er. Er lässt ihr Zeit zu antworten, doch sie sagt nichts. »Ich lasse das Haus streichen, und ich möchte dafür deine Lieblingsfarbe nehmen. Welche ist es?«

»Ich habe keine.«

»Rot? Grün?« Er wartet. »Rosa?«

»Bitte nimm die, die dir gefällt.«

Er seufzt resigniert. »Wie du willst.«

Als er herauskommt, passt Mai ihn ab, und er folgt ihr in den Stall, wo niemand sie hören kann.

»War sie willig?«, fragt Mai.

»Sie fühlt sich noch immer nicht gut.«

»Papperlapapp. Sie wird deinem Bruder noch zuerst ein Kind schenken.«

»Hör auf. Bitte.« Er tigert im Stall auf und ab, Hände auf den Hüften, und Mai lässt ihn eine Weile in seinem Schmerz schmoren.

Dann: »Ich denke nach wie vor, wir sollten uns an das Dorfgericht wenden«, sagt sie, um seine Stimmung zu testen. »Sollen die doch die Sache entscheiden.«

»Nein.« Er tritt dicht vor sie, droht ihr mit einem Finger. »Tu das nicht. Tu das ja nicht.«

»Dein Bruder wird sie nicht aufgeben.«

»Hast du mit ihm geredet? Was hat er gesagt?«

»Dass er mit ihr weggeht, natürlich.« Mai wartet einen Moment. »Er sagt, er genießt sie zu sehr.«

Und dieses Wort, *genießt*, bringt ihn in Rage. »Ihm liegt gar nichts an ihr.«

»Hmm. Wer weiß das schon?« Mai beobachtet ihren Sohn und fragt sich, ob sie ihn noch weiter aufstacheln soll. »Weißt du, wenn ich eins gelernt habe, dann, dass es einen Mann für jede Gelegenheit gibt. Vielleicht könntest du dich ja mit dem Gedanken anfreunden, dass dein jüngerer Bruder in deiner Frau ist.«

»Sie gehört mir«, knurrt er. »Sie gehört mir. Sie ist meine Frau.« Seine Stimme bricht, und er flüstert, als würde er einen Fluch aussprechen. »Er ist derjenige, der gehen sollte.«

Darauf hat sie gewartet, aber sie weiß, dass er nicht von allein darauf kommen wird, dass er noch nie in der Lage war, ein kleines bisschen weiter zu denken. »Du meinst die Revolutionäre? Suchen die noch immer nach Männern?«

Er sieht zu ihr hinüber, unsicher, ob dieser Vorschlag von ihm gekommen ist oder von ihr.

»Es wird ein paar Tage dauern, sie zu finden. Du könntest morgen früh aufbrechen. Ich werde sagen, du willst Vieh kaufen.«

»Er ist mein Bruder.«

»Denk nach, du Dummkopf. Wahrscheinlich wird er nicht sterben, aber so ist er aus dem Weg. Dann hast du Zeit genug, für Nachwuchs zu sorgen. Sie wird wieder dir gehören.«

34

Während Jeet fort ist und die Maler sich im Hof breitmachen und die Aufmerksamkeit aller beanspruchen, das glauben sie zumindest, haben die Liebenden Gelegenheit, sich spontan zu treffen. Suraj denkt sich ein Zeichen aus: einen Haufen Emailleziegel, die er in einer Ecke des Stalls stapelt, unter einem Zelt aus geschnittenem Weizen.

Als er sie bittet, in ihrem Liebesspiel die Kontrolle zu übernehmen, sich auf ihn zu setzen, wird sie bleich, und dann steigert sich die Scheu zu Angst, als er sie erneut bittet.

»Bitte«, fügt er hinzu, »das fände ich sehr schön.«

Sie kann ihn nicht ansehen. Sie hat den Kopf zur Seite gedreht, sodass ihre Haare wie ein Sichtschutz zwischen ihnen hängen. Ihre Hände auf seiner schmalen Brust. Er starrt sie an. Ihre Oberschenkel, rechts und links von seinen, brennen an seiner Haut. Seine Hände fahren hoch zu ihren Hüften, glänzend vor Schweiß, dann ein Stück höher, zu ihrer Taille mit der kleinen Wölbung eines Bauchs. Er kann ihr leises Keuchen hinter dem Vorhang ihrer Haare hören und spürt, wie sein Körper sich lustvoll anspannt; er ist ihr vollkommen hingegeben, und ihn überkommt das fast schmerzliche Wissen, dass er für immer mit ihr zusammen sein muss.

»Ich will fort«, sagt sie, sobald sie angekleidet ist, und sie spürt, dass er nickt, denn sein Kinn tippt mehrmals oben auf ihren Kopf. »Warum nicht sofort? Wann können wir gehen?«

»Bald.«

»Wann?«

»Ich werde in einer Woche oder so bezahlt. Der Schuhladen. Ich glaube, ich kann da noch mehr rausschlagen.«

»Wie schlau du bist.«

»Dir kann ich nicht das Wasser reichen.«

»Ich meine es ernst, Suraj. Ich will bald weg.«

Er stutzt, vielleicht weil sie seinen Namen benutzt hat. Was ist los mit ihr? »Ich hab doch gesagt, bald.«

»Und bis dahin kommt dein Bruder weiter zu mir.« Sie setzt ihn unter Druck, das weiß sie.

»Dagegen kann ich nichts machen.«

»Du kannst mich von hier wegbringen.«

»Zuerst das Geld.«

»Du kannst in Lahore Geld verdienen.«

»Es sind nur noch ein paar Tage.«

Sie schluckt ihre Entgegnung herunter, entzieht sich dann seinen Armen. »War mein Zopf hochgebunden?« Er schiebt die Unterlippe vor – er kann sich nicht erinnern –, und sie fängt an, sich mit nervösen Fingern das Haar zu flechten. Dann hebt sie den Kopf und wirft den Zopf nach hinten. »Ich erwarte ein Kind«, sagt sie.

Nichts regt sich in seinem Gesicht, und sie schweigen, schweigen so lange, dass es schließlich albern wird, und sie lachen beide los, kichern regelrecht, kichern und können nicht mehr aufhören.

Auf der Farm erwartet sie eine Überraschung: Die Maler haben die Vorbereitung der Wände abgeschlossen, und alle vier Männer stehen jetzt gleichmäßig entlang der Veranda verteilt, jeder einen ungemein langen Besenstiel mit einer Stoffkugel am Ende in den Händen. Sie pfeifen fröhlich vor sich hin, während sie das Haus in Mehars Lieblingsfarbton streichen: Rosa.

***

Ich wohnte seit über einem Monat auf der Farm, als ich mich bereit fühlte, sie zum ersten Mal zu verlassen und einen Ausflug auf den Basar zu machen. Ich ging den ersten Kilometer zu Fuß und sprang dann auf ein Tuk-Tuk, das mich im belebten Dorfkern absetzte. Dort war es viel lauter als in meiner Erinnerung: die Hühner, das Gefeilsche, die Motorräder und Windspiele, die Gesänge, die unaufhörlich aus den Lautsprechern auf dem Dach des Tempels schallten. Über diesem ganzen Trubel war der Himmel übermäßig blau, und zwei ferne Flugzeuge sahen aus, als müssten sie unvermeidlich kollidieren, bis sie es nicht taten und lautlos weiterflogen.

Ich fand den Dhaba-Imbiss in einer langen Nebenstraße voll mit Schuhverkäufern, und eine mollige Frau in einer engen Schürze blickte von einem riesigen Wok mit Öl auf, in dem sie Klöße briet.

»Essen in Ordnung?«, fragte sie, ehe ich ein Wort gesagt hatte.

»Super. Danke. Aber Sie müssen mir keins mehr schicken.«

»Gehst du weg?«

»Ich koche ab jetzt selbst.«

Sie lächelte verschlagen, die Augen noch immer auf das blubbernde Öl gerichtet. »Er kocht sein eigenes Essen«, sagte sie zu den Klößen, und ich fragte mich, ob es überhaupt Klöße waren und nicht die abgetrennten Köpfe von Kunden, die sie verärgert hatten. Ein Mann an einem Tisch in der Nähe rülpste und grinste.

»Kannst du deine Freundin denn auch satt machen?«, fragte er, und ich trat rasch zurück, als wäre ich gestochen worden, nickte der Frau zum Abschied zu und machte mich auf den Weg zur Hauptstraße.

Dort angekommen, ließ ich mir die Haare schneiden, kürzer, als ich sie je getragen hatte. Dann beschloss ich, auf einen Sprung bei meinem Onkel in der Bank vorbeizuschauen, wenn auch nur, um ihm zu zeigen, wie viel besser es mir jetzt ging, doch er war nicht da, der Filialleiter habe ihn losgeschickt, um einen Kühlschrank zu kaufen, sagte der Wachmann und lachte. Als ich wieder nach draußen trat, sah ich meine Tante Kuku die Straße heraufkommen, eine burgunderrote Handtasche unter den Arm geklemmt und Sona im Schlepptau, der Mühe hatte, mit ihr Schritt zu halten. Sie liefen geradewegs an mir vorbei, Kukus Gesicht hart und desinteressiert, doch an ihrem Haus blieb sie stehen, als hätte sich ein winziger Dartpfeil in ihren Rücken gebohrt, und drehte sich langsam um.

»Geht's dir wieder besser?«, fragte ich Sona, der große Augen machte und stumm nickte.

»Was nicht dir zu verdanken ist«, sagte Kuku. Ich hob das Gesicht und sah sie an. »Du siehst gut aus«, fuhr sie fort, und ich schwöre, es schien sie zu verstimmen.

»Mir geht's viel besser.«

»Wie ich höre, bist du jetzt eng mit einer Ärztin befreundet.«

»Die ganze Stadt spricht anscheinend darüber.«

»Wohnt nur ihr beide dort?«

»Sie wohnt nicht auf der Farm. Sie hat nichts Falsches getan.«

»Sie besucht dich? Essen und Frauen direkt zu dir nach Hause geliefert. Du wirst diesen Sommer richtig verwöhnt, was?«

»Frag Tanbir Singh, falls du uns nicht glaubst. Statt uns in Verruf zu bringen.« Uns: Irgendwie genoss ich es, für Radhikas Liebhaber gehalten zu werden, hoffte vielleicht sogar, dass es auf eine gewisse Weise zutraf.

»Den Lehrer?«, sagte sie nach kurzem Stutzen. Ihre Neugier schien geweckt. »Was weiß der denn schon?«

»Sehr viel mehr als du.«

»Das kann ich mir vorstellen.« Ihre Miene verzog sich, und so etwas wie Schmerz huschte über ihr Gesicht. »Ist er mit ihr zusammen, der Lehrer?«

Ich schüttelte resigniert den Kopf und ging davon. Einen Skandal, das war alles, was diese Leute wollten, irgendeine pikante Geschichte, die sie anderen wie eine Schlinge um den Hals legen und sie damit lynchen konnten.

Später, auf der Farm, waren Radhika, Tanbir und ich zusammen im Hof und rauchten. Radhika fächerte sich mit dem Ende ihres Seidenschals, einem orangefarbenen Teil mit rotem Fischschuppenmuster, Luft zu. Unsere Teller waren an der Wasserpumpe gestapelt. Ich hatte ein Blumenkohl-Kartoffel-Curry gemacht, nach einem Rezept von Tanbir. Das Abendlicht drang durch die Platanen, warf Kreise und Linien an die Mauer hinter uns. Viele Minuten verstrichen, dann ließ Tanbir sich mit dem Rücken gegen die Mauer fallen.

»Also, wie lange bist du noch bei uns?«

»Ein paar Wochen«, erwiderte ich.

»Ich auch«, sagte Radhika, und ich lächelte. »Zurück in die Kliniken von Hyderabad.« Sie zündete sich noch eine Zigarette an. »Glaubst du, dass du wiederkommen wirst?«, fragte sie. »Nach deinem Studium?«

»Na klar. Ich liebe es hier.« Allein durch das Aussprechen des Wortes »lieben« fühlte ich mich ihr näher, und die Tatsache, dass wir mit nur wenigen Tagen Unterschied beide abreisen würden, als wären wir zusammen, ließ unsere Zeit wie vom Schicksal bestimmt erscheinen.

»Du liebst es hier?«, wiederholte sie.

»Ich fühle mich zu Hause.«

Sie nickte langsam, zog an ihrer Marlboro. »Du bist gern mit Menschen zusammen, die aussehen wie du. Das ist was Sentimentales.«

»Es fühlt sich nicht sentimental an. Es fühlt sich echt an.«

»Aber es ist sentimental«, warf Tanbir ein, mit einer Bestimmtheit, die mich ärgerte. »Wenn du lange genug hierbleibst, wirst du dich auch wieder entlieben.«

»Was ebenfalls sentimental ist«, sagte Radhika.

»Wir können nicht alle so umherziehend sein wie du«, erwiderte er schroff, was mich überraschte.

Radhika lächelte mit der Zigarette im Mund. »Bist du deshalb hiergeblieben? Damit du dich von dem Ort entlieben kannst?«

»Wisst ihr, was das Beste daran ist, sich zu entlieben? Es macht dich frei. Wenn du nämlich verliebt bist, beherrscht das alles, es sperrt dich ein, es gibt nichts anderes mehr, und du würdest alles tun, alles, um diese Liebe zu behalten. Aber wenn sie dann vergeht, kannst du auf einmal wieder den Rest der Welt sehen, alles andere strömt zurück an die Orte, die die Liebe für sich beansprucht hatte.«

Sie schnippte Asche auf den Boden und sah ihn neugierig, unbeirrt an. Ich wollte etwas zu ihr sagen, eigene Gedanken zu dem Gespräch über Liebe beisteuern, aber mir fiel nichts ein.

»Was ist mit deiner Vorfahrin?«, sagte Radhika dann und deutete zu meinem Zimmer hinüber. »Was mag die Liebe wohl mit ihr gemacht haben.«

Tanbir ergriff das Wort. »Es ist anders für Frauen, oder? Sie können nicht entscheiden, wohin sie gehen. Sie wachsen in einem Gefängnis auf, und dann heiraten sie in eins hinein.« Auch er blickte zu meinem Zimmer mit den Eisenstäben. »Ich meine – herrje. Wenigstens haben wir das da hinter uns gelassen.«

»Nicht alle Gefängnisse haben Gitter«, sagte Radhika und trat ihre Zigarette mit der Sandale aus. »Und nicht jede Liebe ist ein Gefängnis.«

Tanbir senkte das Kinn auf die Brust, als würde er besonders gründlich darüber nachdenken, sagte aber nichts weiter. Die Sonne war fast verschwunden, und Radhika und Tanbir verabschiedeten sich, bevor die ersten Fledermäuse auftauchten. Ich hatte den Hof wieder für mich allein. Ich schlenderte hinüber zu meinem Zimmer und umfasste die Gitterstäbe. Eine Frau, meine Urgroßmutter, war darin eingesperrt gewesen. Ich erinnerte mich, dass Prince das an dem Morgen erwähnt hatte, als ich mir mehr Gedanken darüber gemacht hatte, was Radhika von meinen Essenslieferungen halten würde. Wie typisch, sich auf das zu konzentrieren, was am unwichtigsten war, und nicht das zu hören, worauf es ankam. Ich spähte durch das Gitter und stellte mir vor, dass Mehar auf der anderen Seite saß, und ich fragte mich, wie ihr Leben gewesen sein mochte.

Wenige Tage später verpassten wir drei dem Haus den letzten Schliff und feierten mit Whisky und gebratenem Fisch, den Tanbir auf dem Basar gekauft hatte. Wir aßen auf dem Dach, im Licht eines Mondes, der, so schien es mir, nur für uns leuchtete. Radhika sah hinreißend aus. Ihre Augen strahlten, ihre lächelnden Zähne ruhten auf ihrer vollen Unterlippe. Sie hatte ihr dichtes Haar aus dem Gesicht nach hinten gesteckt, und ihre langen Schlüsselbeine waren deutlich zu sehen. Als sie auf der Mauer entlangspazierte, schien sie überhaupt keine Angst vor dem freien Fall hinunter auf das braune Brachland zu haben.

»Ich finde, wir sollten meinem Onkel die Farm abkaufen und hier leben«, sagte ich mit vom Alkohol beschwingter Stimme.

Musik setzte ein, keine Ahnung von wo, und Radhika und ich tanzten zusammen, und ich weiß noch, dass ich fettige Finger hatte von dem Fisch und mich jedes Mal entschuldigte, wenn ich ihren Rücken, ihre Schulter berührte. Sie lachte nur, und Tanbir beobachtete sie mit etwas, das wie Stolz aussah.

»Du hast dir die Haare schneiden lassen!«, sagte sie. »Das freut mich sehr.«

»Ist ewig her. Ich dachte, es wäre dir gar nicht aufgefallen.«

Sie machte eine Drehung nach außen, dann wieder zurück zu mir, und ich wollte ihr sagen, dass ich glaubte, in sie verliebt zu sein, dass sie anders war als alle, die ich je gekannt hatte, aber ich tat es nicht oder konnte es aus irgendeinem Grund nicht.

Danach gab es noch mehr Alkohol und Lachen, und ich kann mich nicht mehr an viel erinnern, was sonst noch gesagt wurde, aber ich weiß ziemlich genau, dass ich irgendwann einschlief und Radhika ein Baumwolllaken über mich zog, während Tanbir oben an der Treppe wartete und mit dem Schlüssel seines Motorrollers spielte.

Als ich aufwachte, brauchte ich einen Moment, um die letzten Traumfetzen wegzublinzeln und zu begreifen, dass ich noch immer auf dem Dach war. Die Luft war kühl, daher wickelte ich das weiße Laken um mich und trat an den Rand. Der Morgennebel war taubengrau und leicht und stieg von den Feldern auf. Ich hielt Ausschau, aber ich konnte kein unglückliches Kind sehen, das dort draußen seinen Weg ging. Das Kind schien verschwunden zu sein. Übrig blieb ein Gefühl von stiller Verzückung, von den Farben der Morgendämmerung, die allmählich mit dem Tag verschmolzen, ein Champagnerglanz, der begann, meine Haut und die wogenden Mais- und Weizenfelder zu erwärmen, die sanften grünen Hügel, die keinem Muster folgten, eine ferne Steinhütte, die den Horizont markierte, und ein langer, sich verjüngender Weg, der immer weiter verlief, bis ich mir nicht mal mehr einbilden konnte, ihn zu sehen. Die orange Sonne stieg auf und legte – und sie wirkten tatsächlich wie hingelegt – breite Lichtstrahlen über das weite wartende Land. Zum ersten Mal in meinem Leben meinte ich zu spüren, dass die Welt sich drehte. So viele Jahre sind seitdem vergangen, und ich kann mich noch immer dort stehen sehen, gebannt, staunend, atemlos.

35

Von der Sicherheit ihres Dachs aus beobachten die drei Frauen die Unruhen drüben im Dorf. Kleine Feuer brennen. Rauch steigt auf. Gurleen, die die schärfsten Augen hat, sagt, sie kann Männer sehen, die von Dach zu Dach springen, mit Blechhelmen auf dem Kopf.

»Du kannst sehen, was sie auf dem Kopf haben?«, fragt Harbans skeptisch.

»Na ja. Fast.«

Schließlich teilt Mai ihnen mit, dass die Lage sich beruhigt hat, dass das Dorfgericht rigoros gegen die Rädelsführer vorgegangen ist und einen Waffenstillstand ausgerufen hat. Weiß der Himmel, wie lange der halten wird.

»Aber wer hat denn da gekämpft?«, fragt Mehar. »Ging es um diese Dominion-Angelegenheit?«

»Also ich bin sprachlos!«, schnaubt Gurleen. »Wie geschwollen sie auf einmal redet!«

Von Suraj erfährt sie später, dass die Briten ausnahmsweise mal nicht beteiligt waren, jedenfalls nicht direkt; dass Hindus und Sikhs versucht hatten, im Dorf ein rein mohammedanisches Viertel zu schaffen, das die Muselmanen nicht verlassen sollten, und die wiederum hatten aus Rache die Krishna-Statue über dem Süßwarenladen zerstört.

»Die ist nicht mehr da?«, sagt Mehar fassungslos. »Gott Krishnas Statue?«

»Ich wünschte, du würdest nicht ›Gott‹ sagen. Es ist bemalter Stein.«

»Aber die Statue stellt ihn dar. Und ich sage, was ich will.«

Er ruft sich in Erinnerung, dass sie gerade mal sechzehn ist. Die Unverfrorenheit wird sich legen. »Mir ist aufgefallen, dass die Guaven heute besonders gut aussehen«, sagt er heiterer, und er nimmt eine aus ihrem Korb, setzt sich auf und fängt an, sie genüsslich zu verspeisen.

»So ein Kind«, sagt sie. »Ich kenne niemanden, der sie so gern isst wie du.«

»Nimm dir auch welche. Du musst jetzt mehr essen.«

Sie schüttelt den Kopf. »Zu süß.«

»Dann für das Baby. Lass ihn nicht zu kurz kommen.«

Als sie sich trennen, sagt er, sie soll nicht zu nah ans Dorf herangehen, wo die Lage noch immer angespannt ist, sondern stattdessen den Umweg über das hintere Maisfeld nehmen. Dadurch wird ihr Nachhauseweg fast doppelt so lang, der Weg ist übersät mit Dung, und es wimmelt von Wespen, so viele Wespen, dass sie die Arme zum Schutz unter ihren Schleier schieben muss. Sie kann die kleinen Insektenbeine auf der Nase, an den Ohren spüren, eine sich bewegende Masse, die auf den Stoff drückt, als würde sie einen Weg zu ihrem Gesicht suchen. Mehar duckt sich, ist panisch vor Angst, aber sie weiß, dass sie weitermuss. Wie sie wohl aussieht, ein wandelnder Umhang aus Wespen? Sie sollte Gurleen um Minze bitten, sobald sie zu Hause ankommt. Selbst als sie alle Wespen los ist, hat sie noch immer das Gefühl, von ihnen bedeckt zu sein, hört ihr fiebriges Surren.

36

Es ist früher Morgen, und schon hat Mai sich aufgesetzt, das Licht verfluchend, tastet sie unter dem Charpai nach ihren Sandalen. Alle bedecken als Erstes ihre Füße. Man könnte jederzeit auf einen Skorpion treten, obwohl Mai angeblich mal ein Jungtier mit der nackten Ferse zerquetscht hat. Sie reckt und streckt sich ausgiebig, drückt den Rücken durch, und erst als sie die Arme wieder senkt, sieht sie Jeet, der auf dem Hof steht und die neue rosa Fassade betrachtet.

»Schon gefrühstückt?«, fragt sie gähnend. Sie erwischt eine Fliege an ihrem Hals, begutachtet sie, schnippt dann die glänzenden Überreste zu Boden.

»Ich bin noch keine Stunde wieder da.«

»Hast du sie gefunden?«

Er nickt, bewundert noch immer das Haus.

»Weißt du Näheres von ihm? Es sollte doch nicht lange dauern, bis sie hier sind, oder?«

Er sagt eine Weile nichts, und dann: »Hat sie ihr gefallen? Die Farbe? Hat sie irgendwas gesagt? Sie gefällt ihr doch, oder?«

»Ach, du Ärmster«, sagt Mai und streicht Jeet mit einer Hand über den ganzen Arm, und er legt seinen Kopf an ihre Schulter und bricht in Tränen aus.

Am Abend verlangt er nach Mehar, und sie wartet auf dem Bett, als er eintritt, doch er durchquert nicht den Raum. Stattdessen sagt er in die Dunkelheit: »Bist du da?«

»Ja«, erwidert sie und wartet, dass er zu ihr kommt, bereit, bei seiner Berührung zurückzuzucken und ihn um Verzeihung zu bitten, dass sie noch immer unpässlich ist. Aber sie hört keine Schritte.

»Ich wollte bloß fragen, wie es dir geht.«

»Noch keine Verbesserung. Es tut mir sehr leid.«

»Muss es nicht. Aber ich bin jetzt wieder da und verspreche dir, mich besser um dich zu kümmern.«

Sie legt eine Hand auf ihren Bauch und das Kind, das darin wächst, und so etwas wie Mitleid für ihren Mann durchströmt sie. »Ich hoffe, deine Reise war erfolgreich? Hast du gutes Vieh gefunden?«

»Ja, danke. Was immer erfolgreich auch bedeutet. Die Zeit wird es zeigen.«

Sie hört etwas, ein Knarren, seine Hand am Türgriff.

»Ruh dich aus«, sagt er und lässt sie allein im Stockdunkeln zurück, wo sie sich weiter den Bauch streichelt.

37

Um die Männer zu finden, hatte Jeet sich von morgens bis abends am Stadttempel aufgehalten, Erkundigungen eingeholt, Schmiergelder angeboten, bis er endlich den notwendigen Hinweis erhielt und eine Adresse ausgehändigt bekam. Am nächsten Tag ging er hin und stellte zu seiner Verblüffung fest, dass es kein dunkles, geheimes Versteck war, sondern ein Haus wie jedes andere: klein, sauber, mit einem Ledersofa und einem breiten Palisanderholzbett, direkt an der Hauptdurchgangsstraße in Jalandhar. Vielleicht versteckten sie sich ja gar nicht.

»Das Haus gehört meiner Schwester«, erklärte Tegh Singh, als Tee serviert wurde. »Sie behalten die Lage in Delhi im Auge. Man kann nie wissen, wann dieser Pandit uns vielleicht bescheißt.«

Jeet nickte. Er saß ganz vorn auf der Sofakante, bestaunte den eleganten Tisch aus Glas, die Funktionsweise des Stofffächers an der Decke. Rings um das Bett herum warteten einige andere Männer, still, ernst, zweifellos gespannt darauf, den Grund für Jeets Besuch zu erfahren. An der Wand hing eine Karte von Indien, mit einem genaueren Ausschnitt vom Punjab.

»Ihr wart bei uns zu Hause«, begann Jeet. »Wir haben Geld für euren Kampf gespendet. Unseren Kampf«, korrigierte er sich.

»Ja, natürlich. Deine Mutter.«

»Ja.« Jeet trank einen Schluck Tee. »Plant ihr noch immer den Angriff? In Delhi?«

»Willst du dich uns anschließen? Wir können noch Männer gebrauchen. Tapfere Männer.«

»Werden die Männer überleben, was meinst du?«

Tegh Singh beugte sich über den Tisch, und Jeet sah die Pistole, die über seinem Rücken hing. »Es ist ein Freiheitskampf. Es wird Verluste geben. Aber«, fuhr er fort und lehnte sich zurück, »du stirbst erhobenen Hauptes, das verspreche ich dir. Es werden Lieder über dich gesungen werden.«

Suraj hatte recht, dachte Jeet. Er war wirklich ein Dummkopf, dieser Tegh Singh, ein großer und humorloser Dummkopf. Obwohl seine Hand zitterte, stellte Jeet die Teetasse so vorsichtig hin, dass sie kein Geräusch auf dem Glas machte. »Nicht ich. Mein Bruder. Ihr könnt kommen und ihn mitnehmen, wenn die Zeit reif ist.«

38

Der Schuhladen Lakhpatti hat eine große Markise, und in deren Schatten zieht Suraj seinen Karren und fängt an, die Schablonen und Töpfe anzuordnen: das Pulver, das Wasser, das Mehl und das Salz. Seine Pinsel sind sauber, und er streicht mit dem Daumen über die Borsten von jedem, ehe er sie alle aufreiht. Die Straße um ihn herum glänzt schmierig in der Sonne. Drei halb nackte Jungen hänseln einen ausgehungerten Hund. Ein Gebäckverkäufer baut an der Ecke seinen Stand auf, und Öl spritzt aus seiner flachen Pfanne. Verschleierte Frauen beugen sich über Balkone und zeigen tuschelnd auf Dinge: das weggelaufene Schwein, den alten Lehrer, der sich den Bart färbt, die zwei weißen Männer, die sich in der Schlange am Limonadenwagen vordrängeln. Die Balkone und Bogenfenster und hinter all den schönen Backsteinfassaden die schlafenden Kurtisanen, die schwer träumen, bis die Herrin sie weckt, indem sie einen Krug Wasser über sie schüttet, und die Morgenarbeit beginnt. Derweil steigt über dem Basar, jenseits der Moschee, die Sonne höher, gleichgültig gegenüber allem. Suraj liebt es, in der Stadt zu sein.

Als er die zweite Farbschicht aufgetragen und gerade den Riemen einer Sandale so aufgemalt hat, dass der sich um das »k« windet, kommt der Inhaber mit vor Sirup glänzenden Lippen aus seinem Laden.

»Sieht schön aus, Malermeister. Sieht schön aus.«

»Es ist noch besser geworden, als ich dachte«, sagt Suraj und steigt von der Leiter. Er lässt einen Fuß auf der untersten

Sprosse, um anzudeuten, wie sehr er bestrebt ist, wieder hochzusteigen und gute Arbeit zu leisten. »Möchten Sie noch eine Goldumrandung?«

»Eine Goldumrandung? Seh ich aus, als könnte ich Geld scheißen?«

»Die ist zurzeit in Mode, Onkel. Und sonst hat sie keiner. Dein Freund hat nur eine in Bronze.«

Der Inhaber sieht zu dem Laden namens Shoe King auf der anderen Straßenseite hinüber, auf dessen braunem Schild aufdringliche Großbuchstaben prangen. Keine einzige Abbildung von einer Sandale oder einem Schuh oder auch nur einer Krone. Schöner König!

»Er hat gestern hier herumgeschnüffelt«, sagt Suraj. »Hat gefragt, was ich vorhätte.«

»Ach ja? Wir nehmen Gold. Ringsherum, jawohl.«

»Das wird das beste Schild auf dem ganzen Basar. Keine Sorge.« Der Ladeninhaber kneift die Augen zusammen, weil diese Behauptung offensichtlich übertrieben ist. »Sie können mich bezahlen, wenn ich fertig bin«, sagt Suraj.

»Du machst es erst fertig, ja?«

»Ich brauche noch drei Tage. Zahlen Sie mir alles auf einmal. Ich will nicht extra noch mal den weiten Weg herkommen müssen, um das Geld zu holen. Drei Tage.«

Sobald er am späten Nachmittag wieder zu Hause ist, geht er als Erstes zur Pumpe und lässt sich Wasser über den Kopf fließen. Dabei drückt er die Gummidichtung zusammen, damit es nicht in alle Richtungen spritzt. Als er sich wieder aufrichtet, steht Jeet vor ihm.

»Da bist du ja wieder«, sagt Jeet.

»Sieht so aus.«

»Du bist heute Morgen früh los.«

»Ich musste meinen Karren holen.«

Jeet nickt: natürlich, der Karren. »Es geht das Gerücht, dass die Weizenpreise gestiegen sind. Ich dachte, ich fahr gleich mal los und erkundige mich.« Er deutet auf das Fahrrad am Tor. »Komm doch mit. Wir setzen uns zu zweit auf den Sattel. Wie früher.«

»Nein. Danke. Ich bin müde. Ich will mich ausruhen.«

»Das hätte ich mir denken können. Ruh dich aus.« Er legt seinem jüngeren Bruder eine Hand auf die Schulter, und einen Moment lang meint Suraj, Rührung in seinen Augen zu sehen. »Ich schätze dich wirklich, das solltest du wissen. Ich schätze es, dass du so hart arbeitest. Hast du keine Angst«, fährt er fort und nimmt seine Hand weg, »so hoch oben auf der Leiter?«

»Ein bisschen am Anfang. Jetzt eigentlich nicht mehr.«

Jeet lächelt, wendet sich ab, und als Suraj ihn wegfahren sieht, hat er das Gefühl, dass etwas Wahres zwischen ihnen geschehen ist, das mit dem Schmerz zu tun hat, Brüder zu sein hier an diesem Ort. Seufzend setzt er sich auf den warmen Rand der Steinwanne und ist froh über den unerwarteten Frieden, über die Gelegenheit, sich die Farm in Ruhe anschauen zu können. Er wird sie nicht vermissen, da ist er sicher, ihre Begrenztheit und Langeweile, die Art, wie sie das Leben erstickt. Er wird frohen Herzens gehen, aber wenn sie dann fort sind und dieses ganze Abenteuer vorüber ist und er sie für sich allein hat, wird das genug sein? Wird sie genug sein? Wird er seinem Sohn ein guter Vater sein? Er schüttelt den Gedanken ab. Damit wird er sich später befassen. Zuerst muss er mit ihr reden. Er steht auf und zupft sich die Hose von der Haut, wo die Nässe des Wannenrandes durch den Stoff gedrungen ist. Er schaut hinüber zu dem Fenster, dessen Lamellen geschlossen sind, und malt sich aus, wie sie in dem Zimmer liegt, im Dunkeln, raus aus der Hitze ... Obwohl sie da gar nicht ist.

In diesem Moment sind Mehar und ihre Schwägerinnen auf der Rückseite der Farm, wo sie in der oberen rechten Ecke des ummauerten Geheges eine Pappelfeige pflanzen. Warum sie diesen Baum mit den herzförmigen Blättern pflanzen, weiß Mehar nicht. Sie tun es einfach, weil Mai es ihnen befohlen hat.

»Mach du das«, sagt Gurleen und drückt Mehar den Tontopf in die Hand. »Bitte«, fügt sie mit bodenloser Unaufrichtigkeit hinzu.

»Ach, zum Donnerwetter, kannst du nicht mal ...?« Aber wozu streiten? Wenn sie das hier erledigt hat, kann sie anfangen, ein paar Happen als Wegzehrung für die Reise nach Lahore zu braten. Etwas, das sie zwischendurch gemeinsam knabbern können. Also geht sie in die Hocke, und Harbans reicht ihr eine Handschaufel, und kurz darauf ist ein Loch gegraben, und sie hebt das kleine Bäumchen aus dem Topf und drückt es in den Torf. Als sie fertig ist, blickt sie blinzelnd in die Gesichter ihrer Schwägerinnen, die grell von der Sonne umrahmt sind. »Wasser?« Doch keine von ihnen hat welches mitgebracht, und keine von ihnen macht Anstalten, sich vom Fleck zu bewegen, also richtet Mehar sich mit sichtlichem Unmut auf, und als sie durch den Stall hindurch ist, sieht sie Suraj am Tor herumstehen, die Hände auf den schmalen Hüften. Sie verharrt, beobachtet ihn. Was bringt ihn da gerade zum Lächeln? Was denkt er? Wo ist seine Angst? Sie zieht ihren Schleier herunter und geht weiter über den Hof zur Pumpe, wo sie einen Messingkrug nimmt. Sie kann spüren, dass er näher kommt, das Licht auf einer Seite ihres Schleiers verdunkelt.

»Das kann ich machen«, sagt er, also stellt sie den Krug wieder hin und tritt zurück. Er beugt sich in ihr Blickfeld und fährt mit den Fingern über den Rand des Krugs. »Sei in drei Tagen bereit zum Aufbruch. Ich werde an der Hütte warten, zu Pferd. Lach nicht.«

Aber sie lacht gar nicht. Ihr ist alles andere als nach Lachen zumute. »Wenn sie mich erwischen –«

»Sie werden uns nicht erwischen.« Er fängt an, Wasser in den Krug zu pumpen, als wollte er den Gedanken wegspülen, ist verärgert, dass sie ihn überhaupt ausgesprochen hat. »Sie erwischen uns nicht.« Er erinnert sich an die Sterne und daran, dass er und Mehar etwas Neues aufbauen. »Es gibt genug Sinn in der Welt, um uns wenigstens das zu gewähren.«

Sie sagt, sie sollte besser gehen, dass die anderen sich sonst wundern, wo sie so lange bleibt, und er reicht ihr den vollen Krug.

»Wenn du das nächste Mal mit mir sprichst, sitze ich auf einem Pferd!« Versucht er, einen Witz zu machen? Sie ist sich nicht sicher, und plötzlich wird ein leiser Zweifel in ihrem Kopf immer lauter: Meint er es ernst? Ist es ein Spiel? Sie dreht sich um, und als sie zurück durch den Stall geht, wird ihr schwindelig. Sie bleibt stehen, trinkt einen Schluck von dem Wasser, geht dann weiter nach draußen, wo die Schwägerinnen noch immer an dem Pappelfeigenbäumchen stehen. Mehar begießt es, murmelt ein Gebet, während die Erde nass und dunkel wird.

39

In drei Tagen. Diese Worte folgen ihr, wie das unablässige Auge der Sonne, überallhin auf der Farm. An die Pumpe, wo sie zwei Quarklöffel in den Falten ihres Chunnis versteckt. Auf das Dach, wo sie ihre Unterwäsche fest zusammenrollt und mit einer Kordel verschnürt. In den Stall, wenn sie auf Knien zu Gott betet. Am letzten Abend ist ein Beutel gepackt und im Feld versteckt, und sie weiß genau, wo sie sein muss und zu welcher Uhrzeit. Aber sie will ihren Jamawar-Schal, den sie von ihren Eltern bekommen hat, und so schleicht sie sich in Mais Zimmer, nimmt ihn aus dem Schrank und schlägt ihn in einen alten Salwar ein, den sie im Porzellanzimmer versteckt.

***

Ich wartete nicht ab, bis das Tuk-Tuk ganz zum Stehen gekommen war, bevor ich raussprang und zur Arztpraxis lief. Ich hatte die ganze Nacht über uns nachgedacht und war endlich bereit, Radhika zu gestehen, was ich für sie empfand. Ich vermutete, dass sie meine Gefühle für sie wahrscheinlich längst erraten hatte, aber ich befürchtete, dass sie mich für zu jung hielt, für zu unreif, als dass etwas Ernstes aus uns werden könnte. Ich wollte ihr in aller Ruhe erklären, dass das nicht stimmte. Doch als ich ankam, sagte Dr. Duggal, sie sei unterwegs und mache ihre Hausbesuche.

»Obwohl sie sich das auch sparen könnte«, höhnte er.

»Kommt sie bald zurück?«

Er zuckte mit den Achseln. »Du siehst gesünder aus«, stellte er fest. »Dann war es also Dengue. Wie ich gesagt habe.«

Ich wartete an einem Getränkestand gegenüber auf sie, bis Prince mich entdeckte und sagte, er habe Radhika in den Stadtbus steigen sehen. Vielleicht registrierte er die Enttäuschung in meinem Gesicht, denn er rief mich an den Tisch herüber, an dem er mit einigen Freunden saß, und bezog mich in ihr Kartenspiel mit ein. Sie brachten mir *Bhabhi* bei, das damals für mich völlig neu war, das ich aber noch immer gerne spiele.

»Er wohnt auf der Farm«, sagte Prince, und die anderen Jungs nickten, weil das offenbar nichts Neues für sie war. »In dem verschlossenen Zimmer«, schob er düster nach.

Obwohl ich wieder neugierig auf das Leben war und besonders, was das Zimmer und Mehar betraf, wusste ich, dass Prince nicht der Richtige war, den ich fragen sollte. Ich beschloss im Stillen, Tanbir noch einmal darauf anzusprechen, wenn ich ihn das nächste Mal traf. Ich stand auf.

»Noch eine Runde?«, schlug Prince vor, doch ich verabschiedete mich und machte mich auf den Weg nach Hause, der mir sehr weit vorkam, jetzt, da ich Radhika verpasst hatte.

Am nächsten Morgen war ich auf dem Dach und las in meinem Buch, als ich ein Fahrrad klappernd in den Hof kommen hörte. Ich spürte, wie mein Herz höherschlug – hatte ihr jemand erzählt, dass ich sie gesucht hatte? –, doch von oben an der Treppe sah ich, dass es nur Jai war, mein Onkel, der seine Baumwollhose ein Stück höher zog und unbeholfen vom Rad stieg. Er wartete, bis ich heruntergekommen war, ehe er sich vom Haus ab- und mir zuwandte.

»Es sieht aus wie neu«, sagte er. »Du auch«, schob er nach.

»Ich hatte Hilfe«, sagte ich, und er nickte zurückhaltend, als hätte er nicht das Wort Hilfe verwendet, um zu beschreiben, was hier vor sich gegangen war.

»Tut mir leid, dass ich dich nicht besucht habe. Es war viel los auf der Arbeit, und dann hatte Sona auch noch Husten.« Die Erwähnung eines Hustens löste ein Räuspern bei ihm aus. »Ich hab deinen Rückflug bestätigt.« Er gab mir meine blauen Flugtickets, die an einer Seite zusammengetackert waren. »Heute in einer Woche. Ich muss da arbeiten, aber du kannst ein Taxi zum Busbahnhof nehmen und … Na, ich bin sicher, du kriegst das hin.« Er klappte den Fahrradständer hoch und schwang sich wieder auf den Sattel.

Als ich mich bedanken wollte, sagte er wütend: »Ich denke, du hast keinerlei Grund, diesen Mann noch einmal als Gast in meinem Haus zu empfangen. Du hast wirklich eine feine Art, dich für meine Gastfreundschaft zu bedanken.«

Dann fuhr er davon und ließ mich entgeistert zurück. Einem Impuls folgend, ging ich los, aus dem Tor, den Sandweg entlang, vorbei an dem Gehege auf der Rückseite der Farm und dann weiter nach Sunra, Tanbirs Dorf.

Obwohl ich die Farm in letzter Zeit öfter verlassen hatte, um mit Leuten auf der Straße zu plaudern oder auf dem Markt einzukaufen, war es das erste Mal, dass ich in diese Richtung ging. Am Dorfeingang entschied ich mich für eine Gasse, die zwischen zwei Baustellen hindurchführte, und kam zu einem verpesteten Sumpf, in dem Wellblechstücke und der halb versunkene Gipsabguss eines vierarmigen Shiva dümpelten. Kühe tranken traurig auf der anderen Seite, Wespen schwebten in surrenden schwarzen Wolken, und ein Gestank nach Kot und Gas stieg von dem stehenden Gewässer auf. Ich umrundete es, was die Kühe veranlasste, ihre großen Köpfe zu heben und jeden meiner Schritte zu beäugen, und folgte dann einem langen schnurgeraden Feldweg, zwei braune Furchen mit einem abrasierten Streifen welkes Gras in der Mitte, wie eine Landebahn für Vögel. Der Feldweg führte um das Dorf herum, mit Flachdachhäusern auf einer Seite und einem riesigen Maisfeld zu meiner Rechten. Da Tanbir mich nicht erwartete, hatte ich keine Eile; ich genoss es sogar, für eine Weile die Orientierung verloren zu haben, und spürte leichte Verärgerung, als mir eine Stimme von einem Dach in der Nähe zurief: »Komm rauf, komm rauf.« Der alte Mann kam mir irgendwie bekannt vor, stellte ich fest, während ich mich dem Haus näherte. Es war klein, dunkel, eine trockene Regenrinne verlief entlang der leeren Türöffnung, und ich musste den ganzen Weg die Treppe hinauf den Kopf einziehen.

»Wie ich höre, hast du Karten gespielt.« Da erst erkannte ich ihn – es war Laxman, aber jetzt mit nacktem Oberkörper und einem weißen Laken als Sarong um die Taille geschlungen, die Brust faltig wie ein Akkordeon.

»Er ist schon ein kleiner Schwindler, dein Prince.«

»Er hat sein Visum nicht bekommen. Wir müssen uns was anderes überlegen.«

Ich sagte, das tue mir leid. »Ist heutzutage nicht einfach.«

»Jedenfalls nicht für manche von uns, nein.«

Verlegen blickte ich zu dem Maisfeld hinüber und fragte, ob es seins sei. Er lachte schon allein über die Frage und sagte, nein, die Papageienfarm gehöre einer Familie, die vor langer Zeit nach Surrey in Kanada ausgewandert sei.

»Gibt es da Papageien?«, fragte ich und schaute nach oben, als könnten die Vögel wie von Zauberhand auftauchen.

»Quatsch. Die heißt so, weil ihr erster Besitzer eine Riesennase hatte.« Laxman zuckte mit den Achseln, als wollte er sagen, so dumm ist die Menschheit nun mal. »Der alte Knacker ist schon lange tot, aber der Name ist hängen geblieben. Siehst du die Hütte dahinten? Ich hab eigentlich gedacht, da wolltest du hin. Die Hütte der Verliebten.«

Er deutete über meine Schulter. Ich drehte mich um und sah in der Ferne eine kleine Hütte aus gelbem Ziegelstein.

»Wieso heißt die so?«

Er zögerte. »Ich möchte nicht taktlos über deine Vorfahrin reden.«

»Mehar Kaur? Kannst du mir irgendwas über sie erzählen? Ich würde es gern wissen.«

»Es sind bloß alte Gerüchte«, sagte er. »Sie ist mit einem

Bruder fremdgegangen. Der ist dann verschwunden und hat sie zurückgelassen.« Bedächtig faltete er ein Handtuch zusammen, das an der Wand trocknete. »Aber wer weiß das schon genau?«

»Er hat sie verlassen?«

»So wird behauptet. Ist auf und davon und nie wiedergekommen. Aber ich habe auch gehört, dass er gestorben ist und seine Mutter seine Asche unter einer Pappelfeige begraben hat.« Er grinste zahnlos. »Wir lieben nun mal gute Geschichten!«

»Und sie wurde in dem Zimmer eingesperrt?«

»Wer weiß?«, sagte er wieder. »Wer ist noch da, um ihre Geschichte zu erzählen?«

Ich nickte wortlos, fragte mich, wie viel davon der Wahrheit entsprach oder ob das überhaupt die richtige Frage war, empfand aber dennoch ein tiefes Mitleid für diese Frau, meine Urgroßmutter, die ich nie kennengelernt hatte.

»Jedenfalls«, sagte er, »was führt dich in unser kleines Dorf? Ein bisschen verschlafen für dich, oder?«

Ich sah ihn an. »Wo wohnt der Lehrer? Tanbir?«

Er führte mich zur anderen Seite seines Dachs und deutete mit ausgestrecktem Arm quer über die Häuser auf eine große schwarze Airtel-Satellitenschüssel. »Siehst du das rote Gebäude daneben? Das ist das alte Haus deiner Tante. Der Lehrer wohnt in der Straße dahinter.«

Er sagte, es wäre für mich am einfachsten, von Haus zu Haus zu springen und dabei die Satellitenschüssel im Auge zu behalten, und genau das tat ich, nahm eine eigenwillige Route über die Dächer, sprang, kletterte, duckte mich unter Wäscheleinen hindurch, überquerte mit vorsichtigen Schritten alte Brücken, die gepflasterte Gassen überspannten. Die wenigen Menschen, denen ich begegnete, bat ich um Erlaubnis, über ihr Dach zu gehen, aber es schien niemanden zu kümmern. Als ich die Satellitenschüssel erreichte, wirkte sie so fehl am Platz, dass ich mir vorstellte, sie würde den Himmel nach irgendeiner Spur ihres wahren Zuhauses absuchen.

Das alte Haus meiner Tante sah aus, als wäre es seit Jahren unbewohnt: das Fenster trüb, die Tür verriegelt. Ich trat an den Rand des Flachdachs und suchte nach Hinweisen auf Tanbir. Dann entdeckte ich seinen Motorroller, der vor seinem Haus parkte, direkt hinter dem Haus meiner Tante. Sie mussten zusammen aufgewachsen sein. Plötzlich überschlugen sich meine Gedanken. Die Bemerkung meines Onkels an meinem ersten Abend bei ihm: *ein Nachbar aus ihrem Dorf.* Ich dachte an Tanbirs wiederholte Fragen nach ihr; daran, wie ich sie vor der Bank getroffen hatte, an den Schmerz in ihrem Gesicht. *Ist er mit ihr zusammen, der Lehrer?*

Ich schluckte und beugte mich vor, um besser in seinen Hof sehen zu können, wo ein kleiner viereckiger Tisch stand, auf dem viele Bücher gestapelt waren. Und da, auf einem der drei Stühle, lag Radhikas Schal mit dem Fischschuppenmuster. Mein Blick fiel in die Gasse direkt unter mir, auf den Jutesack, der vor Tanbirs Türöffnung hing, und an einer Seite des Sacks lugte das Hinterrad von Radhikas Fahrrad hervor. Kummer befiel mich, auch Verwirrung darüber, wie blind ich gewesen war. Tränen drohten, blieben aber ein bleiernes Gefühl hinter meinen Augen. Doch dann wurde der Jutesack beiseitegeschoben, Radhika trat heraus, und da ich glaubte, beim Spionieren erwischt worden zu sein, drehte ich mich um und lief zurück über die Dächer.

Hinterher hoffte ich, sie würde vorbeikommen, damit ich alles erklären könnte, aber sie kam nicht, und auf einmal blieben mir nur noch wenige Tage bis zu meiner Abreise. Um mich irgendwie zu beschäftigen, ging ich eines Morgens auf den Basar, um Bücher zu kaufen – ihre Idee –, als der Friseur mir zurief: »Jais Neffe!«

Ich blickte über die Straße, doch es war der Kunde, der durch den Schaum in seinem Gesicht zu mir sagte: »Deine Ärztin sucht nach dir.«

Mit einem beklommenen Gefühl schaute ich in der Arztpraxis vorbei, wo Radhika gerade versuchte, eine zusammengeklappte Schreibtischlampe in einen Karton voll mit grauen Lehrbüchern zu verstauen. Tanbirs Motorroller stand draußen, doch von Tanbir war nichts zu sehen.

Radhikas Gesicht wurde sanft, und sie legte die Lampe hin. Sie machte einen Schritt auf mich zu, schlang die Arme um mich und zog mich an sich. Ich legte ebenfalls meine Arme um sie, aber unsicher, berührte mit den Händen kaum ihre Bluse, als wären die Gefühle, die diese Umarmung auslöste, ungemein zerbrechlich.

»Du reist jetzt schon ab?«, fragte ich.

»Sie brauchen mich früher. Personalmangel«, fügte sie hinzu und wandte sich wieder dem Karton zu. »Der alte Duggal macht Freudensprünge.«

»Aber – jetzt?«

Sie seufzte. »Jetzt gleich.«

Ich versuchte auf eine umständliche, unbeholfene Art, ihr zu danken, wieder einmal außerstande, das zu sagen, was ich sagen wollte. Aber vielleicht lernte ich dabei auch, dass wir das nicht immer müssen. Dann kam Tanbir herein und nickte mir zur Begrüßung zu. Er reichte Radhika eine Flasche Wasser.

»Danke«, sagte sie leise, und er nickte wieder.

Waren sie ineinander verliebt? Hatte er sie gebeten zu bleiben? Wollte sie, dass er mit ihr kam? Ich habe es nie erfahren.

Radhika blickte nach unten auf ihre Hände, zupfte den Rock, der ihr über die Knie hing, ein wenig zurecht, und dann sah sie auf und lächelte mich an. Sie nahm den Karton.

»Kann ich den für dich tragen?«, fragte Tanbir, obwohl er keinen Schritt auf sie zumachte und ihr nicht in die Augen sah.

»Schon gut«, sagte sie. »Er ist nicht schwer.«

Auch ich würde abreisen, noch vor Ende der Woche, doch bevor es so weit war, verblüffte mich meine Tante Kuku mit einem Überraschungsbesuch auf der Farm, um sich zu verabschieden. Ich weiß noch, dass ich gerade dabei war, meine letzte Ladung Wäsche aufzuhängen. Mein Koffer lag geöffnet hinter mir.

»Wie ich höre, ist sie abgereist, deine Doktorfreundin.« Sie wirkte erfreut, aber auf eine zerbrechliche Art.

»Ihre Arbeit ist beendet«, sagte ich.

»Dann gibt es also keine Partys mehr für dich. Für dich und sie und den Lehrer.«

»Wohl kaum.«

»Ich nehme an, ihr wart beide traurig, dass sie abgereist ist?«

Ich stellte den leeren Korb am Eingang zu meinem Zimmer ab und wandte mich ihr richtig zu. Es hatte etwas Beeindruckendes, wie sie sich wappnete, diese Frau, die nicht den Jungen aus ihrem Dorf hatte heiraten dürfen, die stattdessen in eine unglückliche Ehe mit meinem Onkel gezwungen worden war, während Tanbir Affären hatte, mit wem er wollte. Er hatte nach vorn geschaut und sich von ihr entliebt. Sie hatte nie die Möglichkeit gehabt, das Gleiche zu tun.

»Ich war traurig«, sagte ich zu Kuku. »Ich weiß nicht, wie es für den Lehrer war.«

»Ich bin sicher, sie sind übereinander hergefallen. Wie läufige Hunde.«

Ein heißer Windstoß wirbelte etwas Sand im Hof auf, und ich fragte mich, ob sich entlieben etwas anderes war, als den Schmerz loszulassen. Ich traf eine Entscheidung: Ich wollte uns beide schützen. »Würde mich wundern«, sagte ich.

»Nein?« Sie zögerte, fragte dann schnell: »Standen sie sich nicht nahe?«

»Nicht, dass ich wüsste.«

Ich weiß nicht, ob sie mir glaubte. Ich denke nicht; womöglich nahm sie mir sogar den Versuch übel, sie schonen zu wollen.

»Kann ich dich was fragen?«, sagte ich und schaute zu meinem Zimmer hinüber. »Denkst du manchmal an meine Urgroßmutter? Weißt du irgendwas über sie?«

Auch sie blickte zu dem Zimmer, sagte aber nur: »Ich wusste von der Hütte.«

Vom Dach aus sah ich ihr nach, wie sie zurück nach Hause ging, den Weg hinunterstapfte, sich mit jedem Schritt von Sunra entfernte. Die riesige neue Krishna-Statue ragte über ihr. Er spielte tatsächlich auf einer Flöte, genau wie Radhika es sich gewünscht hatte, und in dem Moment, mit dem weiten Himmel vor mir, sah ich plötzlich eine Zukunft und wurde von einem jähen Gefühl überwältigt, dass die Dinge von nun an anders sein würden, dass ich nie wieder Drogen nehmen würde, dass ich nach London gehen, Freundschaften schließen, Liebesbeziehungen haben und nach meinen eigenen Vorstellungen leben würde. Jetzt, zwanzig Jahre später, lächele ich, wenn ich an ihn denke, wenn ich mich an den Achtzehnjährigen erinnere, dem nicht bewusst war, dass Dinge wiederaufleben, der nicht wissen konnte, dass er zweimal rückfällig und zweimal clean werden würde, dass das tiefer liegende Leid nicht weggeht und nur beherrscht werden kann. Als das Taxi hupt und er seinen Koffer schließt und auf den Boden stellt, liegt der Schmerz des Abschieds in der Luft, und vielleicht hat er deshalb das Gefühl, beobachtet zu werden, als er aus dem Zimmer tritt und den Hof überquert. Er dreht sich am Tor sogar noch einmal um und rechnet halb damit, jemanden am Fenster stehen zu sehen. Da ist natürlich niemand, nur ein Fetzen von einem roten Wimpel, der von irgendwo herangeweht wird und über das Dach davon schwebt.

40

Am Tag ihrer Flucht kommt Suraj zum Gestüt, und das Pferd, das er sich aussucht, entspricht genau seiner Wunschvorstellung. Es ist ein kraftvolles, mahagonibraunes Tier mit einer noblen weißen Blesse über die gesamte Länge seines Gesichts, und heißer Atem entströmt seinen Nüstern. Suraj streicht mit einer Hand wiederholt über die Vertiefung am Rücken des Tiers und sagt etwas in die rosa Falten seines Ohrs. Dann dreht er sich um, pfeift zum Besitzer und ruft:

»Wir haben an unseren Brunnen Probleme mit Vagabunden. Kann ich mit dem hier heute Nacht unsere Felder abreiten? Ich bring ihn gleich morgen früh zurück.«

Der Mann, untersetzt, mit dichten, buschigen Koteletten und einem Bauch, über den sich sein moosgrünes Hemd spannt, geht mit kurzen Trippelschritten, wahrscheinlich, weil er Rückenschmerzen hat, vermutet Suraj. »Den da?«, keucht er, als er nach einem gefühlten Monat bei ihm ankommt.

»Er ist perfekt.«

»Kannst du denn auch mit ihm umgehen?«

»Bist du mit zwei einverstanden?«

»Mach zehn draus.«

»Zehn?« Aber es ist nicht die Zeit zum Feilschen. Das Pferd wird ihm gehören. Er holt weitere drei Münzen aus seiner Brusttasche und händigt sie aus. »Halsabschneiderei«, sagt er, kann es sich nicht verkneifen.

»Da drin sind Hirse und Braunsaat«, sagt der Besitzer

und deutet auf die prallen Satteltaschen zu beiden Seiten des Pferdes. »Frisch gemahlen. Ich will nicht, dass er mit irgendwelchem altem Mist gefüttert wird.«

»Mach dir keine Sorgen, Onkel. Ich werde besonders gut für ihn sorgen.«

Als er die Zügel nimmt und das Pferd wegführt, drückt Suraj die Nase in das weiche braune Fell des Tiers. »Flieg schnell für mich, ja?«, murmelt er. Der Besitzer, Hände in der Taille, schaut ihnen noch immer hinterher, als sie am Rand des Feldes ankommen. »Du musst sein verdammter Liebhaber sein«, knurrt Suraj, als er aufsteigt und sogleich eine Welle von Macht, von Herrschaft verspürt und das Pferd zum Traben bringt.

An der Hütte angekommen, springt Suraj ab und führt das Tier auf die Rückseite, weg vom Dorfeingang von Sunra. Er küsst das Fell, und das Pferd senkt den Kopf in den kurzen Schatten der Hütte und fängt an zu grasen.

Suraj geht zur Tür; drinnen ist die braune Umhängetasche mit seinen Einnahmen. Der Schuhverkäufer hat ihm sogar ein großzügiges Trinkgeld gegeben, so zufrieden war er mit dem fertigen Ladenschild. Das Geld müsste reichen, um ein Zimmer zu bezahlen, bis er Arbeit gefunden hat. Bestimmt gibt es doch auch in Lahore Bedarf an Schildermalern? Suraj blickt zu dem Pferd hinüber, das sich zaghaft einem neuen Stück Gras zuwendet, dann hebt er die Augen und betrachtet das ferne Dorf dahinter. Sein Kala Sanghian. Er hat überlegt, ob er sich die Farm noch ein letztes Mal ansehen soll, dann aber beschlossen, dass das sentimental wäre und dass er sie am allerliebsten nie mehr wiedersehen will. Nicht den Stall, nicht den Mist, nicht die flachen Häuser im Dorf und die glockenläutenden Tempel, nicht die weiße Kuppel des einzigen Gurdwara. Sie werden sich ein neues Leben in Lahore aufbauen, er und Mehar. In diesem Moment, während er an der Tür steht und auf den Anbruch der Dunkelheit wartet, sich fragt, ob sie kommen wird, wird ihm eines klar. Unmittelbar vor ihrer gemeinsamen Flucht kommt ihm die erschütternde Erkenntnis, dass er nichts von alldem ohne sie machen will, dass er, und zwar sehr viel mehr, als er für möglich gehalten hätte, hoffnungslos verliebt ist.

Stunden später, mitten in der Nacht, hört Mehar, wie das Tor entriegelt wird. Sie setzt sich auf und sieht durch das Fenster, dass Jeet wegradelt. Vielleicht wieder Ärger an den Brunnen. Sie schwingt die Beine herum und schiebt die Füße in ihre Holzsandalen. Sie ist nicht so nervös, wie sie erwartet hat: Ihre Angst scheint getrocknet zu sein, hat sich verfestigt zu etwas Kraftvollerem, einem inneren Druck, der sie antreibt. Immerhin sind das die besten Sandalen, denkt sie. Die am wenigsten gesplittert sind. Wie geschaffen für eine weite Reise. Sie hat nicht oft Gelegenheit, sie zu tragen. Und sie passen wie angegossen. Vielleicht ist sie ja doch nervös. Mit angehaltenem Atem legt sie ihren Schal um und steht auf.

»Wer ist da?«

Sie weiß nicht sofort, ob das Harbans' oder Gurleens Stimme war. »Ich. Schlaf weiter. Es ist noch nicht Morgen.«

»Musst du mal?« Es ist Harbans, und Mehar hört Besorgnis in ihrer Stimme und dann das Geräusch, wie sie sich aufsetzt.

»Ich beeil mich. Bleib.«

»Sei nicht albern. Bei den ganzen Unruhen zurzeit?«

Mehar widerspricht nicht weiter, will keinen Verdacht

schüren, und sie sind schon an der Wasserpumpe, als Mai unter der Überdachung der Veranda hervortritt und sie fragt, wohin sie denn bitte schön wollen.

»Das Feld benutzen«, sagte Mehar und beschließt, jetzt den Weg über die Straße zu nehmen, da sie nicht riskieren kann, von Mai dabei erwischt zu werden, wie sie zum Feldweg zurückgeht.

»Zu zweit? Es ist keine Nacht, um draußen herumzulaufen.«

»Aber es ist so dunkel«, sagt Harbans.

»Ich möchte euch schließlich nicht beide verlieren, oder? Harbans, geh du wieder schlafen. Ich warte hier auf sie.«

Harbans wirkt ratlos, will der Anweisung nicht folgen, bis Mehar sagt: »Keine Sorge«, und sie mit einer warmherzigen Geste am Arm berührt, von der sie hofft, dass Harbans sich später daran erinnern wird. Wenn sie fragen, wer Mehar zuletzt gesehen hat, wird Harbans antworten. Dieser Gedanke kam Mehar, als sie zusammen aus dem Zimmer gingen, und es ist ein schöner Gedanke. Harbans war ihr immer die Liebste.

In einer Gefühlsaufwallung nimmt Mehar ihren Hochzeitsschal ab, den Harbans auf den ersten Blick geliebt hat, und drückt ihn ihr in die Hand. »Ich dachte, es wäre kälter«, sagt sie zur Erklärung. Dann blickt Mehar zu Mai hinüber, doch die ältere Frau sagt kein Wort. Vielleicht steht sie zu weit weg, um etwas sehen zu können.

»Ich bin gleich wieder da«, sagt Mehar zu beiden und geht ins Weizenfeld, wo sie erst stehen bleibt, als die Halme ihr bis zum Kopf reichen. Ihr Herz fühlt sich so groß an wie der Mond, der über dem Getreide leuchtet und so tief hängt, dass sie meint, mit ein paar Schritten mehr einfach durch ihn hindurchgehen zu können. Die Sterne sind am Himmel verstreut. Dahinjagende Wolken. Eine wilde Nacht. Sie lauscht aufmerksam, kniet sich dann hin und findet den Jutesack, den sie in den letzten Tagen mit Kleidung gefüllt hat, seiner und ihrer. Sie zieht die Kordel aus einem ihrer Salwars und bindet sich damit den Sack auf den Rücken, bedeckt ihn mit dem herabhängenden Teil ihres Chunnis.

Jetzt stapft sie los, den Kopf gesenkt, biegt die Halme auseinander. Sie spricht ein stummes Gebet, und ihre Schritte beschleunigen sich, und sie hält den Saum ihres Hemdes mit einer Hand fest, damit er nicht ständig irgendwo hängen bleibt. Steine drücken sich in ihre Fußsohlen. Rote Kiesel. Kantige Schalen. Nicht nachdenken. Bloß nicht. Zur Straße. Zur Straße und dann zu ihm, der er auf seinem Pferd auf sie wartet. (Nicht ganz: Er kauert oben auf der Hütte, beobachtet die Felder, hält Ausschau nach Bewegung, nach ihr. Unter ihm schläft das Pferd, reglos und träumend.) Die Halme werden kürzer, Mehars Deckung ist dahin, der Mond breitet sein leichtsinniges Licht aus, und sie hat plötzlich das Gefühl, ungeschützt zu sein, als würde sie auftauchen, um Luft zu holen, doch ihre flinken Füße zertreten den Gedanken, bevor sie irgendetwas damit machen kann, und dann berührt ihr Fuß warmen Teer, und der Schleier rutscht ihr vom Kopf, und sie rennt die Straße hoch, spaltet den Boden mit den Füßen, steigt in die Nacht hinein, saugt sie in die Lunge. Sie biegt keuchend nach links, läuft schnell eine lange Diagonale entlang, bis sie am Nachbardorf ist. Glatte Pflastersteine huschen vorbei, die Straßen gesäumt von Gänseblümchen mit geschlossenen Blüten, als würden sie die Augen verschließen. Sie hält sich am Rand, wo es am dunkelsten ist, und endlich überquert sie den Sandweg, eilt durch das letzte Feld mit brusthohem Gras, verdrängt das Kratzen und Jucken und ist schon fast bei ihm, der plötzlich sieht, wie ein Fluss das Feld durchläuft, auf ihn zustürzt, und er springt vom Dach und rennt ihr entgegen und zieht sie zur Hütte.

»Wo bleibst du denn! Es wird bald hell.«

Sie scheint sich selbst nicht ganz eingestehen zu können, dass sie es getan hat, es geschafft hat, und während beide ihren Aufbruch vorbereiten, fragt sie sich, ob es etwas gibt, das sie ihm sagen sollte, etwas, das ihr vielleicht entgangen ist, oder etwas, das ihr an Mais Verhalten aufgefallen ist, an der Leichtigkeit, mit der sie entkommen ist. Sie hat das Gefühl, als würde sie eine wichtige Kleinigkeit verschweigen, eine, die sie sich nicht wirklich eingestehen kann, ein Gefühl, dem sie nicht auf den Grund gehen will, weil es unerträglich wäre. Ihre Hand legt sich auf ihren Bauch. Sie will nur weg von hier. Ruhig nimmt sie den Jutesack mit Kleidung und bindet ihn an die Satteltaschen des Pferdes.

»Wir überqueren das Feld und verschwinden durch das hintere Tor.«

»Mai wartet auf mich. Ich musste ihr sagen, ich würde das Feld benutzen. Wir sollten die äußere Straße meiden.«

»Machen wir, machen wir.«

»Und wir sollten leise sein.«

»Ach, echt? Und ich hatte gehofft, ich könnte meine Trommel auspacken.«

Sie lächelt, und als er seinen Schal entfaltet, fragt er, wo sie ihren habe, und gibt ihr dann seinen, den sie wie einen Umhang trägt, über Kopf und Gesicht, sodass nur die Augen zu sehen sind. Sobald sie fertig sind, hilft er ihr aufs Pferd, spürt verblüfft, wie leicht sie ist, so leicht, dass er zu viel Schwung gibt, und er hört sie lachen, weil sie sich an dem Tier festhalten muss, um nicht auf der anderen Seite runterzufallen. Er schwingt sich hoch, sodass er vor ihr sitzt. Sie hat die schlanken Arme um seine Taille geschlungen. Ihr Herz pocht an seinem Rücken. Er denkt an ihr gemeinsames Kind, an sie drei, an ihre drei Herzschläge.

»Es tut mir leid für meine Schwestern. Ich hoffe, sie können mir verzeihen.«

Sie spürt sein Nicken und dann den Ruck seines Körpers, als er das Pferd antreibt – die Hufe klappern laut. Ein Vers kommt Mehar in den Sinn, aus einer alten traurigen Hochzeitsklage: *Die Sterne haben kein Mitleid, der Mutter wehrloses Fohlen, die Terrassen sind schwer von Tränen, und Mädchen verlassen ihr Heim.*

»Nimm«, sagt er und reicht ihr einen Flachmann. Der Gummipfropfen kommt mit einem Plopp heraus, und sie hebt die Flasche an den Mund, aber die ist bis zum Rand gefüllt, und das Wasser rinnt ihr übers Kinn und hinunter auf das Pferd, verdunkelt das Fell. Sie wischt sich den Mund ab und fährt mit den Fingern durch die nasse Stelle auf dem Pferderücken, zieht sanfte kleine Furchen hindurch. Zarte kleine Furchen, denkt sie, Miniaturen des Weges, den sie beschreiten.

Ihr Ritt durch das Gras hat eine einlullende Wirkung: der hohe, wiegende Gang des Pferdes, sein langer ernster Kopf. Mit jedem Schritt heben und senken sie sich gemeinsam, eine einzige zusammenfließende Welle. Die schwarzen Augen des Tiers scheinen die Nacht zu enthalten; vielleicht liegt das ganze Universum in diesen zwei glänzenden Ovalen, die Mehar und Suraj durch das alte Feld geleiten. Sie sehen eine große weiße Maus, die auf den Hinterbeinen steht und aufgeregt an irgendetwas Geheimnisvollem nagt. In der Nähe entrollt sich träge eine Schlange und huscht mit einem prahlerischen

Peitschen des Schwanzes davon, als wüsste sie, dass die vorbeireitenden Fremden zuschauen. Eine weitere Freude offenbart sich, als die Wolkendecke aufreißt und Mondlicht auf einen Pangolin fällt, der in der Erde herumschnüffelt. Er blickt zu ihnen hoch, stuft die Liebenden als belanglose fremde Gerüche in der vertrauten Welt seiner Nacht ein. All diese Tiere sind wie Geister an der Schwelle zu einer neuen Existenz, und nicht zum ersten Mal stellt Mehar sich eine kleine Farm am Rande eines kleinen Dorfes mit einem von Neembäumen umringten Hof vor. Anfangs nur ein einziger Büffel. Selbst das wird schwierig werden. Aber mit der Zeit mehr Tiere, mehr Kinder. Vielleicht ein größeres Stück Land. Nicht zu viel. Sie würden nicht viel brauchen. Sie kann die Charpais, die sie brauchen, selbst herstellen. Das hat sie inzwischen gelernt. Und sie kann auch schon besser nähen. Der Weizen wispert, und Samen schweben durch die Luft, landen, wo sie wollen. Schatten drohen oder beruhigen, je nachdem, wie die Wolken ziehen. Irgendwo weiter hinten ertönt der frohe Schrei einer Eule, und Mehar fragt sich, ob die Eule die Maus vor der Schlange erwischt hat. Ja, sie kann wirklich schon viel besser nähen. Sie sollte mit Fäustlingen und Mützen anfangen, denn er wird mitten im Winter zur Welt kommen. Sie ist sicher, dass es ein Er wird. Der Himmel pulsiert weiter, und die Materie geht ihren unpersönlichen Geschäften nach: Planeten kollidieren, Galaxien fliegen auseinander, schwarze Löcher, so groß wie ein Dutzend Sonnen, kreisen mit solch phänomenaler Wucht, dass die Wirkung erst in Millionen von Jahren wahrgenommen werden wird, und ja, zuerst Fäustlinge, und sie nimmt den Flachmann von den Lippen und drückt den Pfropfen wieder hinein.

Am Ende des Feldes ist ein langes schwenkbares Holzgatter, das durch die Schlinge eines grauen Stricks geschlossen gehalten wird. Suraj springt vom Pferd, seine Füße landen fest auf der Erde, ehe er zu dem Gatter stapft und es weit öffnet, als würde er eine Kuh über die Weide ziehen. Er blickt zu Mehar hinauf, sieht ihr in die Augen, die strahlend sind, sanft, aber plötzlich verwirrt und furchtsam, und er will gerade fragen, was los ist, als er von zwei Männern mit Gewehren auf dem Rücken gepackt und zu Boden geworfen wird. Er kann nicht denken, versucht, zu schreien, aber sie treten ihm Dreck ins Gesicht, zerren ihn dann auf die Beine, dass ihm die Luft wegbleibt. Blinzelnd, spuckend sieht er schwankende Lichter, Fackelträger tauchen zwischen den Bäumen auf, die Flammen grell in der anbrechenden Dämmerung. Es kommen noch mehr Leute, und die beiden Männer halten Suraj weiter an den Armen fest, ihre Fingernägel in seinen Achselhöhlen.

Eine Frau – Harbans, glaubt er, ihrem Gang nach – hilft Mehar vom Pferd und nimmt ihr Gesicht in beide Hände. Er sieht auch Mai dort, und dann seine Brüder. Doch der Erste, der das Wort ergreift, ist Tegh Singh, der Mann mit dem italienischen Schnurrbart, dessen zarter Vollbart sich zu kleinen Büscheln auf den Wangen verdichtet hat. Er ist keine fünf Jahre älter als Suraj und hat noch immer eine Menge zu beweisen.

»Gehört er uns?«

Mai tritt vor und sagt mit klarer Stimme: »Ihr könnt ihn mitnehmen.«

Suraj windet sich heftig, steckt dafür Schläge ein. Erste Regentropfen wehen in der Brise und dringen unter Mehars Schal, der ihm gehört und mit seinem Geruch durchdrungen ist. Sie spürt die Tropfen, die sich auf ihrer Oberlippe sammeln, spürt sie und belässt sie dort, unter seinem Schal, unberührt und ungebrochen.

»Und was ist mit dieser Schwester?«, sagt Tegh Singh. »Seine Frau?«

»Meine«, sagt Jeet, legt sein Fahrrad auf den Boden und tritt vor. Er meidet den Blickkontakt mit Suraj. »Als wir erfahren haben, dass er heute Nacht verschwinden wollte, hab ich sie zu ihm geschickt, damit sie mit ihm redet. Ich dachte, er würde vielleicht auf sie hören. Ich hätte nicht für möglich gehalten, dass er versuchen würde, sie mitzunehmen.«

Tegh Singh wirkt skeptisch. »Stimmt das?«, fragt er Suraj, und die zwei Männer, die ihn festhalten, drehen ihm die Arme weiter nach hinten und noch weiter, bis der Junge den Mund aufmacht.

»Ich will mit meinem Bruder reden«, sagt Suraj wütend.

Tegh Singh wendet sich Mehar zu. »Hat er dich gezwungen, Schwester? Oder bist du freiwillig mitgegangen?«

Was kann sie sagen? Ihre Augen suchen Suraj, aber er sieht sie bewusst nicht an, und darin, dass er ihrem Blick absichtlich ausweicht, spürt sie bereits seinen Rückzug und in seinem Rückzug ihre Dummheit.

»Du wärst nicht die erste Frau, die ihren Ehemann wechselt«, sagt Tegh Singh.

»Beschäme mich nicht«, sagt Jeet mit einer bedrohlichen Härte in der Stimme. »Ich habe euch einen Mann gegeben. Nehmt ihn.« Dann, eher an Suraj gerichtet: »Falls er stirbt, wird es ein ehrenwerter Tod sein. Das verspreche ich ihm.«

Tegh Singh tritt näher – »Sich heimlich davonmachen! Eine Frau entführen!« –, und dann beugt er sich so nahe an Suraj heran, dass der seinen Atem spürt und das Gefühl hat, als würden alle Poren in seiner Nase kribbeln. Tegh Singh sagt leise, beinahe vertraulich: »Ich hoffe, sie war es wert. Die haben dich nämlich an den Eiern.«

»Mai!«, ruft Suraj, versucht, an dem jungen Anführer vorbeizuschauen.

»Das reicht jetzt«, sagt sie zu Singh. Dann starrt sie Suraj lange an, will sichergehen, dass er sich erinnert: »So was kann passieren.«

Eine Woche später, vor einem so makellosen Himmel, dass ihr die Augen wehtun, wird Mehar im Porzellanzimmer sein und zusehen, wie Jeet die schwarz lackierten Lamellen entfernt und durch Eisenstangen ersetzt. Er wird ihr dafür keinen Grund nennen, und Mehar wird nicht fragen. Sie wird schweigend zusehen, wie er die Fensterbank mit Kalkmörtel ausgießt, die Stangen abmisst und zurechtsägt, und dann wird sie die Stangen zählen, die nacheinander in den Mörtel gehämmert werden und sie einsperren.

Sie wird nicht wissen, dass Jeet am selben Tag Suraj in seiner Zelle besucht und ihm eine Ausgabe des heiligen Sundar Gutka übergeben hat. »Ich höre, ihr brecht morgen nach Delhi auf. Ich werde heute Abend für dich ein Gebet sprechen.«

»Falls ich überlebe, soll ich dann zurückkommen?«, fragt Suraj ihn.

»Das würde ich dir nicht raten. Aber es ist immer noch dein Boden.«

»Ist es immer noch mein Kind?«

»Das solltest du dir genau überlegen«, erwidert Jeet, und Suraj schnaubt, sagt, er würde so oder so frei sein, und fordert seinen Bruder auf, ihn allein zu lassen.

Von da an werden die Jahre, wie es ihre Gewohnheit ist, vergehen. Harbans wird Mädchen bekommen und schließlich einen Jungen, und ein neuer Ehemann wird mit Gurleen in einen Vorort der Stadt ziehen, wo sie das Hausmädchen schikanieren und niemals von ihrer ersten Ehe sprechen wird. Sie wird nicht zu Mais Beerdigung zurückkommen, wenn Mehars ältestes Kind, ein Sohn, längst verheiratet sein und selbst eine kleine Tochter haben wird, eine Tochter, die als Sechzehnjährige mit einem stillen Jungen in England verlobt werden wird, wo die beiden gemeinsam ein Leben für sich und für mich aufbauen werden. Es wird Reichtum kommen, aber für Mehar liegt die Farm für immer unter dem Schatten von Surajs Abwesenheit. Ist er noch am Leben oder nicht? Ist er in der Nähe oder nicht? Jeet wird es für das Beste halten, Mehar weder von seinem Besuch in Surajs Zelle zu erzählen noch von den Worten seines Bruders, nicht, wenn er ihre Hand hält und sie vor seiner Berührung zurückschreckt, und nicht, wenn er nach einigen Jahrzehnten und sechs Kindern (das seines Bruders, fünf weitere) einen elenden, langsamen Tod stirbt und sie ihm weiter ihre Zuneigung verweigert. Für den Rest ihres Lebens lässt er sie über seinen Bruder glauben, was auch immer sie glauben möchte. Das sind die Bürden des Sieges. Aber im Augenblick …

Der Tag hat sich leicht verdunkelt, und Vogelgesang durchdringt die Luft. Die Revolutionäre rücken ab, nehmen Suraj mit, und während Mai ihnen nachschaut, nickt sie einmal vor sich hin und sieht dann zu Gurleen hinüber, die den Blick jäh abwendet und mit den Tränen kämpft. Die Menschenansammlung löst sich murrend auf, und Mehar bemerkt, dass Jeet sie mit undurchdringlichen Augen beobachtet, dann senkt er den Blick, starrt den aufgewühlten Boden an. Er bewegt sich erst, als Mohan seine Schulter berührt und sagt, sie sollten sich auch auf den Rückweg machen. Sie gehen alle – wie können sie nur gehen?, denkt Mehar, die sich unsicher auf den Beinen fühlt und nach Harbans greift. Ist ja gut, sagt Harbans, es ist vorbei, schweigen wir davon, und sie drückt Mehars Kopf an ihren Busen und führt sie hinaus durch das Gatter, sodass allein das Pferd zurückbleibt, das wunderbar ahnungslos das feuchte Gras am Rand eines Feldes frisst.

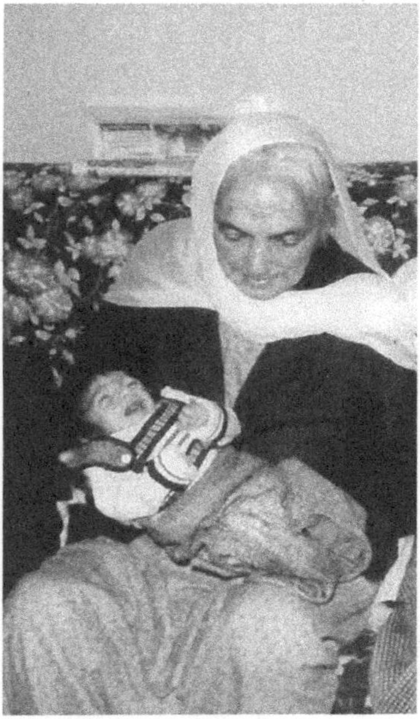